中公文庫

小さな男＊静かな声

吉田篤弘

中央公論新社

小さな男＊静かな声　目次

本文デザイン　吉田浩美・吉田篤弘
［クラフト・エヴィング商會］

小さな男　＃1

＊＊＊
いま、ここにいる小さな男

とは私のことである。

いや、それはあくまで相対的に「小さな」と表現しているだけで、実際のところ私が「小さな」に値する男だと証明する手立てはどこにもない。

だが、私はごく大まかに言って「小さな男」であると思う。

私は自分が「小さな男」であることを好ましく思うし、「小さな男」として過ごしてきた日々にいささかの後悔もない。同様に、私は私が生まれ落ちたこの青い——という ことになっている——星を愛し、私の住むこのにぎやかで静かな都市にこの上なく愛着を覚えている。

したがって私はあまり大きな旅行を好まない。海外と呼ばれる地には一度として行ったことがない。年に何回か、自分にしてみれば「遠い」と思える国内の都市を訪ね、そこでその街に暮らす人たちを食堂の窓から眺めたり、人ごみに紛れて忙しげな夕方の買い物をしたりすることに喜びを覚える。観光には興味がない。私は何より買い物が好きなのだ。街にしがみついた小さな店でこまごましたものを手にとって眺めるのが私の旅である。

もちろん旅先でなくとも——いや、むしろ旅先ではない普段の生活においても——私は思いつくままちびちびと買い物をし、購入したことに満足して店の紙袋に入れたまま部屋の隅や引き出しの中に忘れてしまうことがある。

つい最近、私はいくつかの発見をしたのだ。それはいずれも私のアパートの部屋において、ふと目に留まった白や黒や焦茶色の小さな紙袋の中から出現したものである。包装紙を破いたりセロテープを引きはがして中身をあらためると、いつどこで購入したのか記憶のあやふやな品々が、あえて私の嫌いな表現を使うなら「玩具箱をひっくり返したように」現れ出てきた。

列挙してみよう。

ナショナル製長寿命シリカ電球40W。カルメン・ミランダが歌い踊る姿をかたどった安っぽいキーホルダー。不良品なのか冗談なのか南北の極が逆さになった小型地球儀。ラジオの音声に合わせて滑らかに口が動くカエル型ラジオ。探してもなかなか見つからない黒い付箋。それでももう三冊目になる『ポケット判二級葡萄酒事典』——等々。ひとつひとつ手にして眺めるうち、不意打ちのプレゼントを贈られたような気になってきて、いちいち「愛おしき小さなガラクタたちよ」と感じ入ってしまうあたりが、私が皆から「小さな」と呼ばれる所以だろうか。

もし、何かの間違いで色紙の依頼などがあったら、署名と共に「小さきことは善きことなり」としたためたい。おそらくそんな機会は一生ないであろうが。

＊＊＊
シャツを吟味する小さな男

ごく大まかに言って「小さな男である」と自認する彼は、なかなかどうしてと言うべきか、あるいはだからこそと言うべきか、身に着けるものにはそれなりに気を遣ってきた。

一時期はストライプに目覚め、彼なりの探究をした結果、とあるメーカーが春物として仕立てたストライプ・シャツをクローゼットに二十着あまりぶらさげていた。それが独身男の道楽というものかもしれないが、さして高額とはいえない給金のあら方をつぎ込み、そのときのストライプへの浮気心——一時的な気の迷いだったと彼は後に反省することになる——を除けば、彼は常時これといった特徴のない白いシャツばかりを新調してきた。白いシャツは人生の制服とみなしていたし、事実、彼には小賢しいストライプよりも簡潔な白いシャツが似合っていた。

どんな服を着れば背が高く見えるか——といったことを彼はあまり考えないようにしてきた。そうしないと、常にその思いが念頭に置かれ、想像もつかない妙なものに手を出してしまうことがある。むろん、ズボンや靴や帽子といったものにも人並みに気を遣っているわけだが、以前、試みた商品のひとつに〈シークレット尻敷き〉なる逸品――なのかどうか――があった。主に映画館などで使用するべく考案されたもので、謳い文句に「誰にも気付かれずに二十センチも座高が高くなる」とあった。「誰にも気付かれずに」は疑問だとしても、二十センチに偽りはなく、これを装着していれば前の席に二メートル越えの大男が座っても難なくスクリーンを見渡すことが出来る。

欠点は着用が困難なこと。映画館の狭く薄暗い席で装着するのは限りなく不可能に近い。となると、外出時にあらかじめ着用したうえで出かけることになり、つまり、臀部が異様に肥大した状態を衆目に晒すことになる。おまけに商品に仕掛けられた「誰にも気付かれずに」の巧妙さが災いして、はた目には装着が見きわめられず、何やら怪しげな奇病の持ち主と目されかねない。

それでも彼は果敢に二度ばかり使用してみた。

一度目は、映画館に向かう地下鉄のシートにうっかり腰をおろし、乗客にしげしげと観察される屈辱を味わったが、映画館では快哉を叫びたくなるほどの快適を得た。

が、二度目は映画館がガラ空きであったため、尻敷きの意味はなく、そもそも彼が好んで観る映画はおよそ変わったものばかりで観客が溢れ返ることもまずなかった。せっかく〈シークレット〉などと秘密めかしてみたのに、はばかる人目がないのも面白くない。がらんとした客席の中で尻敷きによって盛り上げられた座高を「誰にも気付かれずに」誇っていると、なぜ自分はこの二十センチの優越を生まれもって得られなかったのかと次第に情けなくなってきた。もし、寿命をまっとうして天国にたどり着いたら、いの一番にこの不平等を神様に訴えたい――彼はときおりそんな夢想に耽った。夢想というより復讐の誓いと言うべきか。そのためにはおいそれと地獄になど堕ちぬよう、人知れず気を引き締めてきた。

といって、どんな行為が地獄行きをもたらすのかという定義について、彼の考えはあまりに幼なかった。「嘘をつかない」とか「人を殺さない」といった域を出ておらず、唯一、彼ならではの考えとして、衣服に凝りながらも平凡な白シャツに甘んじて襟を正す――という戒めがあった。ストライプに浮気したように、彼とてギンガムチェックや花柄にも魅かれはするのだ。が、それでは地獄に堕ちてしまう。どういう理屈でそうなるのかはともかく、彼は常に白シャツで身を固めることで自らを律してきた。

凡庸な白シャツではあるが、いちおうそれなりに吟味しているということも付け加えておきたい。縫い目がどうの、ボタンの位置がどうの、袖口のゆるさがどうのと各所にこだわりがあり、おそらく彼以外の誰にも理解されない。こだわりとは、そもそもそういうものかもしれないが、それにしても彼は他人に理解されない事柄が人一倍多かった。「誰にも気付かれずに」――と彼は〈シークレット尻敷き〉の謳い文句をときどき声に出して言ってみる。それはまた、小さな男として生きる彼の小さなつぶやきでもある。

＊＊＊

ふたつの仕事についてまだ語らない小さな男

職業はふたつ持つべきである、と私はつねづね主張してきた。いや、主張などと言っても、職場の同僚たちにごく控えめに唱え、そしてまた、ふたつ違いの妹にごく控えめに唱えてきただけだ。あるいは彼らはそれを私の見苦しい言い訳とみなしているかもしれない。

結構、結構。私は自分の言い訳がましさについて言い訳をしたくない。私はいつのまにかふたつの仕事に就いてしまっただけで、根強い信念のもとにそうしているわけではない。が、事後承諾的にこの結果を受けとめて考えるに、ふたつの顔を持つことは精神衛生上きわめて良好であると申し上げたい。特に私のような小さな男にとって「ふたつ」という言葉はじつに魅力的に響き、「ふたつ」の先には「三つ四つ」があり、中略を挟んで飛躍すれば、そのうちいずれ「沢山」にたどり着く。こうした「沢山」「広い」「大きい」の魅惑。少しでもこれらの言葉に近づくことが出来るのなら、私はいかに苦労しても「ふたつ」の道を選択したい。

ただし、決して急いではならない。小さな男というものは、つい急いでしまうところが、ちょこまかした印象を他人に与え、時として不愉快な思いにさせてしまう。

もっとゆったり大らかに——私はいつもそう念じてきた。急ぐことはない。小さな私にはまだ埋めるべき白紙の広野が前途に無限にある。洋々とある。

これは小さな者のちょっとした発見なのだが、人は小さければ小さいほど大きな可能性に充ちた地平を持つ。図体が大きいとすぐに余白が埋まって窮屈になるばかりだ。

だから——ここで「だから」は正しくないだろうが——私はまだ私のふたつの仕事について話さない。ちょこまかと急いだりしない。「いずれまたそのうちに」と大きな男であればそう言うだろう。葉巻などふかし、「その件についてはね」とそれとなく窓の外を眺めて遠い目になり、そして「いずれまたそのうちに」——である。

何をもったいぶって、とあなたは思うだろう——あなたって誰だろうか——。

結構、結構。

とかく小さな男には勿体ぶる機会がない。だから、ちょっとでもチャンスがあれば決して逃してはならない。したがって、この件については——窓の外に遠い目——いずれまたそのうち。

＊＊＊

デラウェアをつまむ小さな男

そうは言っても何かにつけスケールの小さい彼である。

葡萄が大の好物なのだが、マーケットの葡萄売場でしばしば煩悶してしまう。煩悶したあまり「ああ」などと声を漏らし、他の買い物客が不審げに彼を遠巻きにする。「巨峰、アレキサンドリア、ピオーネ」と彼は何度も繰り返し口ずさむ。なんと麗しい果実なのかとため息もまた繰り返し出る。この色、この丸みを帯びた形、果実と果実を結ぶ枝の迷宮性。ひと房の意外なほどの重み。ほのかに漂う香りと霜をまとったような表皮の慎ましさ。

彼にとってマーケットの果物売場は都会の奇跡と言うべき聖なる一角である。中でも葡萄売場のくぐもった輝きはそのまま中世につながっていた。中世とはまたあまりに唐突だが、彼がまだ語ろうとしない「仕事」の都合で、彼は古い事典や辞書やらをひもとく必要があるのだ。和書、洋書をおりまぜ、原書もあれば翻刻されたものもあり、中には中世に上梓された貴重な原典も含まれている。

そうした古人の知恵を読み解いてゆく難しさと埃臭さに酔い、いいかげん辟易したところで木版や銅版の挿絵に慰められる。それが絵入りの事典であれば、たとえば「葡萄」の項目に細密な図版があしらわれ、いかにも正確に写しとられた姿かたちは、マーケットの一角に並べられたものと寸分違わず香りまで同じだと信じられた。

「はるか中世からこの世田谷のスーパーマーケットまで、よくぞ生き延びてきた葡萄たちよ」

彼は心静かに「彼ら」に語りかける。

君たちはよくここまでやって来たものだ。これほど世の中が醜く変わってしまったのに、あの埃臭い事典の挿絵の高貴をそのまま携えてきた。信じ難い暴挙にまみれた忌わしき歴史にも耐えてきた。君らはまさに生きる遺物だ。美しすぎて私は君たちのどれを手にとればいいか分からない。アレキサンドリアかピオーネか、それともやはり手軽なデラであろうか。

彼は子供のように逡巡し、やはりデラか——とつぶやいたにもかかわらず、また最初の「葡萄たちよ」に戻って、ひとしきり思いめぐらす。そしてもう一度「やはり」。デラ。デラウェア。小さな葡萄よ。

デラであれば彼の小さな指でつまむことができる。むろん、アレキサンドリアの澄んだ緑色に目が眩みはする。が、その大粒はいかにせん彼の手には持て余す。

葡萄はつまむ果物であると彼は考える。つまんだ指の力が果肉を押し出し、指には皮だけが残されて果汁がしたたる。香りが鼻腔を清め、ぬるりと口の中に送られた緑の果肉は冷たさと甘さを一瞬だけ舌に記して消えてゆく。その一瞬が消えぬよう、また次のひとつをつまみ、また指が果肉を押し出して果汁がしたたる。この快い連続。

ひと房を口に運ぶあいだ、一瞬は絶えることなく継続され、こうして中世から世田谷まで、人はその一瞬の甘さを絶やさぬように聖火リレー——は大げさだが——をつづけてきた。

それは、はたして欲望なのか——と小さな男は考える。

美味を味わいつづけるために人は甘美な一瞬をつなぎとめてきたのか。それとも人の思惑などとはまったく無関係に葡萄自らが種を守りとおしてきただけなのか。

「そこのところを私も知りたいですよ」と、デラウェアが消え入るような声で小さな男に話しかけた。が、あまりに小さな声なので、さすがに小さな男である彼にも明確に聞きとれない。あたりを見まわし——つまりアパートの台所テーブルのまわりを見まわし——気のせいか、と彼はいつものようにそう思う。彼はそんなふうに日に何度も「気のせい」と付き合ってきた。人生は「気のせい」の積み重ねで、それを面白いと思うか虚しいと考えるかで日記に書くことが変わってくる。

「あなたは」——とデラウェアは再び小さな男に話しかける。たぶん気のせいだろうが。

「あなたは小さな男です」そう、そんなことはとうに分かっている。「世の大男たちに比べたらずいぶんと小さいです」結構、結構。「しかし、少しばかり背が低いからといって、欲望も小さいとは限りません」それはまぁたしかに。「なぜなら、あなたもしょせんは人ですから」そう、しょせんはね。「しかし、あなたは知っているはず」いや、私は本当に何も知らない男だ。「大いなる時が動いて、大いなる河がどれほど流れを変えても、小さなものたちは身をひそめてその姿を守り抜く——と」

そう？

小さな男は心の中で知らぬふりをしてみた。心の中で知らぬふりなどしても何の意味もないのだが、唐突に「あなた」などと呼ばれて舞い上がってしまったのかもしれない。いやいや――。

小さな男は首を振って台所テーブルを離れる。それから六粒ばかり食べ残したデラウェアに背を向けて流し台の水道の蛇口を勢いよくひねる。一気に水がほとばしり、跳ね返った水しぶきが小さな男の白いシャツに点々としみをつくってゆく。最初は極小の粒でしかなかった飛沫はみるみるシャツを染め、小さな男はデラウェアの語る――気のせいの――言葉に乗せられたのか、つい「欲望というものは」などとつぶやく。

それからおもむろに流し台に溜まっていた洗いものを片づけ始める。皿やら茶碗やらを洗い、水切り台に伏せてゆくそのリズムに合わせて食べ残した六粒に背を向けたままぶつ切りの言葉を投げかける。

「いや、その欲望と簡単に言うけれど」……「つまりそれは」……「何というか」……「何というかつまり」……「大きくなってゆく」……「ということなんだろうけれど」……「いや、そうじゃないか」

そんなことを言いながら水に染まるシャツの袖口をまくると、テーブルの六粒はめいめい六とおりの声で答えた。

「そのとおりです」「欲望とは膨張のことであり」「つまりはデカくなるということです」「われわれには無縁ですが」「いや、そうとも言えず」「われわれだって、たとえば仁丹ひと粒よりもずいぶん大きいわけです」

「なんだか理屈っぽい気のせいだ」と小さな男は思わず苦笑した。が、ふと振り返って、グロテスクなまでに巨大化した六粒の葡萄が台所テーブルにひしめき合って並んでいる様を想像してみた。

中世から世田谷までの道中にはそれくらい醜悪な変容が起きても不思議ではない。しかし、人はそんなことより「自分と同じ人間をもうひとり作ってみたい」という極端にねじれた欲望に走った。それで、幸運にも葡萄ひと粒をサッカーボール大に品種改良することを失念してきた。人はひたすらドタバタと大雑把な大股で走りまわり、その大股の股間をすり抜けて小さなひと粒は無傷のままなんとか逃げ延びてきた。

結構、結構。葡萄も仁丹もそうしてどこまでも逃げてほしい。はるか彼方の三十世紀の世田谷まで——と小さな男は、らしからぬ大げさなセリフを吐いてようやく思い当たった。

きっと中世にも自分とそっくりの小さな男がいたはず。葡萄を愛し、食べ残した六粒と「気のせい」を介した夜の会話を繰り返した男が——。「逃げよ、二十一世紀の果てまで」などとひとりで声を荒げたに違いなかろう。

「いや、今日は幸い静かな夜だけれど」

小さな男は台所に置いた小さなテレビのスイッチをひねり、夜の最後のニュースを見ながら食べ残しの六粒にもういちど話しかけた。が、すべては幻か気のせいだったのか、テーブルの六粒はもはや何も答えようとしない。

＊＊＊

小さな本と〈ロンリー・ハーツ読書倶楽部〉と小さな男

というわけで、この世はさまざまな「気のせい」に充ちているのだった。

さまざまな聞こえない声に充ち、たまたまその声を聞いてしまった者たちが「気のせい」などは知らぬふりして、ひたすらせっせと小さな文字をつらねてきた。小さなペンをあやつり、小さな言葉を集めて彼らなりの小さな小さな本を書いてきた。これもまた中世から世田谷まで。脈々と、こつこつと、たとえ誰ひとり読む者がいなくても彼らは延々と書くことをやめなかった。

私はそうして書かれた小さな本を愛する。これは私が小さな男であることと——おそらく——無縁である。ここで言う大小は判型や厚みや重さではなく、小さな本とはつまり小さな事物に触れている本を指す。そしてまた、この「小さな事物」もサイズに関係ない。言葉を換えて言うなら「すぐに忘れてしまいそうな物事」を意味する。手っとり早く言えば「どうでもいいようなこと」。いや、それどころか、もしかしたら「気のせい」かもしれない。有るか無きかの判断もつかない不確かなアレコレを、どうにか言葉でつなぎとめたものを私は「小さな本」と呼ぶ。吹けば飛ぶような本だ。居たら居たでかまわないし、居なくても誰も気付かない遠縁の独り者の叔父さんのような本――。

「それはつまり、あなたのことじゃないのか」と、台所の戸棚の古馴染みである飯茶碗に茶化されそうだ。が、とりあえずいまは私のことなどどうでもいい。それに私はたしかに小さな本に魅かれてはいるが、同様に大きな本や中くらいの本にも魅かれている。そこのところをはっきりさせるためにも――つまり、特定の本だけを異様に愛でる偏った読者ではないと自分に言い聞かせるためにも――私は半年前からある読書倶楽部に参加していた。

その名も〈ロンリー・ハーツ読書倶楽部〉。

ロンリー・ハーツという横文字に一瞬、口がへの字になりかけたが、〈読者は誰もがさみしい心を持っている〉と何かの引用文らしき一行を掲げたパンフレットが目に留まり、〈さみしくないなら本など読まなくていい〉と、さらにもう一行あって、最後に〈そして、人生はつづいてゆく〉と、つながりがよく分からないそのトドメの一行が妙に気になった。それで私は何となく魔が差して入会してしまったのである。

が、いざ入会してみると、一見、ロンリー・ハートなどどこ吹く風で、課題図書のリストには、たまたまなのかウッドハウスのジーヴス・シリーズや、ジェローム・K・ジェロームの『ボートの三人男』といったクラシックなユーモア小説が並んでいた。これは看板に偽りアリかとしばらく様子を窺い、気持ち良く笑いながら『三人男』を読み終えて週に一度の会合に出席してみたところ、さにあらず、読後の感想を述べ合う会員たちの声色は一貫してしめやかなトーンに支配されていたのだった。

いや、ところどころ笑いがこぼれる場面もあるにはあった。が、そこにはどことなくシニカルな含みがあり、でなければ、ふっと息を吐くだけの短い笑いであったりして、なるほどたしかにロンリー・ハートな精神が見事なまでに横溢している。

もっとも、多くの優れたユーモア小説はロンリー・ハートに裏打ちされたものだ。単純に考えても、ロンリー・ハートゆえにユーモアにすがりたいというのは真っ当な考えの道行きである。

いずれにせよ、この奇妙な読書倶楽部が探り当てようとしているのは、文章の奥に沈澱している隠されたロンリー・ハートであるようだった。それを徹底的に読み込んであぶり出すのをゲームのように楽しんでいるらしい。

と、こうして「らしい」と結ばなければならないのは、この倶楽部には会の主旨を唱える「長」の付く人が不在だからである。じつを言えば、私はそのいい加減さを何より気に入っていた。会員はすべて一冊の本を取り囲んだ円卓の騎士であって、歪んだ上下関係もなければ、つまらない敵対心もない。

彼らは「ロンリー・ハーツ」の一語に胡散臭さを覚えながらも、何故かしらこの倶楽部に魅かれて、あちらこちらからよろよろ集まってきた心寂しい人たちだ。彼らはお互いをさほどよくは知らない。そもそも誰がこの倶楽部を設立したのか、と根本に立ち返ろうとしても、古参の数名からしてが「さあて」と頼りない返事しか出来ないのだから起源すら探りようがない。

一応、皆から「ジァンジァンのもぎり嬢」と呼ばれている最古参らしき年齢不詳の――ただしどう見ても若くはない――痩せた女性が、二カ月に一度、課題図書のリストを作ってきて、会で飲むお茶やジュースなどを調達してくれた。が、ひどく鼻を患っているのか、一年じゅう風邪をひいているような様子で、どことなく、この人が中心的な人物だとはたぶん誰ひとり思っていなかった。

その他のメンバーにしても気ままというか、やたらに流動的で、来たり来なかったり、多ければ一ダースあまりのロンリー・ハートな顔ぶれが揃うときもあるし、少ないときは三人ばかりが寄り添って出がらしの茶をすすりつつ互いの読後感をぽつりぽつり発表し合うこともあった。

ときどき私は一体こんなところで何をやっているのだろうかと恐ろしく空虚な気持ちに襲われたものだ。が、それでも私は思いもよらない本との出会いを絶やさないために

——そして、すべての本に潜むであろうロンリー・ハートを暴くためにも——しばらくはこの倶楽部に参加して本を読んでゆこうと思っている。

気分は、さぁ何でもこい。

もちろん、小さな本を愛する思いは、いささかの変わりもないのだが。

＊＊＊

開かずの踏切を待つ小さな男

しかし、小さな男はまだこの寂しき読書倶楽部にうまく馴染めずにいた。あるいはもしかすると誰一人として馴染んでいないのかもしれないが、そこのところも小さな男は把握し切れていなかった。それでいいのではないか——と彼は一方でそう思っている。

それはたとえば、住み暮らす街にも同じことが言えた。彼はいま暮らしている街に越してきて六年あまり経つが、それでも街を知り尽くしているとは言えない。馴染んでいるかと訊かれれば「おそらく」としか答えようがなく、行きつけの店が何軒かあるものの、それで街と馴染んだことになるのかと考えてもよく分からない。六年住んでみたところで知らない事物はまだ沢山あるし、駅前からつづく商店街を行ったり来たりしても、見知った顔に出会うことはきわめて稀である。行き過ぎる顔は知らない顔ばかり。が、そんな知らない人ばかりとすれ違い、不意に知らない店を見つけたり、知らない猫や知らない犬とその飼い主に出会ったりして、これといった用もなく行き当たりばったりに歩けるのがじつは居心地のいい街のような気がする。

——と、そんなことを考えながら、まさにあてもなく街を歩いていると、商店街のはずれにある開かずの踏切が行く手に立ちふさがるように見えてきた。ここはいつ行き当たっても「開かず」であり、知らない人たちが踏切によって遮断され、その向こうを知らない人たちを乗せた私鉄電車が、急行、準急、特急、快速、各停、回送、とフルコースで横切ってゆく。そして、そのさらに向こう側に、やはりフルコースの通過を苦々しい顔で待ちつづける知らない人たちが思い思いの様子で立ち並んでいる。

その中に、小さな男は「あ」と、よく知った顔を見つけて声をあげた。それがまだ馴染めずにいる〈読書倶楽部〉の最古参——ジャンジャンのもぎり嬢——であったのに、驚いたというより、じわじわとゆるい笑いが湧き起こってきた。

彼女の名字は宮ナントカといったはずだが、どうしてもナントカの一文字が頭に入らず、つい皆が——彼女のいないところで——呼んでいる「ジャンジャンのもぎり嬢」というフレーズが彼女の少し困ったような顔と重なって頭に焼き付いていた。

「ジァンジァン」とは、かつて渋谷公園通りの坂の途中にあった東京山手教会地下のライヴハウスの名である。小さな男はかつて一度だけその小さな空間で芝居を観たことがあった。〈倶楽部〉に入会して間もない頃、彼女にそのときの記憶を話してみたところ、

「そうですか、そのとき私はまだもぎり嬢をやっておりました」

困ったような顔に少しだけ嬉しそうな表情を交えて見せたのが小さな男には微笑ましく印象深かった。もし、彼女の言うとおりなら、ひと昔前の渋谷の片隅で、小さな男は彼女とすでにすれ違っていたわけだ。そして、いまもまたこうして開かずの踏切で――おそらく彼女の方は気付かないまま――二人は黙ってすれ違おうとしている。

彼女は踏切が開くのを待ちながら文庫本を読み、その様子からして、その「開かず」にすっかり慣れているように小さな男には見えた。

櫛の入っていないザンバラ頭で、片手で巧みに鼻をかみ、開いた頁から顔を上げることもなく、雲間から差し込んだ夕方の陽を浴びて、やはり少し困ったような顔で彼女はそこに立っていた。

いや、微動だにせず文庫本に読み耽る彼女の顔が、どことなく凜々しく見えたことを小さな男は忘れずにいようと思った。

――そして、人生はつづいてゆく。

その一行が、小さな男の頭の中をわけもなく駆けめぐった。

静かな声　#1

＊＊＊

変声期と三色ボールペンと静かな声

試しにそう言ってみる。とても静かな声で。自分としてこれがいちばんと思える決定的に静かな声で。

今晩は皆さん——。

皆さん今晩は。今晩は皆さん。皆さん今晩は。今晩は——。台所で。浴室で。歯磨きの前に。うがいをして。美白用パックを剝がしながら。あくびまじりに。いえいえ、まだ眠るわけにはいきません。

皆さん今晩は。今晩は皆さん——。

眠気ざましにお茶でも一杯。とびきり渋いのを。ついでに冷蔵庫から梅干しでも出してきて。でもそうなると、また歯磨きをしなくてはならない。

今晩は皆さん。皆さん今晩は——。

静かな声で。聞きとれないくらい静かな声で。

今晩は——。

わたしは、ため息をついて大げさにゆっくり首を振る。思いきって髪を短くして正解だった。犬みたいに頭を振っても髪が乱れない。洗うのも簡単。耳が丸見えになって、わたしはわたしの嫌いなわたしの声がとてもクリアに聞こえる。

とにかく好きになれないのだ。この「静かな声」と皆が呼ぶ自分の声が。そもそも、仕事とは別モードの普段の声からして好きじゃない。でも、この「静かな声」はもっといただけない。子供のときからずっとそうだった。今の今まで三十四年間、雨の日も槍の降る日も背を丸めて耐え忍んで付き合ってきた。

「男みたいな声」と何度言われたことか。女に変声期はないのかしらと会う人ごとに真顔で訊いて回ったこともある。わたしにしてみれば切実な問題であり、でも、いつからか「ないのかしら」は「ないのかしらね」と微妙に語尾が変化してきた。そして、あるとき気が付くと、「ないのかしらね」は、ため息まじりの自虐的な冗談へと変わっていたようだ。

好きじゃないけれど仕方ない。今や有り難き商売道具であり、丁寧にケアをしていかないと、いつかきっとバチが当たる。ある日突然、ハイヒールの踵がぽろりと外れ落ちるみたいに。仕事を失って、あらっという感じで食いっぱぐれる。

——食いっぱぐれる、なんて女が使う言葉じゃないでしょ。

母がうるさく言う声が聞こえてきそうだ。

母もわたしそっくりの声で。いえ、正しく言えば、わたしが母そっくりの声を授かってしまったのだ。その時点でもう、わたしには色々なことが目に見えてしまった。いつか食いっぱぐれるだろうこと。たぶんこのまま結婚もせず、ひとり静かに――いえいえ、静かにではなくひとりうるさく、こうしてブツブツ言いながらうるさくうるさく――老いてゆくだろうことを。

最近では結婚相手どころか友達さえ少なくなってきた。ついこの間まで「五本の指」と言っていたのが三本に減り、それでも三人も話し相手がいるのならまだ儲けものだ。三人ともそれぞれ個性的ではあるけれど三人三様に好ましい声を持っている。

なのに、どうしてわたしはこんな声に生まれてしまったのだろう。三人に会うたびいつも思う。なぜ、わたしが彼女たちの声に聞き惚れるのではなく、よりにもよって、わたしの方がこの変てこな声を披露する仕事に就いてしまったのか。

「聴いたわよ、ラジオ」――指折り一本目の彼女が言う。

聴かなくていいのに。

「いつも聴いてるわよ」――指折り二本目の彼女が言う。

聴く必要なしよ！

「ご免なさい、昨日はつい聴きそびれてしまって」――指折り三本目の彼女もまた。

いいんです、昨日はほんの十五秒しか喋らなかったから。

「十五秒なら、きっとあなたの声、聞き分けられた――」

この指折り三人目の彼女はミヤトウさんといって、他の二人に比べるとずっと穏やかな声でずっと大人びている。というかそもそも年齢不詳なのだが、ずいぶん昔にジャンジャンというおかしな名のライヴハウスでもぎり嬢をやっていたと聞いたことがある。少なくともそのときは「嬢」であったのだ。彼女は自分のことをあまり話したがらないのでその他のことはよく知らない。が、いざ話すとなると、とても丁寧な話し方をする。「そうですか」「それは大変ですね」「私は結構です」というふうに。つられて、わたしも、「いかがですか」「そうですよね」「まったく同感です」と、かしこまった受け答えになる。

彼女は一時期、わたしが勤めている放送局のロビーに設けられた小さな売店で働いていた。少年探検隊が被るようなゼリーの型取りに似た丸い帽子を頭にのせ、よく見ると、あちらこちらに染みの浮き出たその帽子は、あたかも彼女の皮膚の一部であるかのように何の違和感もなく頭部に収まっていた。わたしは何故かしらその帽子が気になって、ひいてはその帽子をいかにも大切そうに被っているミヤトウさんが気になって仕方なかった。毎日のように用もないのに売店に立ち寄り、のど飴を買ってみたり、百円ライターを買ってみたり、まったく必要のない三色ボールペンを買ってみたりした。

「三色ボールペンを三回つづけて買う人は、とてもめずらしいです」

あるとき、彼女の方から声をかけられた。それから少しずつ話をするようになり、そのうちすっかり打ち解けて、彼女の休憩時間に食堂で一緒にお茶を飲む仲になった。彼女は必ず濃いエメラルド・グリーンのクリーム・ソーダを注文し、わたしは砂糖だけをハラハラと入れた何の香りもしないブラック・コーヒーを、口をつけるたび心の中で呪いながら飲んだ。

　不思議だったのは、初めてお茶を飲んだときから彼女がわたしを「シズカさん」と呼んだことだ。たしかにわたしの名はシズカで静香と書くのだが、彼女はこちらが名乗る前からわたしを「シズカさん」と呼んだ。

「どうして知ってるんです?」

「いいえ、あなたがとても静かないい声なので」

　彼女はクリーム・ソーダのコップの底にストローの先を押し当て、ちびちびと少しずつ濃い緑色の液体を味わっていた。液体だけだ。それが彼女流の飲み方で、最後の最後まで上に乗ったアイスクリームには手をつけず、底の方からソーダ水だけを音も立てずに吸い上げる。彼女はたぶんソーダはソーダとして飲み、アイスクリームはアイスクリームとして口にしたかったのだろう。それは彼女だけが楽しむ遊戯のようで、クリームとソーダが混じり合わないよう慎重にソーダを飲み干し、それから目をパチパチさせながら、どこか優雅な手つきでアイスクリームをすくいとって口に運んだ。

　分解——と、わたしは声に出さずにつぶやいた。彼女の横顔には、ときおり工作好きの少年を思わせるひたむきさがよぎり、わたしは不味いコーヒーに辟易しながらも彼女を観察していた。

そして、ある日とうとう彼女の頭上を眺めながら「その帽子——」と切り出したのだ。

「それは——」

「ええ」

彼女はストローを手にしたままうなずくと、午後四時半の人影まばらな食堂を見渡した。それから、呆気ないくらい素早く帽子を脱いで食堂のテーブルの上に置こうとした。わたしは「ん」と息をのみ、ガムシロップでべとついたデコラ張りのテーブルの汚れを紙ナプキンで拭きとると、恭しく「ここに、どうぞ」と人差し指でテーブルの真ん中に円を描いた。

分解——。

帽子の下から現れた針金のように太い黒髪は、ところどころ束になって、それがあっちを向いたりこっちを向いたりしていた。かなり奇妙なヘアスタイルだ。ミヤトウさんは帽子を水平に保ったまま「ここに」の真ん中をじっと見据え、工作少年の横顔を見せながら、まるでUFOでも着陸させるみたいに静々と帽子をテーブルの上に置いた。おかしなことに彼女の頭から離れたそれはひと回りもふた回りも小さく見え、こんなに小さな帽子が本当に彼女の頭にすっぽり収まっていたのだろうかと、わたしは何度も帽子と彼女のゴルゴンのような頭を見比べていた。

――ちなみにゴルゴンというのはギリシア神話に登場する魔物の名で、毛髪がすべて蛇になっている恐ろしい怪物である。

「いい帽子ですね」

わたしはゴルゴンのことを考えながら、じつにつまらない感想を述べた。

「ええ、そうですね」と、ミヤトウさんもどう答えていいか分からないといった感じで、しかし、帽子はそうした二人の会話を黙って聞いているかのようだった。ミヤトウさんもそう思ったのか、彼女はそれまであまり喋らなかった昔のことを少しだけ話してくれた。ゴルゴン頭のまま。わたしというより、ほとんど帽子に話しかけるように。

「このとおり私はとにかく地味で目立たないのです」

地味？　と、わたしはゴルゴン頭に目を留めたまま自問していた。

「お客さんが、もぎり嬢である私に気付かないまま素通りしてしまうんです」

ということは、その頃の彼女はゴルゴン頭ではなかったのか。

「それでは仕事になりません。そこでこの帽子をアメ横で見つけてきて、さっそく被ってみたんです。そうしましたら、ようやくお客さんが私に気付いてくれました。たぶん、私ではなく帽子に気付いたのだと思いますが」

それはそうかもしれなかった。わたしもそうだったし。

でも、わたしは帽子を脱いだミヤトウさんにも――ゴルゴン頭に慣れてしまえば――

とても好感を持った。逆にミヤトウさんの頭から離れた帽子は、どことなく生気を失って魅力が半減したように見えた。

これは、そのあとミヤトウさんをさらに知るようになって分かったことだが、彼女が触れたり身に着けたりしたものは、どこかそれまでと違って見え、たとえば売店で彼女から買ったフリスクは他のフリスクより何となく艶っぽい感じがしたものだった。血が通っているというか——彼女自身はどちらかといえば貧血気味の青白い顔をしているのに——彼女から手渡されると缶コーヒーでさえ脈打っているような活きの良さが伝わってきた。

わたしも、また右に同じく。彼女と会うと、なんとなく血のめぐりが良くなって、それまで抱えていたつまらない気掛かりや悩み事が新しい血に押し流されて妙にすっきりとした。

こういう人を大切にしなくては——。

もっとも、当の彼女はこちらがいくら感謝しても、「そうですか、それは羨ましいことです」と青ざめた顔のままニコリともしなかった。誰かが誰かに受け入れられるというのは、およそそんなもので、わたしの静かな声が「心地よい」「癒される」「いつまでも聞いていたい」と褒められても、わたしには何ひとつ実感が持てずにいた。少しでもそれを自分で感じとることが出来たら、自給自足で安上がりなのに。うまくいかないというか、世の中はやはり持ちつ持たれつでうまく出来ているというか。

***

彼女の中の〈姉〉と〈支度中〉と静かな声

咳払いをし、冷たい水を一杯飲んで、気をとり直してから、

「皆さん、今晩は――」

もういちどあらためて彼女はそう言った。自分の声が部屋の壁に反射し、喉のあたりと両耳からと微妙にずれてふたつの声が響くのが快くない。その不協和音に思いをめぐらせていると、それがまた不快で、決して他人の声を聞くように自分の声を聞くことが出来ない不可解さに、人一倍過剰に反応してしまうのは、やはり彼女が「声」に思い入れがあるからだろう。

あるいはもしかして神経症の始まりか。

なにしろ、深夜とはいえ二時間枠の自分の番組を持つことになったのだから、声がどうのこうのよりも、まずは胃薬でも飲んでおいた方がいいのかもしれない。実際、彼女はここ数日でずいぶん食欲が減退してしまった。ラジオだからまだいいものの、もしこれがテレビの仕事だったら、げっそりした顔をごまかすために山ほど化粧品を買い込まなくてはならなかった。そういう意味ではラジオのパーソナリティーはかなり楽なはず。

が、声の欠点をカバーする化粧品が発明されていない以上、彼女に言わせれば「圧倒的に不利なのよ」ということになる。

ねぇ、でも少しは嬉しいんでしょう？——と、これは「三本指」の中の誰かが見かねて訊いたのではなく、彼女の中に棲みついている彼女の〈姉〉がさりげなく問い質したのである。

——そりゃあね。

彼女は苦いものでも口にしたような顔になり、いるはずのない〈姉〉に渋々とそう答えた。いつもの静かな声で。筋金入りの一人暮らしのあれこれが染み付いた部屋に、答えたひと言が禁煙中の煙草の煙のように所在なく漂う。

ふと、壁の時計がぼんやりした目に留まった。壁の時計は十二分進んでいて、ベッドサイドに転がっている目覚まし時計は八分遅れている。

では、現在の正しい時刻は何時でしょう？

十時四十五分。たぶん。大方そんなところ。まだまだ宵の口。彼女が受け持つ番組は午前一時からの二時間で、週に一度ではあっても、いまからその時間帯に体を馴らしておかないと彼女自身が自分の静かな声に眠気を誘われる。

放送が開始されるのは二週間後だが、追いかける二週間はやたらに長いのに、追いつめられる二週間は実質五日間くらいの印象しかない。二週間で本を一冊読むのは余裕でも、二週間で本を一冊書き上げるのは至難の業だ。しかも、なるべくいい本を書きたいとなれば、この二週間の一分一秒は、すべてが貴重になってくる——はずなのだが、ただひたすら落ち着かず、慌ただしい時間が音もたてずにするする過ぎてゆく。課題は山積みのままだ。

どう話すか。どんなスタイルで。どんなリズムで。何を話せばいいのか。二時間番組のおよそ三分の一は音楽を流す予定になっているものの、残りの三分の二、つまり八十分近くが彼女ひとりのフリー・トークになる。彼女にしてみれば、そんな無謀なことはまったく理解できなかった。しかし、集まったスタッフは揃って彼女の「静かな声」のファンで、その声が現状では番組と番組をつなぐ穴埋めの数分にしか聞けないのはじつに不当である——と、これは誰かが主張したのではなく、自然と機運が高まって「静かな声」に花が持たされたのだった。

「あのね——」と、また〈姉〉の声が念を押すように彼女の耳に響いた。

彼女には弟がいるが姉はなく、つまり彼女の方が姉のはずなのだが、どういうわけか——それはやはり願望なのか——追いつめられて途方に暮れると、決まって〈姉〉の声が聞こえてきた。こういうとき、わたしにも姉がいればよかったのに——と最初は淡い夢想でしかなかった。それが度重なるごとにそれらしき声を持ち、しかもどこかしら彼女自身の声に似ているものの、あきらかに成熟したつくりものではない落ち着きが声そのものにこめられていた。おそらく自分の理想とする「静かな声」がその〈姉〉の声であり、幻聴とはいえ、その声が心地良く耳の奥に響いてくるたび、彼女は自分の声が不完全なつくりものの声でしかないと思い知った。

その声が言う。

「あのね、何を話すかなんていちいち考える必要ないわよ」

本当？

「みんなは、あなたの声を聞ければそれでいいんじゃない？　それだけでずいぶんほっとするんだから。みんなほっとしたいだけよ。たとえばね、枕もとに小さなあかりを灯したりするでしょう？　あれとおんなじ。ラジオをつけて、なんとなく静かな声が聞こえてくればそれでいいの。とっておきの話を聞きたいなんて誰も思ってない。聞いてすぐ忘れちゃうような話でいいの」

本当に？

「自分でもよく分かってるくせに」

そうなんだっけ？

「こほん、こほん」

って、何それ？

「咳払い。あなたのお腹がみっともないくらいグルグル鳴ってるのをごまかしてあげてるんじゃない。ちゃんと食べておかないと公共の電波でそのグルグルが放送されてしまうわよ」

そこで彼女はまた壁の時計に視線を戻した。依然としてまだ宵の口で、この時間なら、まだ〈支度中〉もにぎやかにやっているだろう。

「お茶漬けなんてどうかしら」と、すかさず〈姉〉が言う。「塩昆布と、たらこのしっぽと、古漬けなんかで」

さすがは我が姉貴。妹の好物をよく分かっていらっしゃる。まさにこのくらいの時間になると〈支度中〉では夜食組のためのご飯が炊き上がり、夕食組のあいだでは幻のメニューとされている「支度中のお茶漬け」が解禁になる。万年夜食組の彼女はその「幻」が常食になってしまい、いつもなら「あなた、そんなものばかり」とたしなめる〈姉〉が、今日は役どころが変わって「とにかくお腹に何か入れなさい」とけしかけてきた。たぶん、この三日あまり〈支度中〉の暖簾をくぐっていないせいだろう。いえ、〈支度中〉には暖簾などないのだけれど。なにしろいつでも「支度中」の料理屋で、「暖簾は仕舞いっぱなしでね」というのが主人の弁である。

駅前からまっすぐつづく商店街が途中でふた手に分かれ、右の道を行くと彼女の住むアパートがあり、左を選んで十メートルも行けば、すぐに〈支度中〉が見えてくる。

フルネームは〈只今、支度中〉。これとて正式な名ではない。人の名にたとえて言うなら戸籍上の名が別にあるはずで、主人が言うところの「仕舞いっぱなしの暖簾」には、おそらく正しい名が染めてあるはずだ。が、その暖簾はいまのところ誰にも目撃されていない。じつにもったいない話で、あっさりした小ぶりの紺暖簾でもさげておけば、「おや、こんなところに小粋な店が」と、通りがかりの呑ん兵衛が気に留めるような店構えになる。が、掲げてしかるべきところに暖簾が見当たらないと、どうにも裸を晒されているようで店先が寒々しい。そのうえ、カマボコ板みたいな素っ気ない板きれがぶら下がっているばかりで、「只今、支度中」と、したためてあれば、事情を知らない通りがかりはそれで店の中を窺う気が失せる。耳をすますと擦りガラスをあしらった引き戸ごしに声と湯気の気配は感じられるものの、それがつまり「只今、支度中」なのかと納得して、「では、また」と踵を返して出直しになる。

　が、いつ出直してきても同じことだ。夕方に訪れようが夜更けに寄り道しようが、「只今、支度中」に変わりはない。ただ、そうするうち幾人かが「まさか、これが店の看板では」と早合点する。おそるおそる引き戸を開けて中を覗いてみれば、案の定、客らしき数名が赤い顔をして銚子をかたむけている。あ、そういうことか、そうかそうか、なるほどそういうことだったんですか、と秘密の暗号を解いた晴れがましさに背中を押され、なぁんだとうなずきながら酔客にまじってニヤニヤした常連になる。

「――とまぁ、そういう仕掛けで」

常連の皆から「旦那」と呼ばれている主人が自らそう説いた。

「いや、俺としては看板に偽りなしっていうか、ま、いつだって支度中なわけでね、準備万端整いましたなんてことは滅多にないわけだよ。いや、店の話ですよ、これはあくまで。ま、俺の人生もおしなべてそんなところだけど、なんだかいつも準備ばかりして知らねぇうちにここまで来たっていうかね。ま、こうして準備中のまま、あの世に行くんじゃねぇかと、そう予測されますな」

手よりも口の方がよく動く旦那である。

「いや、だから本当にいつも支度中なわけでさ。それでもいいんですかい？　と、こっちとしてはちゃんとお客さんにお伺いしているんだけどね。皆さん、ああ、いいよって気持ちよく答えてくれるのは最初のうちだけよ。すぐに、やれ酒はまだか肴はまだかとうるさいうるさい。だから言ったじゃないですか、こっちは支度中なんですよ、表にそうことわってあるでしょう。そこへお前さんが勝手に入ってきて、勝手にそこへ座っちまいやがって、酒だ肴だって、そうトントンうまくはいきませんぜ。支度中ってのはそういうことなんです。まだ行き渡りませんが順にやってまいりますので、もう少々お待ちください――と、これが支度中ですよ。なにしろ俺ひとりでまわしてるわけですから。俺ひとりで支度して俺ひとりで片づけして、次から次へとやって来るお客さんの愚痴をフンフン聞いて、そんなこんなで、あっという間に今日が終わって明日になっちまって、なあんにも整わないままバタバタするうちまた夕方がやって来やがって、それで支度を始めてふと気付くとお前さんがそこに座っている。それでまた――」

もう大演説である。

商店街がふた手に分かれる辺りは店もまばらになる住宅街のほとりだから、外はしんとした夜で、見上げる空もかろうじて星が奇麗といえば奇麗。支度中に次ぐ支度中の旦那とその客はまだ宵の口だが、夜は折り目正しくしっとりと降り、幻の〈姉〉に促された彼女は安物のサンダルをつっかけて、〈只今、支度中〉に向かわんとしていた。

空気は冷たく、腹が鳴る。夜は高い壁の如くそそり立ち、彼女を取り囲むように見おろしていた。サンダルの音がわびしくアスファルトの上で鳴る。

＊＊＊

放浪帰りの猫と虹子さんと静かな声

というわけで、毎度おなじみの〈支度中〉である。がらがらっと引き戸を開けると、むわっと色々な匂いが入りまじった空気が外へはみ出てきた。間違いなくわたしは常連のはずだが、いつ行っても、「よう」とか「おう」とか「いらっしゃい」といった人なつっこい声が掛からない。客も旦那もチラリとこちらを窺うだけ。ああ今日も来たか、また来たか、仕方ないね、入れてやるかと、まるで放浪帰りの猫のような扱い。こちらも猫を真似て、澄ましてふてくされてカウンターにもたれかかり、一応そこが定席となっているニジコさんの隣にかしこまって腰を落ち着ける。すると、椅子がお尻に吸いついてきて、「ああ、ここがわたしの席だ」とお尻からアイデンティティを回復してゆく。

「あら、あなたはおヘソ出してないわね」

　さっそく訳の分からないニジコさんの御挨拶。

　ニジコさんは虹子さんと書き、これは戸籍上もそのとおりだから、たびたび「奇麗な名前ですね」と初対面で感心される。が、「もてはやされたのは遠い昔よ」と感心されるたび注釈が入り、「そうだろう、そうだろう」と支度中の旦那もそこで歌うように合いの手を入れるのが常だ。でも、わたしが思うに、まだまだ虹子さんは充分もてるだろうし、色気だって全然枯れてない。

「よし、おばちゃんが話を聞いてあげる」などと、自分でおばちゃん呼ばわりするのは、ただ単に説教をしたいからに過ぎず、おヘソがどうのこうのと切り出したりするのも、挨拶代わりの説教のイントロだろう。

「井の頭線に乗ったのよ、今日。そしたら座ってるわたしの前におヘソを出した女の子が立ちはだかって。最近、シャツがやたら短いのね。隣に座ってた男の人なんか目を伏せちゃって、ああいうのってどうなの？　もう秋も深まろうっていう季節に、おヘソ丸出しにしちゃってさ。ちょうど目の前にくるように見せつけたりして。あれじゃ男の人は気の毒じゃない。どういうつもりなのよ、アレは？」

「いえ、わたしが出したわけではないので――」

「それはそうよ。あなたはもうおヘソなんか出す勇気ないでしょう？」

これである。今日はおヘソで来たかと覚悟して身構えながら、あ、そうだ忘れちゃいけないと支度中の旦那にお茶漬けを注文しておいた。

「あら、今日は呑まないの？」

畳み掛けるように虹子さんのチェックが入った。虹子さんは言葉づかいこそ鋭いものの、小柄であっさりした顔立ちに化粧もあっさりめで、服装なんかもゴテゴテしてないところが自分で言うほどおばちゃん風ではない。袖をまくり上げてシャツから覗く腕は白く細く、時計も指輪もマニキュアも一切なしですこぶる潔い。むしろ、あっさりし過ぎているかもしれないけれど、そのぶん舌鋒は容赦がなく、ついでに酒豪にしてヘビー・スモーカーでもある。

「定食屋じゃないんだから」

説教好きではあるけれど、結局のところ大抵のことは大目に見てくれる虹子さんだ。ただし、「酒の呑めない奴は信用ならない」と「奴」に力がこめられてそれだけは許されない。人間の善し悪しは酒量によって決まり、もちろん酒量の多い者が「悪」であり、「わたしは断じて悪の味方です」ときっぱりそう言い切る。

「で、何なの？」

決して話を曖昧なまま終わらせないのも虹子さんの厳しい流儀である。

「ええと――」なんだっけ？　おヘソを出すか出さないか？　じゃなくて、今夜はどうして呑まないのか――。きっと、ふたつともしっかり答えないと話が進まない。が、こういうときに限ってカウンターの端に大人しく座っていた常連の一人が、絵の仕事の方はどう？　などと、こちらのやりとりを無視して、とろんとした目で訊いてくる。わたしはこの〈支度中〉に於いては、話の行きがかり上、イラストレーターということになっていて――よくそんな出鱈目を思いついたものだ――ラジオのパーソナリティーであることは誰にも明かしていない。

常連さんの唐突な質問にどう答えようかと考えているうち、また虹子さんがおヘソの話に戻って、旦那は旦那で「お茶漬けは何にする？」と訊いてくる。本日の余りものはコレとコレとコレがあって、と覚えきれないくらい巻き舌で並べたてた。

この嵐の如き声の渦中では、わたしの静かな声はおそらく何の役にも立たない。〈姉〉が言う「枕もとの小さなあかり」など遠い世界の寝ぼけた夢物語だ。

「お茶漬けは後にして、まずは熱燗を一本」

お尻の底からゆるゆる甦ってきたわたしの声が、しっかり二本の足で立ち上がって口からこぼれ出た。

小さな男　＃2

＊＊＊
「やはり」と、そう思う小さな男

そうなのである。「やはり」である。

この噛みしめ甲斐のある言葉が私は好きで、私の人生、日々、刻一刻は、常にこの言葉によって引き締められている。「やはり」とつぶやく機会が多ければ多いほど、私は私をめぐるさまざまな物事に注意を払っている。「やはり」が少ないときの私は明らかに注意力も集中力も散漫だ。「やはり」には「やはり」に至るまでの長い道のりがあり、その場の思いつきで「やはり」と口にすることはまずない。「やはり」はそれまで培ってきた憶測の結果であり、「こうではないか」という前提があってこその「やはり」である。

この「こうではないか」がとても重要なのだ。私は小さな男としてこう思う。

「もっと、小さなものを見よ」――と。

この世界はじつに呆れ返るほど多様な小さなものに充ちている。そうした小さなものに気を留めてみると、必ず小さな疑問を抱くであろう。お、こんなものもあったな、久しく注意を払っていなかったが、こんなところに眠っているとは――等々。

私がここで言う「小さな」は必ずしも角砂糖やねじ釘のような「小さな」ものとは限

らない。もちろんそれらも含まれているが、見た目の大きさにはまったく関係ない。たとえば「ハンモック」である。たとえば「打出の小槌」である。たとえば「トロリーバス」である。

大きなものや便利なものに押しやられて忘れ去られたもの、肩身を狭くしているもの、いつからか世間と距離を置いて存在しているもの、あるいは常にそこにあるのに誰にも気付かれずに素通りされているもの——それらすべての物および事象を指す。

そして、そうした物や事に触れ直してみると、自然と「そういえば」という言葉が導き出される。その物事にまつわる自分の記憶が甦ることもあるし、その物事の存在理由を問うような場合もある。

たとえば、「ハンモックと自分」であるとか、「あのときのハンモック」であるとか、「ハンモックの吊るし方」であるとか、「そもそもハンモックはどうして発明されたのか」——等々。

そうした思いが次々「そういえば」と募ってきて、この「そういえば」を押し進めてゆくと、その先に「もしかして」がやって来る。そしてそのさらに奥へ掘り進めば、そこに「こうではないか」という憶測が待っている。

私が言いたいのはそれである。

憶測——。

「やはり」のためにはこの憶測が必須となる。したがって、「やはり」の日々を送ることは、同時に「こうではないか」の日々を送ることを意味し、「こうではないか」と憶測する自分を保つことが出来れば、私の生活はかなり理想的に引き締められる。

「引き締める必要などあるのか」とあなたは思うかもしれない――あなたって誰だろう――。これに対して私は、きっぱり「ある」とお答えしたい。あなたがどうであるか分からないけれど、私はきわめて優柔不断な性格で、整理整頓が大の苦手で、そのうえこまごました買い物をするのが何より好きである。この三つを掛け合わせると、一体どういうことになるか。

私は私のだらしなさが招いた数々の悲劇および喜劇の詳細を、今ここに語りたくない。ただ、そうした苦い経験から導き出された私なりの結論を申し上げれば、

「ゆるんではいけない」

ということに尽きる。気を抜いてはならないのだ。決して気をゆるめてはならないのである。

そうしないと本当にひどいことになる。

何らかの外的要因――たとえば入浴であるとか――で、ゆるんでしまうのは致し方ないとしても、出来る限り私は私を引き締めるよう日々心がけている。

「おいおい、お前さんはもともと小さな男なのだから、それ以上引き締めたら、さらに

もっと小さくなってしまうのではないか。そんなことでいいのか。平気なのか」と、あなたは思うかもしれない。「引き締めすぎて消えてなくなってしまうのではないか」と、しつこくあなたは思うかもしれない。が、心配御無用である。私は心意気の話をしているのであって、肉体のシェイプ・アップの是非を問うているわけではない。それに、少々哲学的なことをつけ加えさせていただくと、私は私を引き締めれば引き締めるほど、私の内面は大きく広がってゆくように思う。そんな気がするだけかもしれないが、いまのところ誰にも内面の大きさなど測れないのだから、気がするだけで充分である。

もっとも、もし近い将来、人の内面を測定する機械が発明されたら私は真っ先に測定実験のモニターに名乗りをあげたい。たとえ見てくれは小さくても、内面がどれほど広大なのかを示すのに私ほどの適任者はいないだろう。

私はこの件についてかなり真剣である。私が生きているあいだに〈内面測定機〉の実現は難しいかもしれないが、それでも私は〈測定機〉の性能や可能性について思いを馳せ、もし奇跡的に実現したときは、大きく「やはり」と頷いてみたい。

そしてまたその一方で、私は自分なりの測定法を模索している。それはじつに身近なところにあるのだ。そのひとつが「こうではないか」と憶測すること、予測すること、推測すること。私はこれを日々の三大測と呼んでいる。「日々」であることに意味があり、一週間に一度くらいでは大して効果がない。

毎日、心がけること。いや、心がけることを忘れてしまうくらい日常の繰り返しに溶け込ませること。決して難しいことではない。歯磨きなどと同じに考えればいい。慣れてしまえば反射神経のように三大測神経──と私が名付けた──が勝手に働き出す。

──とまぁ、およそ以上のようなことを私はふたつ違いの妹に説明したのだが、ひととおり話を聞いた妹の反応は、

「へぇ、そうなんだ」

このひと言のみ。これは妹の常套句でもある。

「その言い方はどうなんだろう」

これまで私は彼女の兄として、この「そうなんだ」をめぐって、極力冷静に注意しつづけてきた。が、妹は一貫して「そうなんだ」的な態度を改めようとしない。はっきり言って私はこの「そうなんだ」を憎んでいた。憎らしいあまり「そうなんだ」についてさまざまな憶測と予測と推測をめぐらせてきた。

「そうなんだ」というこの平仮名の五文字。

このたった五文字に、じつに巧妙に「冷徹」と「断絶」が仕掛けられている。一見、やんわりと受けとめたかのような印象を醸し出しているが、じつのところ、この「そうなんだ」の五文字には、省略された「兄さんは」という言葉が隠されている。さらに言うと「兄さんは」の前には「わたしは違うけれど」という決定的な否定が隠され、これ

を省略せずに言うと、

「わたしは違うけれど、兄さんはそうなんだ」

ということになる。

こうして捉え直したときの「そうなんだ」の冷酷さ。

私にはこの五文字が分厚い壁の向こうから聞こえてくる。そこには「わたしには関係ないけれど」というニュアンスが多分に含まれている。「わたしはわたし、兄さんは兄さん」という妹の思惑が、固形スープのように凝縮されて濃厚に詰まっている。

——と、以上のようなことを兄として妹に注意してみたところ、妹はいつものようにさらりとこう答えたものだ。

「もしかして、それも兄さんの言う三大測の結果？　だったら、まったく見当外れなんだけど」

やはり。

私だってダテに妹より二年も長く生きてきたわけではない。私の憶測が見当外れであることなどすでに予測済みであり、ただ、妹にはそこまで話さなかっただけである。

「じゃあ、どういう意味なんだろう？」

私の受け答えはきわめて冷静である。その実、胸のうちにはさまざまな思いが台風並みに渦巻いている。見当外れという可能性は予測していたものの、それがはたしてどんなふうに見当外れであるのか、そこまではよく分からなかったからだ。

「壁じゃないのよ」と妹はさらりとしたまま続けた。「そうじゃなくて、兄さんはいつも二階に居るような感じ。わたしより上の階に。そういう意味ではたしかにわたしと兄さんは同じ階に居ないんだけど、わたしは兄さんの居る二階へのぼって行くかもしれないし、行かないかもしれないし」

「なるほど」と私。

「それで言うなら、わたしの『そうなんだ』には、二階への興味がかなり含まれていると思うけど」

「なるほど」――と今度は少ししんみりした「なるほど」。こういうときこそ、気を確かに保たなくてはならないのだ。「しんみり」は、どこかしらゆるくなってしまうことに通じていて、特にこのごろは思いがけず涙腺などもゆるくなってしまうので要注意である。

こうしたまったく予想外の「なるほど」に出くわすことも、「やはり」を見据えた「こうではないか」があってこその「なるほど」である。どんなことにも不測の事態というものがあるのだ。が、憶測なり予測なりをしておかなければ、不測の事態に見舞われることもない。

「店の方はどうなんだ」

私はそこで「しんみり」を振り払うように話を変えてみた。

「まずまずかしらねぇ」と妹。「少しずつだけど、何が売れて何が売れないか分かってきたし」

妹は四年前に、ほとんど思いつきで旅したポルトガルに恋に落ちたように魅了され、恋が高じて彼の地で作られているワインや雑貨などを売る店を借金までして開いた。私にはそんなこととても真似できない。同じ血を引いていながら、どうして彼女にはそこまでの行動力と決断力が備わっているのか。

おそらく、私が母の胎内に置き忘れてきたものを妹がそっくり拾い集めて生まれ出てきたのだろう。私はどう転んでも思いつきでポルトガルへ行くことはないだろうし、資金もないのに店を開く勇気など微塵もない。妹が夢中になるまで、ポルトガルがどんな国であるのかもよく知らなかった。

そういう意味では、二階に居るのはまず間違いなく彼女の方であると思われる。

＊＊＊

大きなノートの空白に寝転がる小さな男

その推測はたしかに当たっていて、一階にいる彼は二階の妹からポルトガルの話を聞くたび「へぇ、そうなんだ」を連発していた。彼自身はそのことに気付いていない。が、彼にしてもその五文字は二階への興味からこぼれ出たものであろう。事実、彼は小さな男らしくまだ一階に居る自分をどこかで恥じ、恥じる思いからさまざまな二階への興味をかき立てられている。

彼はそれを憶測、予測、推測の三大測に託している。

が、これをひとまとめにして、もう少し柔らかく言えば「つきあい」ということになる。三大測に倣って言えば「観測」だろうか。彼は時として思いもよらぬ物事に興味を寄せ、ゆっくり時間をかけてその物事とつきあい、心ゆくまで観測をつづける。そこに彼が「日々」という言葉を重ねたのは彼がその観測を日記のようなもの――決して日記にあらず――に書き留めているからで、彼は自分の興味が移り変わるたびおろしたてのノートを使うことにしていた。

そのために彼は大量のノートブックをストックしている。書く書かないは別にして、彼はまず何よりノートブック購入魔なのだ。常備二百冊ほど。ノートブックを購入するために旅をすることもあるし、出先でちょっとした時間が空いたら文具店に立ち寄って、それこそ日記をつける代わりにノートを買う。その尋常ではない購買欲には、彼の中に根づいている「こまごました買い物をしたい」という欲求と、「自分は見てくれが小さな男なので、せいぜい内面だけでも広げたい」というふたつの思いが交差している。こまごました物の延長としてノートはあり、それゆえ、彼の購入するノートはいずれも小ぶりなものばかりである。

本当は大きなノートに秘められた「大いなる白紙」――と彼は言う――を、手もとに用意しておきたいのだが、自分のような男に大きなノートはふさわしくない、と自粛の思いが働いているらしい。

彼はとてつもなく大きなノートを広げ、そこへ懸命にしがみつく虫のような自分の姿をときおり夢想する。といって、彼は虫のように小さな男ではないし、彼が憧れる大きなノートを広げると、それが六畳間くらいあるというわけでもない。

あくまでこれは夢想なのである。あるいはそれもまた彼の三大渕のひとつだろうか。広げると六畳間ほどになるノートの上に立ち、彼はその空白のあまりの広さにまずは感嘆する。畏れ多い思いで白紙の紙面に腰をおろし、手のひらで滑らかさを確かめたり、表面加工の度合いを計ったりする。

それからおもむろに寝転ぶ。

白紙の自由の上に身を投げ出し、いかにそれが広大な白紙であるのか全身で喜びを感じとる。

広大な白紙とはつまり広大な可能性を意味し、それが他でもない自分のノートであること。そして、そこに自分が自分の手で果てしなく何かを書いてゆけるということ。つまり、この白紙の大きさこそが自分の「内面」の広さに等しい――彼はそう考えてきた。

かなり無理のある論理ではあるが、そこは夢想ゆえの身勝手さ。それがたとえ針の穴のように小さな入口であっても、あらゆる屁理屈を駆使して、彼は入口の向こうに広がる途方もない世界へ抜け出てゆこうとする。

が、彼が小さな男と自ら認めざるを得ないのは、そうした大胆な冒険が夢想の中にとどまってしまうところにある。いざ、ノートを購入する段になると、六畳間は一気にA5サイズやB6サイズにまで縮小されてしまう。

「いさぎよい縮小」と彼は胸の内に念じる。

「ふさわしい立ち位置」「身の丈に合った選択」「お手ごろなサイズ」──いろいろ念じてみる。

夢は大きく、歩幅は小さく──がモットー。

B6でよい。いや、むしろB6の中に広大な可能性を見出すのが真の夢想ではないか。彼は自分に言い聞かせる。

こうした夢の迂回というか、はっきり言って無駄足というか、そうした手続きを踏んだ上で彼はB6サイズのノートを購入する。

見つけるたび「これである」と半ば義務のように購入する。面積ではない。何も書かれていない空白を買うことの面白さだ。宇宙人がこちらへ見学にきたら、とめどなくノートを購入する小さな男を見て、異様と奇異を感じるだろう。

「何も書かれていないではないか」と宇宙人は指摘する。

「そのとおり」と小さな男はニヒルに答える。「これから書かれるのである。今日、書かれるかもしれないし、明日かもしれない。あるいはもしかして一年後になってしまうかもしれない。しかし、そんなことはどうでもよろしい。いつか必ず書かれるであろうと信じ、私はこの空白を手元に置いておくのである」

「何のために？」

「限りあるものに余白を与えるために」

「余白？」

「われわれの世界には限りがあり、にもかかわらず、日々、生産は繰り返される。何やらびっしり書き込まれた余白のないものが次から次へと作られ、限りある世界を追いつめるように埋め尽くしてゆく。が、ノートだけはほとんど唯一といっていい余白の生産、可能性の生産、空き地の提供である。これを手に入れずして何を手に入れよう。場合によっては、百五十円で宇宙さえ手に入れることが出来るのだから」

　宇宙人には何のことやら。

　が、ノート一冊で宇宙を観測し切るのはなかなか難しいとしても、たとえば「つくり笑い」についてならB6で充分な観測が可能だ。

＊＊＊

「つくり笑い」について考える小さな男

というわけで「つくり笑い」である。

私の最新の記録は〈つくり笑い日記〉と題されているが、それは便宜上「日記」と称しているだけで、いわゆる世間一般の日記とは似て非なるものである。これまでに私は何冊のそうした日々の記録を書き綴ってきたことか。

本棚の一角にかなりのボリュームを占める〈記録〉のコーナーがあり、試しに何冊か引き出してその題名を並べてみると――。

〈日傘日記〉〈セメダイン・ノート〉〈午睡録〉〈シャンプーハット日記〉〈灯台の日々〉〈デラウェア日録〉〈四月馬鹿通信〉〈ゴーグル・デイズ〉〈綱渡りダイアリー〉〈散髪放浪記〉〈気圧配置推移録〉〈ショルダーバッグ・クロニクル〉〈駐車場探索記〉〈静電気考察録〉〈長椅子安静日記〉――以上、ほんの一例である。

私はこれらの日々の記録――小さなものをめぐる記録である――を、自分の生涯を懸けてまっとうする仕事としてつづけてきた。私にはすでにお伝えしたとおりふたつの仕事があり、そのうちのひとつが何を隠そうこれである。すなわち、小さなものをめぐる日々の記録の執筆だ。

「日記を書くことが仕事だって？」とあなたは思うかもしれない。いかにも確かに。が、重ねて言うがこれらの記録は日記のようであって日記でなく、私に言わせれば日記のフリをした数々の「項目」である。これらの記録の一頁一頁が、いずれ完成することになる長大にして広大にして絶大なる〈百科事典〉そのものなのだ。もういちど言おう。

それはとても大きな〈百科事典〉である。

もういちど言おう。それを書いているのは私であり、ほとんど毎日のように書いている。小さな男による小さなものをめぐるとても大きな〈百科事典〉。たぶん死ぬまで書きつづける。完全なかたちで書き上がることはおそらくない。が、「決して完全なかたちで書き上がらないのが百科事典というものである」――こんな秀逸なアフォリズムを淀みなく口ずさめるくらい、私は〈百科事典〉というものに身を捧げてきた。

「完成しないものを、なぜ書くのか」とあなたは思うかもしれない。とてもいい質問である。私は記者団を前にしてこう答える。

「私が完成しなくても、私のあとを引き継いだ小さな男が、きっとつづきを書いてくれるでしょう」

「なぜ、そう確信できるんです？」

「私もまた引き継いだ者の一人だから」

こうした一問一答をめぐっても、私は私の〈記者会見予見記〉において余すところなく考察してきた。どうぞ、用意周到な男と呼んでくださって結構。およそ考えられる限りのことを憶測し、予測し、推測するのが私の記録の基本である。その対象もきわめて個人的なものから世界レベルの普遍性を持ったものまで、つまらない偏見なしにいっさい分け隔てなく追究し、それこそが〈百科事典〉記述者の心得であると、〈百科事典日記〉に何度も記してきた。

この「何度も記す」というのが私の〈百科事典〉の最大の特徴だ。思うに〈百科事典〉なるものは常に更新され続ける宿命にあり、更新されない〈百科事典〉など何の値打ちもない。この結論とて更新される日が来るかもしれないが、そんなことを恐れていたのでは何も始まらない。これは〈百科事典〉制作に手を染めた者が肝に銘じなくてはならない戒めの筆頭である。

というわけで、これらの記録はすべて終わりがなく、それまでの考察が更新されるべきだと判断されたら、長いブランクを経てでも新たな記録が綴られる。つまり——ここで思い切ってとんでもなく大きなことを言わせていただくと——私の人生そのものが百科事典の一頁一頁であり、更新が日々の積み重ねで生じるものである以上、正しい〈百科事典〉の書き方は、日々の記録と同じであるのが最も望ましい。

「ひとりで書こうと思うな」——これが私の持論。

「書きつづけよ」——これが座右の銘である。

なんだか、つい力が入ってしまったが、どうして私はこんなことを力説しているのだろうか。

そもそも何の話であったか。

机の上に積まれた数々の記録に紛れた「そもそも」を探しながら、この混沌とどこまでつきあっていけるかと少し不安にもなってきた。

＊＊＊

新しいノートを開いた小さな男

このように、しばしば混沌に陥ってしまう小さな男であるが、力説のあまり自分を見失ってしまった彼に代わってお伝えすると、彼がいま興味の対象としているのは「つくり笑い」というもので、この事象を正面から考察し、得意の三大測をあらゆる角度から照射して、その実態を浮かび上がらせようとしている。

この「つくり笑い」なるものについては、〈百科事典〉の記述の仕事とは別に、彼が生活の糧を得るためにつづけてきたもうひとつの仕事と大いに関係がある。が、それは日々の考察が重ねられてゆく過程で発見された事実で、直接のきっかけは〈ロンリー・ハーツ読書倶楽部〉という新しい環境に彼が身を投じたことに端を発していた。

ここで彼はこの読書倶楽部に参加しているあるひとりの男に否応なく「つくり笑い」

を浴びせられたのである。彼はこれまでの人生において数多くの「つくり笑い」に接してきたが、これほど集中的にそれを見せられた経験はかつてなかった。

そこである日、小さな男は意を決して新しいノートを開いた。そして、その一行目に、「人はなぜ、つくり笑いをするのか」

と神妙な面持ちで書き起こしたのだ。最初の日はその一行のみ。神妙な顔のまま広大な白紙を有したノートを前にし、小さな男は口を結んで腕を組んだ。「人は――」と、いきなり大きく出てしまったことで、その先がうまくつづけられなかったのである。

彼は問題のその日を振り返る。あの日、彼に「つくり笑い」を見せた男は、小さな男との交流を求めて笑みを浮かべたようにも見えた。が、交流を拒絶するために、あからさまに引きつった笑いを見せつけたようにも思えた。

はたしてその男は分厚い壁の向こうに居るのか。それとも二階から笑いかけてきたのか――。この推測を究めてゆけば、おそらく「つくり笑い」というものの深層が捉えられるはずだと小さな男は信じていた。

＊＊＊

空野氏とつくり笑いの応酬と小さな男

その男の名前は空野といって、「ソラノと申します、どうぞよろしく」と向こうから名乗った瞬間、早くも最初のつくり笑いが披露されていた。いかにもぎこちない笑いであり、しかし、そこだけクローズアップして考えてみると、初めて話しかけるときの緊張から来たものかもしれなかった。が、そこで私が「ソラノさんとはまた珍しいお名前で。ソラノ・ド・ベルジュラクみたいですね」と自分としては読書倶楽部向きの洒落で返したのが良かったのか悪かったのか。途端に空野氏の顔に絵に描いたようなつくり笑いが広がり、そこから先は、なんとも妙な話ばかり。

「あれはソラノではなくシラノでしょう」と空野氏。「あ、そうですね」と私。「私はソラノですから」「ええ、分かります。あなたは空野さんで、あっちはシラノ」「鼻が大きいんですよ、アイツは」「ええ、そうです。大きいですね、シラノの鼻は」「はたして、私の鼻はあんなに大きいでしょうか」──そんなことを突然聞かれても。「いえ、そんなには。大きくも小さくもなくて。まぁ普通というか何というか」

この間、氏のつくり笑いは絶えることなく、じつを言うと私もついつい。妙な間合いに耐えられなくなって、他にすることもなかったので、ついつられてしまい──。

「鼻といえば。象の鼻は長いですな」とソラノ氏。「ええ、長いですね」と私。「アリクイも長いですな」とソラノ氏。「ああ、アリクイも長いですね」と私。アリクイか──と、すかさず私は心のメモをとった。アリクイのことなど久しく忘れていたのだが、これはこの機に考察する価値があるかもしれない。

「長いといえば——」

そうした取りとめのない話が続けられるあいだ、空野氏は依然としてつくり笑いをやめようとしなかった。私もつられたままつくり笑いで応じ、つくり笑いがつくり笑いを呼ぶような、なんともぎこちない応酬がしばらく繰り返された。私はそのときの状況を何度も頭の中に再生し、ノートを広げては憶測を重ねている。まだ始まったばかりだ。この憶測がはたして「二階」と「壁の向こう」のどちらの「やはり」にたどり着くのか、いまのところ私にはまだ分からない。

静かな声　#2

＊＊＊
モウ、コンリンザイと唱える静かな声

噛み殺すべきものはいろいろある。

獣の話ではない。ざっと並べてみよう。

あくび、くしゃみ、咳、しゃっくり、笑い、涙、ときには怒りやだるさなんかも——。

だるさを噛み殺すとは言わないけれど、あら、いけないと自分で気付いたときは、噛み殺すいきおいで二、三回、頬をパシリパシリとやって姿勢を正す。そうしないと、あとで録音を聞き直したときに延々とだるそうに喋っている自分の声に自分で腹が立ってくる。

「何なのよこれ、ダラダラ喋って」

無性にいらいらしてきて、そのうち情けなくなって、「もう金輪際」と後ろ足で砂でもかけたくなる。

「何が金輪際なわけ?」

うっかり、ひとりごとを聞かれてしまい、そのたび虹子さんにぴしゃりとやられてきた。いつのまにか「モウ、コンリンザイ」がひとりごとの常套句になり、寝言やうわ言のように「モウ、コンリンザイ」と無意識に唱えている。

「いえ、こっちの話です」

わたしは〈仕度中〉のカウンターで背筋を伸ばし、なるべく虹子さんの顔を見ないようにひっそりと息をついた。無意識に「モウ、コンリンザイ」が口から出るのはアルコールが回ってきた証拠。〈仕度中〉の旦那に「お水を一杯」と手を挙げて「よし」と気合いを入れ直す。

「何が『よし』なのさ」

虹子さんはさっきよりも声を高め、わたしの方を「ジロリ」と音が聞こえるくらいの眼力で強く見返した。

「あなたも女ならさ」

これは虹子さんがわたしにお説教をするときの決まり文句である。「女ならさ」のところで黒糖の焼酎をグイとやり、「そろそろ言葉遣いに気をつけなさいね」と、ジロリから一転して優しく諭すような麗しい目に変わる。

「そろそろ、って」――と、わたしが虹子さんの言おうとしているところを図りかねていると、

「いや、とっくでしょ」

これはカウンターの中の大将である旦那のセリフ。いつもはキリッとしている眉をハの字に下げ、目尻に皺をきっかり四本刻んで頷いている。わたしの知る限り、これが旦

那のいちばんいい顔で、たぶん自分でもそう思っている。たぶん、それが「いちばんだ」と鏡で確認済みであり、時おり、その顔をさりげなく見せつけながら、ぴかぴかに磨いたカウンターに片手を置いてポーズをつくる。もう片方の手は少し緩めに巻いたハチマキに当てがって、

「ねぇ？」

と、わたしに言っているのか虹子さんに言っているのか、そこのところを曖昧にするのが旦那のずるいところだ。ちぇっ、とわたしは心中ひそかに舌打ちする。それから、旦那の期待に応えるよう、「とっく、とっく」と、さばさばした様子を装ってそう答える。すると、

「そんなことないわよ」

すかさずそう嘯くのは虹子さんの反射神経の良さだ。本当は虹子さんだって、今さらわたしが言葉遣いをあらためたところで、どうにもならないと分かっている。それを「そんなこと」と大げさに手ぶりまで交えて否定するのは、たぶんわたしにお説教をしたいからに違いない。

「だいたいさ」と、お説教は必ず男前な口調で始められる。

「だいたい、あなたは声がイマイチなんだから、せいぜい言葉に気をつかわないと寄りつくものも寄りつかなくなるわよ」

「いいんです、ひとりの方が気楽ですから」

「嘘ばっかり」と虹子さん。「嘘ばっかり」と旦那まで。

「嘘じゃないですよ、もう今さら」

「そうじゃないの。わたしが言ってるのは、今さらって話じゃなくて、今こそって話をしてるわけ。ここからが最後の勝負なのよ？　分かってる？　今さらだの金輪際だのと言ってる場合じゃないの。大体、何がどんなふうに金輪際なわけ？」

「いえ、それはこっちの話で」

まぁ、つまりコンリンザイ、自分の声を自分で聞くのはやめようという、ただそれだけのことなんだけど――。たいてい、放送を終えたあとに番組を録音したものを手渡され、家に持ち帰ってチェックしようとしても五分と聞いていられない。

普通はどうなのだろう。スピーカーから流れる自分の声に何の違和感も覚えないものか。といって、普通は自分の声をスピーカーやヘッドホンを通して聞く機会があまりないけれど。

いやいや、それでも一生のうちには何度かあるはずで、そのとき、たとえば旦那が鏡の前で自分のいちばん良い顔を「これだ」と確かめたみたいに、「うん、これはいい声」と自覚することがあるのだろうか。あるいはもしかして、嚙み殺すべきものをきっちり嚙み殺していれば、いつかは「これがわたしのいちばんいい声」と自分で聞き惚れる日が来るのだろうか。あくびを嚙み殺して、くしゃみや笑いや涙や怒りまで嚙み殺し、「あなたらしい」と皆が言うこの「静かな声」を嚙み殺せば、あるいはもしかして、とも思ったりするけれど。

そんな声を授りたい。そうすれば、多少、言葉遣いが乱れても声が誤魔化してくれる。大体、虹子さんは知らないのだ。彼女が「イマイチ」と評したわたしの声は業務用ではなく素の声で、わたしとしてはその「イマイチ」の方がまだ幾分か好ましいくらい。それでも、そちらで押し通していると、「女なんだからさ」とお説教を頂いてしまう。

もし、〈仕度中〉のカウンターで業務用の「静かな声」を披露したら、虹子さんははたして何と言うだろう。

「何よそれ、気どっちゃって」

たぶん、そんなところだろう。わたしだってそう思っている。気どっていて、当たり障りがなく、嘘くさくて、あざとくて。考えれば考えるほど「モウ、コンリンザイ」と、そう言いたくなってくる。

＊＊＊

西野氏と三つのケーキと静かな声

いずれにしても、声くらい無防備なものはない——と、あらためて彼女は思わざるを得ない。

たとえばこれが文章であったり歌であったり絵であったりしたら、もう少し客観性が生まれて、表現されるものと自分との間にそれなりの距離が生じる。が、声は口から出るそばから言葉に化け、いったん外に出ると消しゴムで消すことも出来なければ後戻りもやり直しも許されない。場合によっては自分の意志とは無関係に出てきてしまうこともある。「どうして、わたしはこんなことを喋っているのかしら」と、彼女自身、唖然とすることが度々というか四六時中ある。

台本があればまだいいが、彼女の受け持つ新しい番組は台本らしい台本もない生放送だ。一時間半を超える長丁場をその場の思いつきで喋りつづける必要がある。

「どうして、わたしはこんなこと」と我に返ったときにはもう明らかに手遅れである。

何度目かの打ち合わせのとき、「せめて台本を——」と彼女は切り出してみたのだが、ディレクターの西野氏は「それでは意味がないんだよ」とハナから聞き入れてくれなかった。

「この番組が目指しているのは、あなたがすぐそこで喋っているということなんだよ。わざとらしいメッセージなんかはいっさい排除して、とにかく普通の女性が普通に喋っている——それだけの番組にしたいんだな」

それは西野氏が一貫して彼女に唱えてきた方針だった。

「大まかな方向くらいは決めといてもいいかもしれないけど。そんなことがどうでもよくなってしまうような偶然や成り行きの方を優先したい。あのさ、俺はそういう番組がひとつくらいあってもいいんじゃないかと思うんだよ」

「ええ、それはまったくそのとおりで。とてもいいことだとは思うんですが」

彼女はともすれば目を輝かさんばかりに力強く頷いた。が——、

「それをわたしがやるのは、どうも」

「いやいや、そこがいいんだよ。その感じがね。自分が本当にこんなことをやるんだろうかという、その感じがね」

何と無責任な——と心中ひそかに彼女は舌打ちした。それってつまりわたしが全部背負うってことじゃないの。本当にうまくゆくかどうかも分からないのに、その不安も丸ごと背負ってマイクに向かう方がこの番組にはふさわしいということ？

「いや、責任は俺がすべて背負うから」

え？　また急にそんなことを言ったりして。

よく見ると、西野氏の眉が〈仕度中〉の旦那と同じくハの字に下がり、彼女は思わず眉の下の目尻の皺を数え出していた。

西野氏は彼女の六つ歳上で、丸い肩に四角い顔が載っている基本構造に、西郷さんのような太い眉とそこだけ洋風めいた鳶色の目が印象的である。目尻に皺が寄らないとき

は、なかなか眼光鋭く、一見して、うわばみクラスの大酒飲みと見なされがちだ。が、意外にも酒は一滴も受けつけない。何を隠そう大の甘党で、「甘党」という結社が本当にあったら、その党首にふさわしいほどの「超」や「ド」が付く甘党ぶりである。

日曜の夜になると、かたわらにケーキを三つ並べ、順に食しながら土、日のハズレ馬券を専用のスクラップ・ブックに一枚一枚貼り込んでゆく。モーツァルトのCDを小音量で流し、たっぷり二時間あまり。スティックのりを片手に持ったまま無心になって勤しむその貼り込み方に独特の美学がある。馬券と馬券を五ミリだけ重ねてレース順に並べていかないと気が済まない。まるで高価な切手コレクションを扱うような手つきで黙々と寸分の狂いもなく貼り付けてゆく。

西野氏はそのスクラップ・ブックを「夢の残骸」と呼ぶ。他人にはもちろん家族にも指一本触れさせない。氏には妻と二人の娘がいるが、並べられた三つのケーキを指差しながら「アンタッチャブル！」と語気を荒げて女性陣を寄せつけない。そのあまりの頑なさに娘二人は父親を「変人」のひとことで片付け、妻はといえば「昔はもう少し――」と誰へ向けてなのかしきりに口ごもって弁明していた。が、毎週毎週、ハズレ馬券と三種のケーキを見せられるうち、いつからか娘と声を揃えてひとことで片付けるようになった。

これに対する西野氏の返答は非常にあっさりしたもの。

「変人で結構」

じつに変人らしい潔さである。当然、この潔さは仕事での受け答えにも裏表なく表れ、鋭い目つきをゆるませて眉をハの字にしながら、「責任は俺がすべて」と宣言されたら、噛み殺しの特訓に余念のない静香でもまるで歯が立たない。

「番組名は〈静かな声〉。これで決まりね」

ついでのように宣告され、彼女が「それはちょっと」とクレームをつける間もなく、その場で「決まり」となってしまった。

「大丈夫。きっとうまくゆくから。なんにも難しいことは考えなくていいんだし、言ってみれば行きつけの小料理屋か何かで常連客と一杯やりながら話すつもりでやったらいい」

いえいえ、それではエライことになりますよ——と彼女は声に出さずに反論していた。反論するそばから、西野氏と差し向かいになった会議室の一角に虹子さんや旦那の姿がよみがえる。そこへ彼女も加わって、どうでもいいようなことを一杯やりながら話し合っていた。

「コンリンザイってのは、何だかドイツ語みてぇな響きだよな」

「そうじゃないわよ。中国の野菜の名前か何かでしょ。コンリンザイの炒め物なんて、ちょいといいじゃないの」とか何とか。

これではただ単に口の悪い江戸っ子の見本を示すだけだ。たしかに彼女としてみればその方が気が楽だけれど、こんなことでは〈静かな声〉の看板は「偽りアリ」とリスナーに指摘されてしまう。もっとも、西野氏が言うところの「偶然」や「成り行き」を重視するなら、それもまた一興ということなのかもしれないが。

＊＊＊

「俺は」「俺が」「俺の」と静かな声

「コンリンザイの炒め物って本当にあったら注文しちゃうかも」「コンリンザイのおひたしとか」「コンリンザイの胡麻和えとか」「〈仕度中〉の品書きに載せてみたらどう?」「今が旬のコンリンザイ」「ストレスでお悩みの方に」「もう金輪際こりごりと、ため息をついていらっしゃる方に」「あ、そのコリゴリっていうのも美味しそうじゃない?」「コリゴリの煮こごりとか」「コリゴリの酢味噌和えとか」

キリがない。というか、こんな馬鹿話ばかりしていたら放送中にうっかり「コンリンザイの炒め物」と口走ってしまうかもしれない。なにしろやり直しがきかないのだから、せめて生放送ではなく録音でと西野氏に懇願してみたが、「それでは意味がないんだ」と、話はまたそこへ戻された。

「俺はね、リスナーがあなたの声を聴きながら、ああ、今この空の下のどこかに、こうして話をしてくれる人がいるんだなぁと、しみじみして欲しいんだよ」

もしかして「この空の下」というのは、この広いのか狭いのかよく分からない東京の空の下のことだろうか。幸い、今のところの予定では全国ネットではないので、西野氏の「この空の下」とは東京及び東京周辺を指しているに違いない。それで言うなら、この空の下には掃いて捨てるほど「コンリンザイ」で「コリゴリ」な人々がうごめいているはず。夜の夜中にひとりごとをつぶやいたり、誰かと電話で話し込んだり、行きつけの酒場でキリのない馬鹿話をしたりして、イヤというほど様々な声に溢れ返っている。つまり、わたしごときが喋っていようがいまいが、「この空の下」にはまったく影響がない。

「いや、そんなことないよ。俺はこのとおり気の利いたことが言えないんで歯がゆいんだけど、何というか――とにかくしみじみしたいんだな。みんな、そうじゃない？　しみじみって何となく良くないか？」

しみじみの味噌汁とか？

それ、いいね、と虹子さんが喜ぶ顔が一瞬だけ浮かんで消える。

「俺は今、しみじみしたい頃合いなんだよ」

俺は今？　頃合い？

「しかし、どうにもこの頃、しみじみが見当たらないというか、嘘くさいというか。ドラマとか映画なんかの作り込まれたしみじみを見せられたって——ま、それでも俺はしみじみしちゃうんだけどね」

どっちなのよ、酉野さん。それに、そんな風に「俺は」「俺が」「俺の」と眼光鋭く言いたてられても、わたしはしみじみの良さが「俺」ほどには分からないし、仮に分かったとしても、わたしの声をラジオで聴いてしみじみするというのが、わたしにしてみれば有り難いことなのかどうかも分からない。

「いや、しみじみすると思うなぁ、俺」

これはもう新種のオレオレ詐欺ではないだろうか。

今、この空の下で、はたして何人のかよわき女性——わたしもそのうちの一人。念のため——が、「俺」のしみじみした口車に乗せられてコリゴリしていることか。世界は男の嫉妬で回っているといつか誰かが言っていたけれど、最近は男の「しみじみ」でゆるゆる回っているのかもしれない。どちらがいいかと訊かれたら、どちらも嫌だけど、答えなければ舌を抜くと脅されたら、まだ「しみじみ」の方がいいか——そう思うしかない。

わたしの決意など、まぁ、そんなものだ。いるはずのない〈姉〉にそそのかされ、コンリンザイやコリゴリを口にしても、結局は「俺」のしみじみに妥協して大人しく「この空の下」の一員になる。分かっていながら、口車に乗って世界を回してゆくことに加担するしかない。

そう思うと、たしかにしみじみしてくる。

わたしは世界なんかとまったく関係のないところで、毎日、花に水をあげたり、干し柿を作ったり、難しい漢字をひとつひとつ覚えたりして、ひたすらのんびり生きてゆけたらと思っていた。それが、いつのまにか舞台の上に引っ張り出されて台本も貰えず、「この空の下」へ向けて「しみじみ」を浸透させる企みに名を連ねている。

シンが聞いたら何と言うだろう。

あの賢い弟。

賢すぎるあまり、愚かな姉——わたしのこと。念のため——の嫉妬を存分に浴びて育った哀れな弟。眉ひとつ動かさずマイペースを守り、「俺」を振りかざすこともなく生き抜いてきた自慢の弟。身びいきかもしれないけれどそれなりにハンサムで、誰の血を引いたのかというようなその見事な鼻筋をわたしに八万円くらいで譲って貰えないかしら。そのくらいならキャッシュで出してもいいんだけど。代わりにわたしのこの広々としたおでこを差し上げますから。

＊＊＊

シンという名の弟と静かな声

このうえ、あの広々としたおでこを貰ったら堪ったもんじゃないよ——とシンは洗面台の鏡の前で姉の声を思い出していた。そんなものを頂かなくても自然とおでこの総面積はじわじわ広がっていて、風呂上がりに鏡を見ると「あら」と、つい弱気な言葉がこぼれ出る。

「ずいぶん、さみしくなってきちゃったな」

姉とはふたつ違いで、三十路の半ばに横たわる分水嶺を目前にした彼女は、いち早く「嫌いな言葉は四捨五入」と憮然としてつぶやいていた。弟は弟で年齢にふさわしくない自分の「足が地につかない」感じを常日頃もどかしく思っている。

シンの仕事は「あかり屋」と自分ではそう呼んできた。「あかりをひとつお届けします」がキャッチフレーズで、しかし、そんなコピーを大々的に掲げて手広く商っているわけではない。商いと呼べるほどのものであるかどうかも疑わしくて、ひとりで暮らすのが精一杯のアパートの家賃と、わずかな食費と光熱費と散髪代。それに本を二、三冊買う小遣い程度のお金。月によっては、それすら充たせるかどうかというところで、この他に「あかり」の材料費が必要になってくるから、そのためだけに新聞配達のアルバイトもしていた。

「お届けします」というとおり、どんなに遠くても彼自身が自転車に乗って「あかり」を届けにゆく。新聞配達と違うのは、届けるだけではなく、つくるのも彼自身であることだ。注文を頂き、何もないところから「あかり」をつくりあげて届ける。「注文」から「届ける」まで、およそ一週間。注文は友人である白影君の店で請け負っている。

この白影君というのは下北沢のはずれで〈午睡屋〉という古詩集屋を営んでおり、こちらもまたギリギリの綱渡り経営で日々を過ごしているギリギリの同志だ。古詩集屋とは聞き慣れない商売であるが、平たく言えば古本屋で、一応、詩集以外の本は置かないというこだわりを貫いている。が、昔の駄菓子屋みたいなちっぽけな薄暗い店の棚に目をこらすと、どう見ても詩集とは思えないものがところどころに並んでいる。

昭和三十年代の時刻表であるとか、『熱帯果実図鑑』であるとか、あるいは、棚ではなく店の片隅に置いた書類ケースの引き出しを引っ張り出すと、『夜光塗料・ヒトデインク』なるチラシが現れたりする。

「どれも詩集です」

白影君は澄ました顔でそう言ってのける。この澄まし顔が白影君のマジックで、決して奇を衒う様子もなく、淡々とした口調で「詩集です」と断言されると、なるほどたしかに「時刻表」も「図鑑」も「チラシ」も詩集に見えてくるから不思議である。

「つまり、いったい何が詩で、何が詩ではないか、という根源的な問題に関わっているのです」

澄まし顔のまま白影君はそう説明する。説明を受けて鼻白む客と、「なるほど」と身を乗り出す客にきっぱり分かれる。シンはその後者に属し、何ら予備知識もなく立ち寄った〈午睡屋〉で『卓上灯製作の実際』という小冊子を買おうとしたところが、

「これは詩集ですよ」

白影君が先回りするように断言したのである。

シンはそこが詩集専門の古本屋であることも知らなかったから、「ああ、そうなんですか」と一瞬ひるんだものの、立ち読みで確認した限り、どう考えても詩集ではなく題名どおり「卓上灯の作り方」を解説したマニュアルでしかなかった。

「どういうことでしょう?」と確かめると、「つまり、いったい何が詩で――」と、すかさず白影君の殺し文句が返ってきた。最初はシンも訳が分からず、この店主は少し頭のゆるい人なのかなと思いながら、「はぁ」と答えてとりあえず小冊子を購入したのだが、部屋に帰って他ならぬ卓上灯のもとで頁をめくるうち、白影君の言わんとするところを理屈ではなく卓上灯のあかりの中に見つけた気がしたのだ。

「なるほど」

これがきっかけでシンは卓上灯――彼が言うところの「あかり」――を自分の手でつくり、その最初の一台を夕方の〈午睡屋〉に持ち込んで「つくってみました」と店主に披露してみた。すると、白影君はめったに見せない感嘆の表情になり、

「これは詩です」

目を見張ってそう断言したのである。

「もし、よろしければ、買い取りましょう。いえ、是非、買い取らせてください」

こうして、シンのつくる「あかり」の一号機は思いがけず〈午睡屋〉の書棚を飾ることになった。これがまた予想外の反響があり、〈午睡屋〉を好んで訪れる客の皆が「これは？」「これも？」と、ふたつの質問を交互に投げかけてきた。そのたび、白影君は「もちろん詩集です」と澄まし顔で答える。「では、売ってくれ」「いえ、非売品です」の押し問答が繰り返されるうち、いつのまにかその書棚の一角が、シンの「あかり」を販売するための注文窓口に成り代わった。

白影君は店主の役割として卓上灯の売り文句を小さな紙に小さな文字で書き、最後に「注文承ります」と書き添えて卓上灯の脇に飾っておいた。

売り文句は次のとおり——。

「小さな卓上灯。御覧のとおりのささやかなあかり。貴重な夜の時間を読書に捧げる方に。高さわずか十六センチメートル。横幅わずか八センチメートル。小さなランプは三十ワット。小さなON／OFFスイッチのみ。調光機能なし。目覚まし時計付属せず。FM／AMラジオ付属せず。カレンダー機能なし。タイマーなし。自動制御装置なし。余計なものは一切なし。ただの『あかり』です。注文承ります」

この売り文句が効いたらしい。多いときは一週間で二台の注文があり、売り文句には

「これは詩です」と明記していないのに、〈午睡屋〉の常連客はこの店のこだわりを理解して「なるほど」と卓上灯に詩を見出した。

シンはじつのところ白影君の言う「詩」の意味がよく分かっていなかったのだが、ただ、ふと見直した卓上灯のあかりが、どことなく柔らかく、洒落ていて、儚げで、見つめるうちにいじらしく見えてきたのに自分で驚いた。

「うん、それが詩だよ。柔らかくて、洒落ていて、儚げで、いじらしい。僕が好きな詩はどれもそんな感じだね」

白影君はそう言ってしきりに頷き、ナァルホド、詩というのはそんなものなのかとシンが感心すると、白影君は「それだけじゃないけど」と店の棚を見まわしてこんなことを言った。

「硬くて、生活感があって、図太くて、憎らしい詩もある。無機質で、無色透明で、尖っていて、とぼけた味わいの詩もある。でもやっぱり、どれかひとつと言われたら、卓上灯のような詩がいいね」

白影君は胸のポケットからハイライトを取り出し、大きく音をたててマッチで火をつけた。頰をすぼめていかにも美味そうに吸い、ゆっくりゆっくりけむりを吐き出す。

「こうして夕方に一服すると、煙草もそんな感じがする。柔らかくて、洒落ていて、儚げで、いじらしくて。ほんの一瞬のことだけど」

なんだか、分かったような分からないような。

それでもシンは、白影君が詩を吸い込むような思いで煙草のけむりをくゆらせているのを見るにつけ、さぁ、また「あかり」をつくろうと何故だか勇気づけられた。そうして「あかり」をひとつつくりあげると段ボール箱に詰めてリュックサックに収め、背中にしょい込んで古い型の五段変則式サイクリング自転車でどこへでも届けた。

それが夕方であれば、背中の「あかり」が自転車のサーチライトのようにペダルを踏むごとに点灯し、柔らかくて、洒落ていて、儚げで、いじらしい光を放つように思える。

さて、この「あかり」を背負って自分はどこまでゆくのか。

シンはときどき考える。「あかり」と共に、ひと月に何度も残高を確かめる銀行通帳のくたびれ具合と、風呂上がりの頭髪の心もとなさも一緒に背負って自転車を漕いでゆく。「あかり」をひとつ届け終えるたび、アパートの部屋の壁に貼った白地図に赤い点を打ち、それが星座表のように少しずつ形を成してゆくのを眺めて小さく満足する。

静かな夜には、その点々が、今、この空の下のあちらこちらで三十ワットの光を放っているのを思い描き、そのときばかりはほんの少しだけいい気分になる。

「あかりをひとつお届けします」

それが詩であるかどうかシンには分からないが、つづけられる限りつづけてみようと白地図の前で考えている。

小さな男　#3

＊＊＊

「ついに」と、つぶやく小さな男

ある日ふと「ついに」はやって来て、それはたいてい平仮名の柔らかさで「ついに」とつぶやかれる。

私がつぶやいているわけではない。タイミングを取り仕切る時間の神様のような人がいて――いや、神様というのは大げさだから、時間の係員とでもしておこう――とにかくそんな人がいて、その人が「ついに」とボソリとつぶやくのが後頭部のあたりから聞こえてくる。

ここが「やはり」とは違うところ。

「やはり」は自分の腹のあたりで小さな爆発が起きてじわじわ浸透してくる感じである。が、「ついに」は通りすがりの誰かにいきなり背中を叩かれるような不意打ちの感がある。

え？ と背中を叩かれた私は反射的に振り返る。が、時間の係員はあちらこちらで多発する「ついに」を伝えて回るのに忙しく、私のことなど見向きもせずにさっさと行ってしまう。首からさげた回覧板のようなチェックシートにボールペンを走らせ、無表情に頷きながら次の「ついに」へ遠ざかる。私は少しのあいだ「ついに」と自分とがフィットしないのを居心地悪く感じ、その一方で、そうか「ついに」なのかと後頭部のあたりで考えている。

「ついに」とはすなわち、しかるべき時間が来たことを意味し、人生を長続きさせればさせるほど、この「しかるべき時間」が次々と襲ってくる。

ただし、私が肩を叩かれる「ついに」は大したものではない。これは私が小さな男であることとはいささかの関係もない――と思う。

私の「ついに」はたとえば次のような事柄だ。

ついに万年筆のカートリッジ・インクを取り替えるときがきた。ついに右側頭部に白髪が生えてきたのを発見した。ついに積み上げていた本が音をたてて崩壊してしまった。ついにちびちびと撮影してきた三十六枚撮りフィルムを最後まで使い切ってしまった――等々。

どうということもないが、いずれも「ついに」であり、しかるべき時間が来たことを告げる現象であるのは間違いない。

「しかるべきとき」といっても、それらは何らかの終焉を告げる絶望的な「遂に」とは違う。絶望の「遂に」は漢字の「遂に」であり、この「遂に」をつぶやいて回る係員は、もはや係員というより「執行人」と呼ぶべき恐ろしい存在である。私はなるべく漢字の「遂に」が我が身に降りかからぬよう細心の注意を払ってきた。それでも執行人はやって来る。しかるべき時間が確実にやって来るのと同じように、私の背中に冷たい手の跡を残していった「遂に」は、たとえば次のような事柄であった。

遂に二十年間使ってきたテレビがまったく映らなくなった。遂に辞書の文字が見え難くなって老眼鏡の検討が必要になった。遂に常に心の支えであった私と誕生日が同じサッカー選手が現役を引退してしまった。遂に長年愛用してきたコーヒーカップを床に落とし、原型をとどめないくらい粉々に砕け散ってしまった——等々。

はたして平仮名と漢字の差がどれほど違うのか——あなたはそう思うかもしれない。私もそう思わないではない。しかし、漢字の「遂に」には取り返しのつかない何かが七味唐辛子のようにピリピリとまぶされている。その点、平仮名の「ついに」はまだまだ改善の余地があり、私はこの「改善の余地」なる古めかしい言い回しにひそかに愛着を覚える。「改善の余地」にはほのかな希望が宿されている。このせち辛い世の中で軽々しく「希望」などと口にするのははばかられても、「改善の余地」であれば堂々と口に出来る。そこには「希望」に限らず「再生」とか「リベンジ」といったいずれもはばかられる——というか恥ずかしくなるような——言葉が孕まれているが、おそらく誰もそんなことには気付かない。

というわけで——説明が入り組みすぎてよく分からないかもしれないが——私は平仮名の「ついに」を好ましく思う。ときには、時間の係員の不意打ちを心待ちにするようなときさえある。さらに言うと、意図的に「ついに」を呼び寄せてしまうこともある。呼び寄せるのはじつに簡単だ。とにかく思いきり勿体ぶればいい。秘密があるわけでもないのにやたらと思わせぶりな発言をしてみたり、読みたくて仕方なかった本を買ってきて読まずに表紙だけ眺める。でなければ、試食して美味しかったカシス入りチョコレート・ボンボンを食べずにしまっておく。

するとそのうち「ついに」がやって来る。

ついに話さずにいたことを誰かに告白し、ついに読まずにいた本の頁を開いて文字を追い、ついに食べずにいたボンボンを心ゆくまで味わって食べ尽くす日が来る。係員のつぶやきを聞きながら。その解放感。これが「ついに」の醍醐味である。そこには何かが終わりを迎えるときの寂しさと喜びとが、いい具合にブレンドされてひとつの味わいになっている。

＊＊＊

時間との戦いと「叫び」と小さな男

以上のようなやたらと勿体ぶった前置きを経て、小さな男はいま新たなる「ついに」を迎えようとしている。

舞台は彼が参加している〈ロンリー・ハーツ読書倶楽部〉の会合において。

時は夕刻――。

しかし彼はまだ倶楽部の会合場所に到着しておらず、しきりに腕時計を気にしながら地下鉄の車中にある。小さな男が約束の時間に遅刻することはまずない。したがって彼は自分が時間に遅れつつあることに慣れていない。彼は額に汗を浮かべ、いったい時間に遅れてしまうとはどういうことなのかとしきりに考えていた。

「時間との戦い」などという表現をときおり目にするが、アレがつまりコレなのか。戦いとはどういうことなのか。どうすれば戦えるのだろうか――等々。

彼は不意に地下鉄の中で走り出したい衝動に駆られた。進行方向に向かって。一歩でも早く近づければ時間と戦えるのではないか。それともそんなことは無意味なのか。

彼は額の汗を折りたたんだハンカチできれいに拭きとる。鼻の頭に汗をかき、下唇を前歯で嚙んでワイシャツの襟ぐりに入れた指先でネクタイがゆるむよう促す。ついでになんとなくネクタイを眺め、見慣れたネクタイの柄がいつもより鮮明に映るのを奇異に感じる。抑えた色合いの細い格子柄のデザインで、しかしどういうわけかその格子柄の向こうに自分の知らないもうひとつの世界が――などと、とんでもない妄想がたちこめてくるのを振るい落とすように頭を振る。

彼は目頭を揉みほぐしながら何とはなしに車中の男たちの胸もとに視線を移す。

と、どういうわけか男たちは揃いも揃って同じようなネクタイを締めている。いずれも色鮮やかで複雑なデザインが施され、ペイズリー柄のバリエーションと見える。何とも得体の知れない不気味な絵柄が渦巻きの出来そこないのようにランダムに配され、じっと見ているとひとりでに動き出すような気がして、小さな男は凍りついたように息を呑んだ。

　男たちはネクタイのことなどまるで意に介さない。が、彼らの胸もとからは奇怪な流動体じみたものがにじみ出ている。小さな男はもちろんそんなものを見たくないのだが、最も間近にいる男のネクタイに引き寄せられ、驚くべきことにその流動体が無数にうごめくあの有名な絵――あのムンクの「叫び」の絵柄であることに気付いた。

　ムンクの「叫び」ネクタイ――。

　そんなネクタイがあるとも思えないが、ふと、どこかの美術館のミュージアム・ショップで見かけたような気がしてきた。「誰がこんなものを」とつぶやいた自分の声が後頭部のあたりから甦ってくる。その「誰か」が、いま目の前にいる。あたかも小さな男の心中を映し出すかのようにグロテスクなネクタイを誇示して。

　彼はもういちど腕時計を確認した。集合時間まであと三分しかないことを知り、ふたたび走り出したい衝動に駆られた。

　同時に、いよいよムンクが際立つ。というか、よくよく見れば間近な男に限らずそのあたりに立ったり座ったりしている男たちのネクタイがすべてムンクであるのに気付く。

ちょうどコーヒーにクリームを落としたときのあの奇妙な流動が、男たちの胸もとでヌラヌラ輝いている。

どういうことだろう。

小さな男は目を閉じて考える。目に映るものをいったんシャットアウトし、残像が消え去るのを待って冷静さを取り戻す。そうした上で少しずつ薄目を開け、妄想が消え去ってムンクが元のペイズリー模様に戻っているのを確認しようと努める。が、ムンクは依然としてムンクであり、より落ち着いた現実の光景としてそこにあった。電車がどこかの駅に到着し、開いたドアから地下鉄特有の匂いの風が入り込む。一斉に男たちのムンクがはためいて音をたてる。

これは現実なのか——小さな男は手のひらにじっとり汗をかいた。「正気を保て」と自分に言い聞かせる。深呼吸をし、さらにもう一段階、自分をクールダウンさせてゆっくり考える。

仮にこれを現実である——としてみよう。

それは一体どんな現実なのか。

ドアが閉じられ、風にあおられていたネクタイが静まり返って数えてみれば六本。すなわち六人の男たちが同じ絵柄のムンクのネクタイを締めている。彼らはめいめい文庫本を読んだり、携帯電話を覗き込んだり、大きく体を揺らしながら居眠りをしたりしている。

小さな男は徐々に自分を取り戻し、目の前の事態を常識的に捉え直そうとした。

彼らは一見、他人同士のようだ。が、まさかムンクのネクタイを締めた男が偶然六人も出会うとは思えない。それはたとえば地下鉄の同じ車輛に、偶然、「十文字さん」が六人乗り合わせるのと同じくらい稀なことである。「鈴木さん」ならあり得るかもしれないが、「十文字さん」となると、まずあり得ない。六人どころか三人でも困難だ。

となると、彼らは同好の士であると考えるべきだろう。たとえば〈「叫び」の会〉というようなものがあるのかもしれない。あるいは〈同じネクタイの会〉であるとか。でなければ、彼らは「叫び」ネクタイの考案者および制作者であり、いまひとつ売れ行きの芳しくない同商品を自らPRしているとか――。

小さな男は彼らがひとことでもいいから言葉を交わさないものかとハンカチを握りしめて観察した。が、彼らはネクタイ以外には何ら共通項がなく、思い思いの姿勢と沈黙を保っている。

もし――。

「そういえば、このあいだの絶叫についてなんですが」

そう話し始める男が一人でもいれば、〈「叫び」の会〉の線が濃厚になってくる。

もし――。

「それにしてもムンク先生の晩年は」

そんなため息のひとつでもついてくれれば、途端に〈ムンク同好会〉の線が浮上して納得がいく。が、彼らはいっさい言葉を交わさず、ふたたび駅に到着して一斉に胸もとのヌラヌラをはためかせた。そして、しばしアナウンスが駅と車内に響くと、何事もなかったかのようにドアが閉まってネクタイが静まり返った。

その瞬間だ——。

小さな男は「ついに」の不意打ちを耳にしていた。

ついに。ついに、である
ついに、彼は降りるべき駅を乗り過ごしてしまった。

いつかこういう日が来るのではないかと恐れていたのだった。予感はあったのである。思わせぶりもあった。いや、彼自身が思わせぶりを重ねてきたわけではなく、地下鉄の方が——いや、正確に言うなら地下鉄の車掌が——そのアナウンス技術によって小さな男に「思わせぶり」をもたらしていた。そこには車掌の省略による美学——と言えるかどうか——が働いており、次に停車する駅名をアナウンスする際に意表をついた大胆な省略を試みていた。

たとえば、「次は表参道」は「次は……モテサンド……」に。場合によっては「次は」も省略されて声もくぐもり、「……テサンド……」としか発音されないときもある。

「青山一丁目」は「……ヤマイッチョ……」。「赤坂見附」に至っては「……カサカミ……」としか聞こえず、まったく訳の分からない駅名に化けていた。

小さな男は地下鉄に乗車する際、必ず本を読むのが慣わしになっていたが、本に気をとられてうわの空で、「……カサカミ……」と聞くたび、今いったい何と言ったのか？カサカミとは何のことか——そう訝しみながら、「まずいな」と危惧していたのである。

いつか自分は駅名を聞きそびれて乗り過ごしてしまうかもしれない。

そしてその通りになったわけである。

ついに——。

＊＊＊

階段を駆け上がる小さな男

というわけで、ついに地下鉄で乗り過ごし、ついに遅刻をしてしまった。

が、いずれも平仮名の「ついに」であるから改善の余地はある。乗り過ごしてしまったのならひと駅戻ればいいわけだし、週に一度の〈読書倶楽部〉の会合に遅れたからといって世界から取り残されるわけでもない。

それでも、私は走っていた。

私だって遅刻するつもりはなかったのである。

確実に間に合うよう午後の仕事をこなし、能力の限界に挑戦する思いで最善を尽くしてきた。もし、小島さんが——いや、そのことはもういい。小島さんのせいにしてはならない。小島さんは私たちの仕事によく起こるミスを二度、いや三度つづけて繰り返してしまっただけだ。頻繁に起こることは予測されていたのだから、私は心を——心だけは——大きく広く持って受けとめなくてはならない。

そう思って私は小島さんの分も働き、出来る限りのことをして、やれることは全部やった。

だからあとはもう走るしかない。

結局、「時間との戦い」の最終手段は走ることしかない。歩いても走っても距離は変わらないが、走れば走るほど時間が縮まってゆくというこの世の神秘を利用しない手はない。というか、そうした理屈を考える間もなく体が自然と反応して走り出していた。私の小さな人生において、こういうケースはとてもめずらしい。走る体が先行し、理屈は走りながらこねている。まるで言い訳のように。いや、言い訳と理屈はほとんど同じもので、いずれにせよ潔くないものであることに変わりはない。体中の筋肉を駆使して走ってみればよく分かる。体が先行すれば理屈などどうでもよくなってくる。

——と、以上のようなことを息を荒げて断続的に考え、考えながら私は〈カサカミ〉までひと駅ぶん戻った。そして、別の地下鉄に乗り換えて速やかに目的の駅に到着し、電車から降りるなり走り出して高速で改札口を抜けた。そして、そのまま地上への階段をとんでもないスピードで駆け上がるつもりだったのだが――。

ここで一応おことわりしておきたいが、私は小さな男であるゆえ、階段を駆け上がる際に「一段抜かし」なる荒技を使うことが出来ない。仮に出来たとしても、私は「一段抜かし」というものを好ましく思わない。その思想がまずもって気に入らないのだ。抜かされる「段」の身にもなって欲しい。私は「抜かす」とか「とばす」といった省略やスキップをひそかに憎んでいる。

抜かさないで欲しいし、とばさないで欲しい。「カサカミ」ではなく、「アカサカミツケ」とはっきりアナウンスして欲しい。

そうしたことから、私は常日頃、階段の一段一段を踏みしめてゆこうと心がけている。が、時計を見ればすでに集合時間を十五分も過ぎ、十五分も遅刻しているのに、しみじみ踏みしめている場合ではない。

素早く。しかし、ひとつとして抜かすことはなく。確実にすべての段を踏みしめて、なおかつ早急に――。

私は自分がここまで小刻みに足を動かせるものかと我ながら驚嘆していた。一段一段を踏みしめるのではなく素早く打ちつけるようにして階段をのぼってゆく。フラメンコ・ダンサーのように。あんなに力強くリズミカルなものではないが、カスタネットを連打するときの硬い音が地下鉄の階段に激しく響きわたる。

私は当然のように息が切れた。息が切れると思考も途切れ、私の頭の中は……遅刻だ……ついに……まいった……遅刻……長いなこの階段……足が……疲れる……もつれる……ああ……ああ……遅刻だ……まいった……まいった……遅刻だ……遅刻だ……といったような感じになる。

息が切れるというより、ほとんど停まりかけて途中で思わず足を止め、見上げると階段はまだ二十段ほどあった。階段の果てには外の風景が——夕方の空とかすかに見える街路樹が——四角く切り取られて、そこから凄まじい向かい風がジェット噴射を思わせる轟音を伴って吹き込んでくる。私の体は風を受ける面積は小さいものの、風に抗う力も小さいので、場合によってはこうした激しい向かい風が命とりになる。あなたはおそらく小さな男ではないから理解できないかもしれないが、向かい風に負けて一歩も前へ進めなくなった男の姿くらい悲しいものはない。嵐の如き向かい風に負け、階段を一気に転げ落ちてしまう最悪の事態も考えられる。

しかし、それでも私は負けずにフラメンコ・ダンサーの心意気で駆けのぼった。前髪がすべて逆立ち、上体をあおられながらもアクロバティックな身のこなしで会合の案内状をポケットから取り出した。素早く集合場所の地図を確かめる。そして、フラメンコの勢いのまま地図に従って地下鉄口から街へと躍り出た。この「躍り出る」は比喩ではなく的確な表現であり、激しく階段を駆け上がったせいで足が笑い、いや、足だけではなく体中が笑い、宙を泳ぐのではなく躍りはねるようにして、それでも足は走っていた。

私は職場においても遅刻というものをほとんどしたことがない。どんな場合であれ定められた時間の七分前に到着するよう心がけている。十分では早すぎるし、五分前ではうっかりするとギリギリになる。したがって七分である。必ずそうしてきた。そうしていればいつか誰かが私のことを「七分前の男」と畏敬の念をこめて呼んでくれるかもしれない。

が、私が必ず七分前に現れるのを確認してもらうためには、八分前なり九分前の先行者の存在が必要であることに気付いた。これがなかなか上手くいかない。たいていの人は早くても五分前くらいにならないと現れない。それさえ毎日継続する人は一人もいない。つまり私は常に一番乗りであり、私がいつも七分前に到着していることなど誰も知りはしない。

誰も知らない「七分前の男」。

そんな私がだ――。

すでに二十分も遅刻しているのだから、これはもはや緊急事態と言って差し支えない。やはり小島さんのあの――いや、小島さんのせいにしてはならない。小島さんのせいではないのだ。小島さんは確かにミスを犯した。したことはした。しかし、私がこうして遅刻をしてしまったのは小島さんのせいではない。断じてそうではない。

＊＊＊

薄切りハムとリフレインと小さな男

でも、やはり小島さんのせいで遅刻したのかな、と小さな男は小さく思う。

断続的な思考の連なりの中で、「そうではない……」と「……そうではない」の間に挟まれたサンドイッチのハムくらいの思いが、「小島さんのせいかもしれないな」と薄切りで主張していた。それは薄切りなりの主張であり、そういえば小島さんという人自体がどこか薄切りハムのような男なのである。お昼に自分でこしらえてきたハムとレタスを挟んだ簡素なサンドイッチを不味そうに食べていたりする。

小さな男は走りながら苦笑していた。

我々は小さな男と薄切りの男だ。

それは決して「ちっぽけな男」と「うすっぺらな男」という意味ではなく、あくまで体つきの印象からくる表現にすぎない。内面とか精神といったものとはいささかの関係もない。

小島さんが返品伝票の書き方を間違えたのはこれで何度目になるだろうか。そうしたことに細心の注意を払っている小さな男でさえ、これまでに二度ばかり間違えたことがある。だから、どう考えても書式そのものに問題があるのだ。しかしそうは言っても、小さな男や薄切りの男がメーカーに抗議したところですんなり受け入れられるはずもない。そもそも何かしら面倒なところを抱えているのが仕事なのだから、ここはやはりあの厄介な伝票を前にした以上、あらゆる集中力をかき集めて臨むのが正しい姿勢である。

ところが、小島さんは仕事とはまったく無関係の〈リック・325〉のことしか頭になかった。〈リック〉とは小島さんが夢中になっているドイツの自転車メーカーの名で、小島さんは自転車に乗るのが唯一の趣味なのである。

この〈325〉というのはリック社が三十年前にプレス向けに発表した幻の型番で、その幻がいま三十年の時を経て、わずか十二台のみ特別に製造されるという。リック社の倉庫から発見された当時のプロトタイプ用のパーツを使用し、幻のまま終わっていたものを幻ではなかったことにしようという試みらしい。十二台のうち二台はリック社に保管され、一般に向けて販売されるのはわずか十台。〈リック〉の自転車は世界中にファン・クラブが存在し、今回の発表に全世界のリック・ファン、リック・マニアが「へなへなになった」と薄切りの男・小島さんはそう表現した。

「私はその十人の中の一人になるんです。なるんですよ」

語尾が指差し確認のようにリフレインされるのは相当に熱が入っている証しである。あるいは「へなへな」になってしまった自分を懸命に立て直そうとしているのかもしれない。あるいは、いままさに世界のあちらこちらで、小島さんと同じ病に冒された人々が「なるんです。なるんですよ」と強く自分に言い聞かせているのかもしれない。

「へぇ、そうなんだ」

小さな男は自転車にまったく関心がなかったので、職場の同僚であるという立場上、小島さんの「なるんですよ」をただ漠然と聞くともなしに聞いていた。が、聞くうちに小島さんの「なるんですよ」に籠められたあまりの力の入れように、ふと「なれるもんなんですか？」と素朴な質問をしてみた。すると、小島さんは「なれるとか、そういうことじゃなく」と目を血走らせ、「なるんですよ」と、そこにはもう理屈などないのだった。

普段は冷静な人である。目など血走ったためしもなく、のほほん、おっとりとして、自らの主張など滅多にすることもない。というか、そもそも主張したい事など何ひとつないと見える。どこにいるのかも分からず、常にサンドイッチのレタスに隠れて居眠りをしているような人なのである。そんな人が鼻息と語気を荒げ、「なるんですよ」のリフレインにこれまでの薄い人生のすべてを賭している。

彼の解説によれば、十名の選出は抽選により、希望者は期日までにハンブルクの〈リック〉本社に直接、申し込むことになっているという。

「で、値段は？」と小さな男が訊くと、

「毎朝、清水の舞台から飛び降りて仕事に通うようなもんです」と、いまひとつよく分からない答えが返ってきた。「とても買えないですよ」――とも。

「でも、小島さんは十人に――」と小さな男が言いかけると、「ええ、そうです、そうなんです。なるんです、なるんですよ」と畳みかけるようなリフレイン。

「夢だったんです。それがついに。それがついにですよ」

なるほど。ここにもまた「ついに」が囁かれていた。ふむふむ、と頷き、小さな男は小島さんの後方にそっと視線を移してみた。いま、小島さんの背後には、「ついに」の係員が一度ならず二度三度と姿を見せ、これまでひっそりとしていた薄切りの男に初めてもたらされた夢の「ついに」を、これでもかとばかりにしつこく告げているに違いない。それがはたして夢の終焉を告げる「ついに」なのか。それとも夢の実現を祝福する「ついに」なのか。まだ係員にさえどちらなのかよく分からない。それは二枚の厚切りパンのようなふたつの「ついに」であり、小島さんはその厚切りにしっかり挟まれて仕事が手につかなくなっていたのだ。

――私だって自転車が欲しい。

小さな男は依然として走って揺れながら、走って揺れる自分の腕時計の文字盤をチェックすると、遅刻はとうとう三十分にならんとしていた。なんだか気が遠くなりそうだ。

――私だって一度でいいから十人の中の一人になってみたい。

足も体も頭も笑っていた。しかし、心だけは泣いている。

──いや、なるんです、なるんですよ。

自分の不甲斐なさと自分の小さな歩幅に泣いていた。それこそ〈ロンリー・ハーツ読書倶楽部〉の会員として正しい態度ではあろう。

が、ついに彼が会合の場所に走り込んでいったとき、倶楽部の面々は小さな男の逆立った髪と尋常ではないその形相に「あの有名な絵」を連想していた。

小さな男の脳内には、まだ断続的な思考が続いている。

「申し訳ありません」と遅刻の非礼を詫び、「ハムがですね──」と言いかけて、あとはもう何がなんだか脈絡もなかった。

「薄切りでして……そのうえネクタイがすごいことになっていて……叫びですよ……叫びでした……向かい風も激しいし……やはり元をただせばハムが……いえ……つまり仕事がですね……」

会員のひとりが見るに見かね、「仕事がお忙しかったんですね」と意を汲むと、「ええ、ええ」と小さな男はそこでひとつ息をついて両手をほてった頬にあてた。その姿がまた「あの有名な絵」に重なって、会員たちはゾッとしながらも確かめずにいられなかった。

「お仕事は……あの……お肉屋さんとか？」

「いえいえ、肉屋は地下にありまして、私は六階なんです。寝具売場なんですよ」

小さな男は何の感慨もなくそう告げ、これまで勿体ぶって話さずにいた自分の職業を、こうして走ってきた勢いであっけなく明かしてしまったことに我ながら唖然としていた。すでに小島さんのもとから離れていた時間の係員が、どこからか音もなくするすると忍び寄り、小さな男の背中を「ついに」と軽く叩いて無表情のまま去っていった。

静かな声　＃3

ものの本によると、現代の女性の多くが「部屋を片付けない」病を患っているという。これはもうひとつの大病である「捨てられない」病とどこかでつながっていて、そのうえ、先天的疾患というしかない「地図が読めない」病を持ちあわせているのだから、わたしたち紅組の人生はあらかた混沌としていると思われる。

わたしも見事すべてに当てはまり、ということは、わたしも「現代の女性」の一員ということになる。現代に生きて女性であることは間違いないとしても、「現代の女性」などといわれてもまったくピンとこないのだが――。

たぶん中途半端な年齢のせいだろう。

もちろん若くはなく、でも、年寄りというほどでもなく、自分としては「そのあいだ」ぐらいのつもりで、事あるごとにわたしは「そのあいだ」と小声でブツブツ唱えてきた。そうしたわたしのブツブツを一言一句もらさず聞きつけ、「あ、それは」と、すかさず合いの手を入れてきたのが同僚の茂手木さんである。

＊＊＊いくつかの病と静かな声

彼女はわたしより正真正銘まるまるひとつ若い。正真正銘というのは奇しくも誕生日が同じだったからで、わたしも彼女も同じ五月二十五日生まれである。これは動かしがたい事実で、たとえ仕事を離れたとしても、わたしは彼女より――人生の――まるまる一年先輩ということになる。

それでも局内のパーソナリティーと呼ばれる女性たちを見渡してみれば、どうやら彼女がわたしといちばん歳が近かった。ただしそれは数字の上での近似値で、彼女とわたしのあいだに横たわる得体の知れない沼の深さと広さは計り知れないものがある。

「ひとつ若い」の「ひとつ」は意訳すれば「地球ひとつぶん」くらいのニュアンスであり、地球は一年で三百六十五回まわっているのだから、つまり地球三百六十五個ぶんくらいの隔たりがある。実際のところ、そんな感じがするのだ。

もしくは、これはこのあいだ番組の中で取りあげたエピソードなのだが、ただいま現在、地球上には一日平均三十八万人もの新しい生命が誕生しているという。となると、三百六十五日で一億四千万人。つまり、彼女はわたしの一億四千万人ぶんうしろに並んでいる計算になる。が、彼女はその一億四千万人をするりと飛び越え、わたしのブッツを素早く聞きとるなり「あ、それは」と指摘してくる。たとえば、こんなふうに――。

「それはですね、『そのあいだ』と自分で思い込んでいるだけなんです。というか、みんなそう思っているんです。わたしは若くないかもしれないけれど年寄りではないって。そんなふうに自分ひとりで思い込んでいる人がすごく多くて、そういう人ってホントに『そのあいだ』が長いんです。ずっと『そのあいだ』って言いつづけて、静香さんだって、もうずいぶん経ちます」

はっきり言おう。自分の胸の内だけに。

――わたしはこの後輩が苦手だ。

一億四千万人の隔たりがあって本当によかった。同じ誕生日かと思うとちょっと小憎らしいけれど、同じ年に生まれなかったのがせめてもの幸いである。

「そういえば、このあいだ番組の中で言ってましたよね」と彼女はわたしの胸の内を見透かしたように話し続ける。「この地球上には一年でおよそ一億四千万人の赤ちゃんが誕生しているって。ということは、私と静香さんのあいだには一億四千万人の行列が挟まれているってことです。つまり、静香さんは私より一億四千万人ぶん年をとるのが早く、年功序列に従うと、私より一億四千万人ぶん早く死んじゃうってことです。でも、今はなぜかこうして隣り合わせていて、それって本当に不思議なことだと思うんです」

この際、もっとはっきり言おう。

――わたしは彼女が好きじゃない。

でも、有り難い。何が何でもこの人より長く生きてみせようと張りが出てくる。もちろん、仲のいい同僚も有り難いけれど、仲良くない同僚も、いきいきと生きてゆくためには、時として必要かもしれない。

彼女とは週に一度、午後五時から七時までの生放送で――まさに彼女の言うとおり

——お互いの息づかいを確かめられるくらいの近距離で隣り合わせる。彼女は五時四十五分ごろに現在の都内の交通状況を伝え、わたしはそのあとで〈グッド・イヴニング！今日の発見〉なるほんの数分の穴埋めコーナーを担当している。わたしたちは同じブースに並んで座り、彼女が都心環状線の渋滞の様子を詳細に伝え終えたところで、軽やかなジングルに乗って「グッド・イヴニング！」とわたしが御挨拶申し上げる。

そのとき、ジングルの始まるわずかな間合いを利用して、彼女がアドリブでわたしを紹介する段取りになっている。台本にも「ここはアドリブで」とはっきり記してあり、毎回、趣向をこらした紹介が彼女によって披露される。番組はもうじき二年目を迎えようとしているから、計算すると——なぜ、わたしはこんな計算ばかりしているのだろう——およそ五十回あまりも彼女はわたしのために即興のイントロデュースをしてくれたことになる。

たとえば——、

「つづきまして〈グッド・イヴニング！　今日の発見〉です。いつもいきいきしている静香さん、今日はどんな発見がありましたか？」——というふうに。

この「いきいきしている静香さん」の「いきいきしている」の部分がアドリブの要になり、それに応じて前後の言葉が変わってくる。たとえば——、

「さて、お待たせいたしました。局内一の物知りレディ、静香さんの楽しいお話の始ま

りです」――というふうに。

「さて、今日はどんな発見を披露してくれるのでしょう。奇麗な目の静香さん、その目に今日は何が見えたでしょうか」――というふうに。

こうして適当に例を挙げただけでも、いかに出鱈目なアドリブであるかがよく分かる。わたしはちっともいきいきなんかしていないし、物知りでもなければ目が奇麗でもない。ときどき当たっていることもあるけれど、こんな調子で五十通りもわたしを千変万化させてきたのだから、出鱈目とはいえまったく恐れ入る。当然、こんなことは無理が生じてくるはずで、いつネタ切れになるかと楽しみにしてきたのに、不思議にも彼女は「無理ですよ」とか「難しいです」などと愚痴ることもない。けろっとした顔で平然とこなしているのが、また小憎らしい。

さらに言うと、このひと月ほどは紹介が定番化され、それがまたちょっとした番宣を兼ねているところが小憎らしいを通り越して本当に憎たらしい。

「来月から深夜の新しい番組を始める静香さんです――」

これを隣でけろりと言われると、わたしとしては「ありがとう」と笑顔で応じつつも、日々つのってゆくプレッシャーを「分かってますね？」と確認されているようで憂鬱になる。確認だけならまだいいけれど、なんというか、毎日、一本ずつ矢がグサリと突き刺さってゆく心境だ。

たしか黒澤明の映画で、全身にハリネズミのように矢を浴びた武士だか侍だかの姿を見たことがある。あれが今のわたしである。あの武士だか侍だかは、いかにも重々しい鎧を身に着けていたけれど、わたしに足りないのはその鎧で、つまりは「備え」である。「備えあれば憂いなし」とよく言うが、翻して言うと「備えなければ憂いのみ」ということになる。

どうしてわたしはこうも準備が出来ないのだろう。もしかして、それもまた現代の女性に蔓延しつつある病のひとつなのか。すでにハリネズミのように全身に矢を浴びながら、わたしは現実から目を逸らして思わず遠い目になった。

「あ、また遠い目になってますね、静香さん」

隣り合わせた彼女の、じつに的確な指摘。わたしは、小さく咳払いをしてその場をごまかした。

＊＊＊

ソースびんと醤油びんと静かな声

「いや、俺としては、むしろ準備なんてして欲しくないんだけどね」

西野氏もまたどういうものか遠い目になって、そんなことを言い出した。

俺は今、しみじみしたい頃合いなんだよ、と宣言する彼は、何かにつけてしみじみとし、それは大抵の場合、遠い目とセットになっている。しみじみがより深いときは遠い目もより遠いところを望むべく瞼が閉じられ、まるで千里眼のように空間的にも時間的にも遠いところを見ようとしている。

しかし、いや、それは違う、そうではないのだ——と西野氏は「遠い目」的な幻想を振り払ってわざとらしく目を光らせる。

今、俺が欲しい「しみじみ」は、ありもしない遠くを望むようなことではなく、すでに自分の手にしているものに目を近づけて見直すようなことなんだ。そんな番組を俺たちはつくろうとしている。だから大げさな準備なんてまったく必要ない。遠くへ行くわけじゃなし。遠くどころかどこにも行かないんだから。今ここで、あなたが静かな声で語りかけ、今ここでその声に耳を傾けるリスナーがいる——。

「それが俺の考える新しい番組なんだよ」

「そうですか」

静香はうわべだけの生返事をし、遠い目になるというより、単純によそ見をしたくなった。この何かを言っているようで、よく聞くと何も新しいことを言っていない上司の言葉。彼自身には「うんうん」と頷けるものがあるのかもしれないが、静香には西野氏の言う「すでに手に入れているもの」の意味がいまひとつ分からなかった。

——それとも、わたしがひねくれているだけなんだろうか。

彼女は、よそ見が捉えた食堂のテーブルの上に、ソースびんと醬油びんが仲良く並んでいるのを漠然と眺めていた。ソースも醬油も同じ透明なガラスびんに容れられ、日々酷使されて手脂で薄汚れている。ガラスの表面は曇って透明が半透明になり、ソースなのか醬油なのか外見からはほとんど見分けがつかない。

「すごくいい番組になるよ、きっと」

静香は西野氏の熱弁を頭の右上の十円玉くらいの面積で認識し、頭の大半はソースと醬油について考えていた。

言うまでもなくソースはおもに洋食に使われ、醬油はおもに和食で活躍する。つまり、ソースはおもに外国で、醬油は日本。ソースは遠く、醬油は近い。でも、そのふたつはほとんど見分けがつかない。こんな都会の一角の、さして大きくもない放送局のさらに一角にある食堂のテーブルの上でも「遠く」と「近く」が一緒くたになっていた。

以前、静香は醬油のつもりで冷奴にソースをかけてしまったことがある。ソースと間違えて醬油をかけたトンカツを、「これはこれでいいじゃないの」と終始、自分に言い聞かせながら完食したこともある。

いや、似たようなことは他にもあった。

サンダル履きで化粧もせず、すぐ近くの「そこまでちょっと」のつもりで家を出たのに、そのままいつのまにかトロントに行ってしまったり、サンパウロに行ってしまったり、ドルトムントに行ってしまったり――ということはさすがにないけれど、思わぬ遠いところまで行ってしまい、困ったなぁとつぶやいたことが一度ならず何度かあった。襟がヨレヨレのTシャツで来ちゃったし、あくまで近所の買い物用であったケロヨンみたいなアップリケがついた手提げ鞄で来ちゃったし――そういうことがよくある。そんなことがよくあるのは困りものだが、「地図が読めない」病が高じてくると、空間や距離の感覚が麻痺し、やがて遠近感まで失われて地図どころか世界の広さや狭さも読めなくなってくる。

近所のスーパーに行ったところが欲しいものが見つからず、それならば他のところでと衝動的に電車に飛び乗り、ふと気付くとケロヨンの手提げで新宿の雑踏を歩いていたりして。

――まぁ、人生なんてこんなもんです。

と、ケロヨンを隠しながら静香は努めて平然を装った。が、それはつまり、装わなければならないインチキな平然だったかもしれない。

そういうわけなので、いくらボスが「準備などいらない」と甘い言葉を囁いても、やはり「そうはいかないのよ」と彼女は頰杖をついたまま小さく首を振るしかなかった。サンダル履きの気安さで口走ったことが、ショットガン並みの威力でリスナーの胸に穴をあけてしまうことも充分あり得る。身近な出来事に引きつけた比喩が裏目に出て、身につまされたリスナーにグサリグサリとハリネズミ状に矢が突き刺さってしまうことも充分あり得る。

だから、自分としてはサンダル履きどころか素足のまま部屋から一歩も出ないつもりでいても、ヘルシンキやナイロビに出張へ行くつもりで準備をしておかないと後が恐い。下手をすると、痛い目に遭う。知らず知らずに放った矢が、一斉にあちらこちらから返ってきて、自業自得の返り討ちに見舞われないとも限らない。

慎重に始めなければならない。決して気安く構えてはならない。

それなのに——と、静香は西野氏を横目で見ながらひっそり息をついた。

＊＊＊

「準備」と「無謀」と静かな声

それなのに——。

それこそ気安さの表れなのか、それとも予算の都合なのか、放送開始まで一週間を切っている緊迫した打ち合わせを局内の食堂でうどんをすすりながら、というのはいかがなものか。

たしかにこの食堂にはパスタもカレーもクラブハウス・サンドイッチなどというものもあって、ソースが常備されているのはダテではない。一応、国際色豊かな洋食寄りのメニューではある。それにしても、普通こうした打ち合わせ——というか景気づけの一献——は、要予約のレストラン——つまり、手脂にまみれた醬油びんなどいっさい置かれていないテーブルで行われるべきではないか。

でなければ、予約さえ叶わない一見さんおことわりの高級料亭——つまり、ソースびんの存在など遠い星の出来事のような森閑とした空気の中で行われるべきではないか。

そうした、わたしにしてみればいかにも非日常の通過儀礼を経ることで、ぐっと気持ちも引き締まり、それだけでも精神的な準備になるかもしれないのに、それなのに、毎度おなじみのたぬきうどん一杯二百二十円也とは。

「もちろん」と、西野さんはうどんの汁をピチャピチャはね飛ばしながら断言した。

「ネタの準備なんかしなくていいんだよ」

手のひらで口もとをぬぐって、異様に目を光らせる。

「そのときそのときの、あなたの想いを伝えてくれればいい。あの静かな声で」

かつおだしと醬油の香りがたちこめ、それがうどんの汁をすする西野さんの体に染み込み、うっすらとかいた汗とともに体からもかつおだしの香りが漂ってきた。たぶん、わたしの体からも。

おそらく西野さんが言っているのは、この馴染み深い香りを体から消さずにそのままマイクに向かったらいい——そういうことなんだろう。

それは分かりました。

でも、やっぱりわたしとしては何かしら準備をしておきたい。それが結局のところ「心の準備」などと呼ばれる実体のよく分からないものにすぎないとしても、手ぶらで遠くまで行くのはどうしても気が引ける。

正直言って、わたしは恐いのだ。この仕事を選んだ以上、自分の番組を持つことは大きな目標になっていたはず。でも、いざその時が来てしまうと、自分が何ひとつ準備してこなかったことに啞然となる。唯一、頼りなく細々とした経験だけが救いになるのだろうけれど、わたしが思い描いていた状況とは何かが決定的に違っている。

自分の番組を持ってマイクに向かうときは、たぶんそれなりの自信に支えられているはず。

豊富な知識と経験を身につけたことによる余裕が、自分を安心させてくれるはず。そうして話しかける者が安心感を得ていれば、それを耳にする人たちにもその安心感がきっと伝染するはず。

そんなのが、わたしの思い描いてきた理想のラジオ放送だった。たとえ、物を捨てられなくて部屋が片付かず、地図も読めずに遠い旅への準備が出来なかったとしても、積み重なった時間が自信に化けて自信が準備の代わりになる――どこかでそんなふうに楽観していた。

でも実際には、時間というのは積み重なるのではなく、ただひたすらゆるゆると流れゆくばかりなのだ。若くはないけれど年寄りでもない「そのあいだ」の時間だけが、ゆるゆる引き延ばされ、茂手木さんの言うようにいつまでも終わらない。というか、自分で出来る限り引き延ばそうとしている。そうしないと不安で仕方ないのだ。

せめて老後のためにとひそかに始めた貯金が、いっこうに潤わないのと同じように、わたしは時間の無駄遣いばかりしてきた。そうして「結実」とか「結果」といったものの手応えを得られぬまま、不意に背中を押されて目標にたどり着いてしまった。

——人生なんてこんなもんです。

そう言って苦笑してみたところで、「苦笑」の成分が、苦み八十五％、笑い十五％くらいになっていて、これではそのうち苦さに耐えきれず笑えなくなる。

こうなるともう悪夢に近い。

これまでにも「まったくセリフを覚えていないのに、舞台の初日を迎えてしまう」という悪夢を繰り返し見てきた。が、それが夢ではなく目の前の現実になる。現実の恐いところは、「ああ、夢でよかった」という、あの幸福などんでん返しが用意されていないことだ。

恐い。

すべてのセリフと段取りをしっかり覚えた上で舞台に立ちたかった。でも、この一人芝居にはもとより台本がない。

——ねぇ、あまりに無謀だと思わない？

わたしはいるはずのない〈姉〉に話しかけてみる。

うどんオンリーの打ち合わせを終え、やり残していたデスク・ワークを終え、局の薄暗い廊下を歩きながら「無謀よねぇ」と。情けない月の出ている空を見上げ、局を出て地下鉄の駅に向かう途中でも、ふと立ちどまって「無謀よねぇ」と。漏水がおびただしい湿った地下鉄のプラットホームの隅で、声を押し殺して「やっぱり無謀よ」と。地下鉄の窓に映る二重三重にブレた自分の顔を眺めながら、首を振りつつ「無謀、無謀」。ラッシュにあえぐ人の息や汗や香水のむせかえるような匂いを嗅ぎ、街や地下鉄や仕事帰りの人たちが織り成す光景を眺めながら——。

いや、でも、もしかして、無謀なのは自分だけではないのかも。

ふと、そんなことを思いつく。

何だか世の中のあれもこれもすべてが無謀の結果に見えてきた。

このすさまじい人の数と、おもちゃみたいな小さな地下鉄と、次から次へと建て直されてゆく街の様子と——。

わたしも無謀だけど、世の中もかなり無謀だ。こういうのを、もしかして厭世的というのだろうか。でも、わたしにとってはその厭世的なため息が、ちょっとした救いになっている。その場しのぎの煙草の一服みたいなものだけど、いつでもそうして無理にでも世の中のせいにして、ため息と思いつきの言葉にすがりながらわたしは生き延びてきたのかもしれない。

はたしてそれでいいものかどうか――。

＊＊＊

休日と白い矢印と静かな声

それでいいわけがない。

いいわけがないけれど、休日が来たら洗濯をしなくてはならないし、いくら部屋が片付けられないといっても掃除機くらいはかけておかないと――。

ああ、それに、牛乳とか卵とか長ねぎとか米とか味噌などを買い込んで、次の一週間なり一カ月なりに備えておかないと。そうしたことも働く女性にとっては立派に「準備」のはずなのに、彼女はなぜかそう考えない。

寝起きの髪にざっと櫛をとおし、履き古したスニーカーで背を丸めて買い物へ出かける。予定どおり牛乳とか卵とか長ねぎとか米とか味噌などをスーパーで買い込み、買い込んだあとで、あ、そういえば味噌はこのあいだ母が送ってきたか――と思い出して舌打ちする。

それにしても米と味噌はどうしてこんなに重いのか——そんなことを考えながら商店街を駅に向って歩き、この機会に定期券を更新しておきたかったのに、駅にたどり着いたところで、その前に銀行でお金をおろす必要があったのを思い出した。

じゃあ、まず銀行に——。

踵を返して来た道を戻ろうとしたとき、彼女は私鉄駅の高架を支えるコンクリートの柱に、白いチョークか何かで矢印がひとつ無造作に描かれているのに目を留めた。目の高さより少し低い位置にかすれた線で描かれている。たまたま目に留めた彼女には、それが明らかに矢印に見えていたが、その柱の前を通りかかる人たちは誰もそれに気付かず、あるいは気付いたとしても、おそらく何ら関心を払わなかったに違いない。彼女にしても、普通なら柱に何が描かれていようが気にならなかったはずだ。それがどういうものかそんな小さな白い矢印に目を奪われ、同時に胸騒ぎまでして、かすれた白い矢印が左の方向を指しているのをじっと眺めていた。

矢印以外には何も示されていない。彼女は少し寝不足で頭がぼんやりしていたのかもしれなかった。だから、矢印が左を指しているのにぼんやりした頭で従い、特に用もなかったのに——ちなみに左へ行っても銀行にはたどり着かない——矢印に命じられるまま左に歩き出した。

すると、五十メートルも行かないうちにまた同じ高架の柱に白い矢印が見つかり、やはり消え入りそうなかすれた線で同じく左を指していた。彼女はその矢印の前でしばし立ちどまり、矢印の示す方角を向いて得意の遠い目をしてみた。

が、何ら特別なものは見えない。ただ柱がつづいているだけで、しかし、よくよく目をこらしてみると、何本か先の柱に白いものがうっすら見える気がした。あくまで「気がする」だけなのだが、ほとんど吸い込まれるようにして彼女は息を弾ませつつその柱まで急いだ。

と、やはり。また矢印が——。

ただし、今度の矢印は左というより左下を示し、矢印の先に視線を送ると、アスファルトの路面に次なる矢印が描かれている。彼女はそこで頭を起こして何故かしら空を見あげた。

とてもいい天気。雲ひとつないとは言わないまでも、ふたつみっつ浮かんだ雲がじつに気持ち良さそうに流れてゆく。このときの彼女の胸の内は次のような次第だった。

——何これ？　神様のいたずら？

——もしかして、この矢印を追ってゆくと何かいいものでも見つかるとか？

どういうわけか、胸の内の彼女は二人に分かれ、声色まで変えてあたかも一人二役のように話し合っていた。

——まさか、追って行かないでしょうね？

――まさか。

そう言い合いながらも、彼女は路面の矢印に導かれてすでに歩き出していた。

――どうしてこういうとき「神様」とか言うのかね、わたし。

――信じてないのに。

――全然、信じてない。

――それもなんだかさみしい話だけど。

――自分はどう？

――自分がいちばん信じられないし。

――そりゃ、そうか。

――そりゃ、そうでしょう。

――それにしても米と味噌ってどうしてこうも……。

そこで彼女は強烈な既視感に襲われた。いつだったか正確には思い出せないが、子供のときにやはり同じようなことがあった。あのときもアスファルトに白い矢印がいくつも描かれていた。あのときも二人の自分が相談しながら矢印を追っていったように思う。それで最後にどうなったのか。矢印の先には何があったのか。そこのところがどうしても思い出せない。

――途中でやめたんじゃなかったっけ？

——それ、すごくわたしらしい。

——内心、ものすごくワクワクしてたのに。

——急にやめたくなって。

——何でだろう？

——たぶん、ランドセルがすごく重たかったから。

今もそうして米と味噌の重さを気だるく感じながら、彼女は苦み八十五％の苦笑を口もとに浮かべていた。

——この矢印が、どこまでもつづいているといいんだけど。

——絶対、どこかで途切れてると思う。でなければ……。

——最後に「バカ」って書いてある。

——それ、なんだか本当に見たような気がする。

——「つづく」とかね。

——もし、本当にどこまでもつづいてるなら、どこまでも追ってゆくんだけど。

そんなことを言い合いながら彼女はスーパーの袋を持ち直し、もういちど空と雲を仰ぎ見る。

このまま、もう少し矢印を追ってみようかと立ち尽くしている。

小さな男　#4

魔が差したように、どうにも思いがけないかたちで自分の正体を明かしてしまった。いや、正体は大げさだろうか。

私が携わってきたふたつの仕事の内、金銭を得ている仕事についてじつにあっけなく語ってしまった。いましばらくは語らないつもりだったのに。出来る限り勿体ぶって秘密めかすつもりだったのに。不意打ちで「ついに」の係員に肩を叩かれ、よりにもよって読書倶楽部の皆の前で「寝具売場です」と明言してしまった。

いや、勿体ぶった以上、いつかは明かす日が来るだろうことは私も分かっていた。とはいえ、物事にはタイミングというものがあるのだ。順番というものがあるのだ。心の準備というものがあるのだ。

これまで私は——おそらく——正体のつかめない「謎の小さな男」で通ってきたはずだ。それが、これからは「デパートの寝具売場の小さな男」と皆に認知される。

はたして、それはどうなのだろう？　決して間違ってはいないが、正確さを欠く。私はそんな単純な男ではない。私はふたつの仕事を持つ男なのだ。そこのところを、いま、ここになるべく正しい言葉で表明しておきたい。

＊＊＊

「百」と「すべて」と小さな男

私は百貨店の寝具売場に勤務し、なおかつ自前の百科事典を執筆する男である。いずれも「ヒャッカ」であるのがややっこしいが、百貨と百科ではずいぶんと内容が違ってくる。

今となっては「百」の一字がどれほど豊かなものを意味するものか判然としないが、昔は——どんな昔だろう——「百」といえばすなわち「すべて」を意味していた。百貨店とはこの世のすべてを売る店であり、百科事典とはこの世のすべての事柄を網羅した完璧な書物だった。このふたつの「すべて」に携わっている私は、よほど「すべて」というものにこだわり、「すべて」を望む男に違いないとあなたは思うかもしれない。が、それは微妙に違っている。たしかに私は「すべて」の魅力に非常に弱い。それは認めざるを得ない。私は「完全」とか「コンプリート」などと銘打たれたものに、いちいち胸騒ぎを覚える。

たとえば、熱烈な愛着を感じている映画のＤＶＤソフトに、〈完全版〉などと派手な赤文字が躍っていたりすると居ても立ってもいられなくなる。〈完全版〉とは一体どういうことなのか。何がどう完全なのか。このＤＶＤが「完全」であるということは、私がこれまで観てきたのは〈不完全版〉であったわけか——等々。

解説によれば、劇場公開時にカットされた未公開シーンが「完全に」復元されているという。これは買うしかあるまい。迷う余地などどこにもない。

買おう。買ってしまえ。

よし。買った。

そういう日は急いで家へ帰る。玄関で荒々しく靴を脱ぎ、しかし、流しにそのままになっていた洗いものが気になって、そそくさと洗い終える。が、どういうわけか今度は洗濯ものが気になり、汚れたシャツやら下着やらを洗濯機に放り込んで景気良くスイッチを押しながら「よし」と声に出して言う。これでもう心残りはない。冷蔵庫で冷やしておいた水をコップに注いで一気に飲み、部屋のあかりを消して「さぁ」とDVDプレイヤーの再生ボタンを押す。

再生。開映——。息を殺してじっと見入る。

が、どうだ。

隅から隅まで目をこらしても、一体どこがどう完全なのかさっぱり分からない。私に言わせれば、劇場で観た〈不完全版〉の方がよっぽどすっきりしていた。〈完全版〉にはいくつかの蛇足が付け足されているだけである。こうして私は何度も〈完全版〉に騙されてきた。

ため息とともに、むなしく哀しく洗濯機の終了ブザーが鳴り響く。

これがつまり「すべて」の正体である。「すべて」が「百」で足りていた時代はとうに過ぎてしまったのだ。いまや「すべて」や「完全」は蛇足に次ぐ蛇足が付け足されたものを意味し、言ってみれば、ふくれ上がった日曜日の新聞みたいなものである。

＊＊＊
日曜日の新聞と、ちょっとした愉しみと小さな男

という具合に、少々鼻息の荒い小さな男である。が、何のことはない。そんなことを言っておきながらも、彼は日曜日の新聞をこよなく愛していた。

毎週、日曜日の朝、彼はあのずしりと重い日曜日の新聞を手にするたび「ああ」とため息をつく。この「ああ」の成分を分析してみるなら、「やれ、もう一週間か――二十五％」「日曜日は忙しいぞ――十五％」「だが、自分には日曜版がある――六十％」といった配分である。蛇足どころか心の支えとでも言うべきで、彼は日曜日の新聞に付録として付いてくる特別版および大量の広告を、のんびりつらつら眺めたり読んだりするのが、週に一度のちょっとした愉しみになっていた。小さな男の小さな人生には、この「ちょっとした愉しみ」が重要なのだ。

「大きな愉しみは時として気紛れだが、ちょっとした愉しみは決して裏切らない」

これは小さな男がひそかにあたためてきた座右の銘のひとつだった。彼はこの出鱈目で無謀な世の中に於いて、いかに「ちょっとした小さな男」として生き延びてゆくか常に腐心してきた。それなりの心がけを携えておかないと、それこそちょっとした突風に

あおられ、場合によってはとんでもないところへ吹き飛ばされる。どうあがいても、もうこれ以上身長が伸びることはないだろうから、彼としては自分の小さなサイズおよび「ちょっとした感じ」を彼なりに意義あるものとして足場を固めておきたい。じつにいじらしい小さな男なのだ。涙ぐましいばかりに「ちょっとした愉しみ」を無理にでも追求し、そこに自前の哲学を蛇足のように付け足しては、ひとり静かに洗濯機の終了ブザーを聞いている。

が、このようなセンチメンタルは小さな男にとって不名誉かつ余計なお世話だろう。彼は自ら進んで孤独を愛し、「孤独があるからこそ、ちょっとした愉しみが生じる」と断言してきた。彼にとって日曜日の新聞は、まさに孤独と労働の果てに訪れるささやかな愉しみである。それは間違いなくそうなのだが、なにしろ百貨店は日曜日が最大の書き入れどきなので、残念ながら、日曜日＝休日とはならない。いつもどおり出勤しなくてはならず、出勤前の慌ただしさの中であの分厚い日曜版を愉しむことは叶わない。

したがって、小さな男は働いて働いて働いた夜に、ようやくそれを愉しむ時間を得られる。

＊＊＊

働いて働いて働く小さな男

そのとおり。私は働いて働いて働いている。

私に限らず、百貨店では多くの人たちが働いて働いて働いている。百貨店とはつまり百働店でもある。この機によくよく考えて欲しい。ひとつのデパートメント・ストアに多くの買い物客が集中するということは、そこにそれだけたくさんの人が働いていることを意味する。

いや、たくさん働いているといっても、ひっきりなしにやって来るお客様の数には到底かなわない。だから、我々は朝から晩まで——ほとんど座ることなく——働いて働いて働かなくてはならない。

朝——。

まだ朝と言っていい時間に私は出勤する。百貨店はまだ始まっていない。それはそうだろう。我々が始めるのだから。いや、私よりも早く警備員の方たちはすでに出勤しているわけで、冗談のように狭い従業員口で私を待ち構えている。彼らは我々の顔を可能な限り覚え、私もまた交代で変わりゆく彼らの顔をしっかり覚えている。

太った逞しい眉を持った警備員。痩せて肩の落ちた気弱な警備員。ひどく明るい——私が勤め始めてから何ら変わるところのない——年齢不詳のベテラン警備員。その三人が日替わりの交代で立っている。彼らはあたかも惑星の周期のようにきっちり「太った」「痩せた」「ベテラン」の順でローテーションを回している。私が彼らの前を通過すると、「太った」彼は「うむ」というふうに頷き、「痩せた」彼は目をしきりにパチパチとやって彼なりの挨拶をする。「ベテラン」の彼に至っては「おはようございます」と明朗な声で私だけではなく誰にでも声をかける。

この従業員口からつづくのは〈従業員専用通路〉と呼ばれる文字通りの〈通路〉であるが、この〈通路〉にはなにしろ多くの人やら物やらが常時行き交っているので、壁はどこもかしこも傷だらけで、同じく傷だらけの、もう何色なのか分からない運搬用の台車などが所在なげに放置されていたりする。窓のひとつもないので空気がまったく動かない。澱んだ空気がいつでもねっとり宙を漂い、それは店内に流れる空調で整えられた空気とはまるで別物である。おそらく、店内から吸い上げられた悪しき空気が、あらかたこの〈通路〉に吐き出されているに違いない。

なにしろこの〈通路〉は、おそろしく狭い。これは比喩ではない。狭すぎておそろしい。閉所恐怖症の人はあまりにおそろしくてこの通路を利用できないだろう。小さな男である私がそう感じるのだから、たとえばあのビヤ樽のように太った警備員はこの〈通路〉をどのように通り抜けるのか。常に体を横にし――横にしてもほとんど変わらないだろうが――精一杯、腹部をひっこめてそろそろ行くしかない。もし、途中で同じように太った誰かが向こうからやって来たら、そこでもうアウトだ。動脈硬化のように〈通路〉は渋滞し、小さな路地でダンプカーが見合う事態となる。

狭いだけではない。この〈通路〉はおそろしく天井が低い。おまけにあちらこちらに訳の分からぬ物品が積み上げられ、当たり前のように照明はおそろしく薄暗い。これが延々とつづく。むろん、おそろしいことも延々とつづいてゆく。

この感覚は実際に巨大百貨店に勤務してみないと理解出来ないかもしれない。なにしろ、そういったことがお客様にいっさい分からないよう造られているのだから。お客様の目に決して晒してはならない舞台裏の隘路《あいろ》がすなわち〈従業員専用通路〉である。が、ひとたび勤務してみればすぐに分かる。それが、いかに狭くて暗くて複雑なものであるか。ただし、その全貌は生涯勤め上げた者でも決してつかめない。ここだけの話、警備員にも全貌はつかみ切れていないのではないか。そのくらい入り組んでいて長大な〈通路〉なのだ。

私はよく知らないが、多くの従業員は「ロールプレイング・ゲームの洞窟探検のようだ」と口を揃える。〈通路〉はすべての売場をつなぎ、従業員だけが利用できる食堂や喫茶室や医務室や配送所や倉庫――その他もろもろの施設や穴倉めいた小部屋やらをその場限りの思いつきのようにデタラメに結んでいる。さながら立体迷宮のように。

どうしてこんなことになってしまったのだろうか。

まずもって、私が勤務しているこの百貨店は、「老舗」の二文字が何重にも冠されるのがふさわしい有名店である。知らない人はまずいない。というのも、巨大な鉄道ターミナル駅と百貨店がほとんど一体化していて、この駅を利用する者で——東京に暮らしている大抵の人は利用している——この百貨店を無視するのはおよそ不可能というものだ。

一見して、駅の構造はおそろしく複雑で、その複雑さに覆い被さるように百貨店が融合している。印象としては百貨店の中をいくつもの鉄道が縦横に貫通している感じである。

事実その通りで、困ったことには駅も「老舗」と呼びたいくらい老朽化が著しく、すでに取り返しがつかないくらい絡み合った駅と百貨店は、当然、老朽化も共有しなくてはならない。駅を改築するなら百貨店ごと、百貨店を建て直すなら駅を取り壊してから——まさに運命共同体というしかない。

結果として、百貨店はその成長とともに複雑さをより複雑化することになった。屋上に屋上を付け足し、別館に別館を——蛇足のように！——付け足し、およそ誰にも把握できないような迷宮百貨店を今なお進化させつつあった。いつからか、お客様の目から見ても複雑さばかりが際立ち、そうなればなるほど我々の舞台裏もより複雑怪奇に更新されてゆく。

それにしても、である。この迷宮に進んで入り込み、通過したり買い物をしたりする乗降客および買い物客のおそろしいおそろしいおそろしい数！　数！　数！

人！　人！　人！　声！　罵声！　嬌声！　息！　鼻息！　くしゃみ！　足音！　携帯！　携帯！　ヘッドホン！　ヘッドホン！　ヘッドホン！

坩堝《るつぼ》である。坩堝という言葉は今このときのために発明されたに違いなかろう。言い換えれば怪物である。誰一人その全体像を描くことの出来ぬグロテスクな怪物。多くの者がその怪物に絡めとられながら様々なスピードで駅と百貨店を通過してゆく。通過して通過して通過してゆく。

私はその只中に朝から晩まで立っている。百貨店に勤めるということは、朝から晩まで立ちつづけることにほかならない！　いや、いささか興奮気味に「！！！！」を連発して声を張り上げてしまったが、台風の目が静まり返っているのと同じように、渦中に留まっている限りは「！！」の通過を見守るだけで済む。

とりわけ私の持ち場であるところの寝具売場は比較的おだやかな売場であり、〈通路〉の煩雑さがなければ、そこがグロテスクな怪物めいた建造物の一角であることを忘れてしまうくらいだ。

が、とにかくその台風の目に辿り着かないことには仕事が始められない。

毎日、毎朝。〈太〉〈痩〉〈ベテ〉のいずれかと挨拶を交わし、私は〈従業員口〉から迷宮へと静かに分け入ってゆく。

＊＊＊
梯子と綱渡りと小さな男

では、いましばらく迷宮をゆく彼の足取りを追ってみることにしよう。

〈従業員口〉を通過した小さな男は、タイムレコーダーにＩＤカードを挿入した瞬間、仮面のヒーローならぬ「百貨店の男」に変身する。不思議な話だ。顔つきが明らかに引き締まり、ついでにネクタイの質がワンランク上がったように見受けられる。髪型の乱れがまとまって、わずかに微笑する口もとが「お客様対応モード」に変容している。

この迷宮に数々の「おそろしいもの」が忍んでいることは彼自身が報告したとおりだが、ここでもうひとつ「習慣とはおそろしいものだ」と――やはり蛇足のように――つけ加えたい。

一般的な解釈では、人が同じことを繰り返すことで「習慣」なるものが生まれてくるのだろうが、これが慢性化すると「習慣」の方が人を形づくることもある。仮にそれがひたすら快楽的な習慣に終始し、習慣というより悪癖に近いものになって体に負担がかかってくると、「生活習慣病」などと称されて目の敵になる。が、それがストイックな方へ傾いた習慣であれば、習慣が見えない鏡のように立ち上がり、人の襟を正したり髪型を整えてくれたりしてじつに有り難い。これには意外と当の本人は気付いておらず、間違いなく魔法めいた現象が起きているのに、本人は顔つきや身なりが整っているのは至極当たり前だと思い込んでいる。

これまで「小さな男、小さな男」と連呼してきた彼にしても、いざ仕事へ臨むとなると、どういうものかちっとも小さくは見えない。が、彼自身はそのことにまったく気付かず、昨日やおとといと同じように例の〈通路〉を進み、五メートルばかり行ったところでエレベーターに突き当たってするりと乗り込む。およそ人を運ぶために作られたものとは思えない頑丈だけが取り柄の鋼鉄の塊だ。冬はおそろしく寒く、夏はおそろしく蒸し暑い。いつ乗っても「鉄が軋むようなにおい」がたちこめて顔をしかめたくなる。「軋むようなにおい」とは妙な表現だろうが、彼はこのエレベーターに乗り込むたびいつもそう思う。鉄がキリキリと悲鳴をあげ、何かが擦れて何かが火花と一緒に飛び散る。その飛び散ったものが燻り、得もいわれぬ独特なにおいを発する――そんなイメージが頭の中に充ちる。

彼は反射的に奥歯を噛みしめる。こめかみのあたりに血管が浮いて、ピリピリと皮膚に緊張が走る。彼はスーツの肩や肘がエレベーターのべとついた壁に触れぬよう注意し、〈3F〉のボタンを押して〈開〉のボタンをしばらく押したままにする。すると、何人かの従業員が滑り込んできて、〈4F〉や〈5F〉のボタンに次々とランプが灯ってゆく。滑り込んできた従業員たちは、いっせいに扉の上部にある停止階ランプの点滅を眺めて沈黙する。

……〈2F〉……〈3F〉。小さな男は足を滑らせない程度にさっと身を躍らせ、鋼鉄の箱から三階へと一人颯爽と降り立つ。

ところで、彼の目指す寝具売場は六階である。では、なぜ三階で降りてしまうのか。じつはこのエレベーターは建物の構造上、五階までしか到達しない。では、とりあえず五階まで行って、残りは階段でのぼればいいのかというと、そんな単純なアクセスでは六階まで辿り着けない。四階と五階はかろうじてつながっているのだが、五階と六階をつなぐ〈通路〉がどういうわけか存在しない。

六階へ行くにはまず三階でエレベーターを降り、いったん中二階まで下りてから四階付近まで階段をのぼる。そこから右へ左へ何度もうねるように〈通路〉を進み、何度目かのゆるいカーブを曲がったところで唐突に梯子階段が現れる。

まさか——と、最初は誰もがそう思う。が、この梯子階段を垂直にのぼってゆくと、このあとつづく六階への長い道のりを部分的にショートカット出来る。多くの女性はもちろん梯子階段などのぼらないし、スーツの汚れを気にする小さな男もまた、そうした冒険じみた行程を好まない。彼は正当を愛する男なのだ。そのために彼は誰よりも早く出勤していると言っていい。大体、職場へ向かうのに、スーツやネクタイで梯子階段をのぼるなどいくらなんでも常軌を逸している。彼は軽蔑の笑みを浮かべて梯子階段を無視し、いよいよ混沌とし始める〈通路〉を駆使して正当に六階へと向かう。ただし、「常軌を逸している」ということで言うなら、この先の正当的な道のりの方がよほど狂気じみているかもしれない。

梯子階段の先の〈通路〉は、そこから二十メートルあまりにわたりほとんど綱渡りのロープのように狭くなる。進むほどに左右の壁がいちいちスーツの肩に触れ、数メートルも行かぬうちにしわと汚れで台無しになる。仕方なくそのゾーンは体を横にして進み、頭上の蛍光灯が——これがまた、必ずどこかしら切れかかっていて常に光が痙攣している——髪に触れぬよう気をつけながらくぐり抜けるようにして前へ進む。まるで子宮から抜け出る心地だが、抜け出たところは子宮から抜け出たほどには広くない。そこはちょっとした〈通路〉の交差点になっていて、そこからまた四方へ向けて同じような〈通路〉が同じようにつづいている。

そこはおそらく階数でいえば、およそ四・五階くらいと推察される。しかし、それが百貨店のどのあたりに位置しているかは誰にも分からない。測量士を呼んできて正確な地図でも作れば話は別だが、おそらく地図を製作しているうちに新たな改築が施されて売場が様変わりするのがオチだ。表舞台たる売場が変更されれば、必然的に裏舞台はその倍の変更を余儀なくされる。せっかく体で覚えた道順も、一からひっくり返されてあっという間に地図は無効となる。

この繰り返し——。

百貨店というのは、何であれ「お客様至上主義」であり、お客様の便宜を図るためなら、従業員は梯子をのぼったり綱渡りをすることも厭わない。そういう伝統なのである。ありとあらゆるアクロバティックな苦行に耐えて売場へ向かうのが当然なのだ。

小さな男は〈通路〉の交差点に立ち、「習慣」の手招きに従って四つの〈通路〉の中のひとつを迷わず進む。そのころになると開店準備の音楽が店内に流れ、その音が壁を伝って気味悪いようにくぐもって聞こえる。ときどき思い出したように〈通路〉用のスピーカーに出くわすことがあるが、どういう配慮によるものか、おそろしく音が絞られてほとんど何も聞こえない。耳を寄せてみれば確かに音楽や店内アナウンスが聞こえてくるが、耳を寄せなければ何も聞こえないのだからまるで意味を成さない。

おそらく〈通路〉の壁一枚向こうは何らかの売場になっているはずで、そこには明るい光が充ち、適度なボリュームで音楽が流れている。買い物をしている人たちは、まさか壁一枚向こうに、こんな薄暗い〈通路〉がめぐらされているとは思いもよらないだろう。

が、実際はこのように至るところにめぐらされているのだ。

人の体に信じられないくらい緻密な血管がめぐらされているように、そこにはところどころスピーカーが設置され、誰の耳にも届かぬ音量で店内と同じ音やアナウンスが流れている。

〈通路〉はそうした音楽の起伏に寄り添うかのように、わずかな傾斜を見せてのぼったりおりたり下がったりをつづける。四・五階から四階に戻り、かと思えば四・七五階くらいまで上がったりしてアップダウンを繰り返す。

そしてようやく〈従業員専用喫茶室・第二〉の裏手にあるうらぶれた空間へと出る。

いや、すでに〈通路〉そのものがうらぶれているわけだし、〈通路〉によってつながれた空間はいずれも世の中から置き去りにされたような趣がある。が、その〈喫茶室〉裏のスペースには、使いものにならなくなった自動販売機や、鼻の欠けた裸のマネキンが何体も並んでいて、うらぶれた感じを一層際立たせていよいよ不気味ですらある。

＊＊＊

不気味と明暗と八名と小さな男

この不気味な片隅でひと息つき、さて、ここまでで全行程のまだ半分にすぎないと言ったら、あなたは驚くだろうか。

いや、どうか驚いて欲しい。百貨店というのはこんなにも奥深く、想像をはるかに超えた光の当たらない舞台裏の努力や不気味によって支えられているのだ。とはいえ、ここで鼻の欠けたマネキンなどに気をとられていると、いっこうに売場に辿り着かない。

気を取り直し、マネキン群を左手に望み、そこからふた手に分かれる〈通路〉の右の方へ進む。どういう理由でそうなっているのか分からないが――知りたくもない――壁が汗をかいたかのように湿気を孕んだゾーンに至り、そこを息をつめるようにしてやり過ごすと、壁の両側に突然予告もなしに大きな鏡が現れる。右も左も壁の全体を覆うほどの大きな鏡で、同じ大きさのそっくり同じ鏡が向かい合わせになって光っている。通過する刹那、右に左に空間がたわむような一瞬がよぎり、はっとして右手の鏡を眺めると、そこに左手の鏡が映り込んで自分の背中が映っている。その背中の向こうには右手の鏡に映った自分の正面が映り、鏡に映った鏡の中にはまた背中が見え、その背中の向こうには――と、どこまでもキリがない。まるで十字路の真ん中に立ったように果てしない空間が左右に広がり、長いこと見ていると悪酔いしたときのような眩暈に襲われる。

察するところ、服装の全身チェックができるよう合わせ鏡にしたのだろうが、それにしては〈通路〉の途上の半端なところに設けられていて、何故そこにあるのかが謎である。ときどき壁の湿気に気をとられ、鏡の存在をすっかり忘れて、いきなり左右に空間が広がるのにギョッとすることがある。いや、ギョッとするのはそれにとどまらない。ちょうど鏡を通過したあたりで〈通路〉の床から人間の首がにょっきり生えているのを目撃し、店内に聞こえかねないほどの悲鳴をあげたことがあった。じつは、そこは件の梯子階段の真上に当たり、下からのぼってきたショートカット派が階段をのぼりつめて顔を覗かせたのに出くわしたわけである。

こうなってくるともうお化け屋敷のようだが、こうしてこの過酷な〈通路〉を行ったり来たりしていれば、お化け屋敷など何ほどのものだろうと相当な度胸もついてくる。

ついでに言っておくと、ここまで極端ではないとしても、我が百貨店に限らず大抵の世界には裏舞台なり裏通路のようなものがあるだろう。そうして、壁一枚を隔てた明と暗の双方に身を浸していれば、知らず知らずのうちに「向こう側」への想像力が少しずつ身に付く――ような気がする。それがどこでどう役に立つものか知らないが、少なくとも私はこの〈通路〉を行きつ戻りつするうち、「多元的」とか「二面性」などといったものを体感し、それがいつからか当たり前のようになった。思えば、私がふたつの仕事をつづけてきたのも、この〈通路〉に端を発しているのかもしれない。

いや、そんなことはどうでもいいのだった。

余計なことを考えていると、本当に売場に辿り着けなくなる。冗談ではない。

実際、私も入社当時は何度もそんな経験をしたし、今でも新入社員の多くが売場や食堂に辿り着けぬまま、〈通路〉の難所で迷子になったり遭難したりしている。

こんな伝説というか、記録がある。

社員食堂へ行ったきり帰って来なかった者――二名。出勤したことは間違いないのだが、とうとう売場に辿り着けなかった者――三名。倉庫にストックを探しに行って消息を絶った者――三名。計八名もの社員やバイトがこの〈通路〉に消え、未だに行方不明のままだといわれている。

ときどき私が〈通路〉でギョッとなるのは、その八名の内の誰かがいま目の前を横切ったのではないかという瞬間に出合うからだ。その幻を追ううち、ともすれば、そのまま自分が九人目になってしまわないとも限らない。

私は大きく首を振って前へ進んでゆく。

静かな声　#4

＊＊＊

目薬をさして爪を磨いた静かな声

突き当たりにはいつでも鏡がある。自分ひとりが映るその鏡に突き当たると、すぐに「ああ」と絶望の声が聞こえてくる。

早すぎる。時間がない。早すぎる。時間がない。ああ、困った。本当に？　もう時間？

何があったのかというくらい髪はボサボサで、眉はだらしなく情けなく、鼻の下にはヒゲまで生えているような気がしてくる。

いいじゃない、ラジオなんだから。顔なんか整えたところで誰に見られるわけでもなし。わたしが披露するのは声だけで、それも例によって例の如しの「静かな声」を駆使して取り繕うのだから。まさか、リスナーはヒゲが生えているなんて思いもよらないだろうし。

でも、本当にそうなのか？

本当に思いもよらないんだろうか。案外、声というのは――。

（うがい）

案外、声というのは、こちらの裏事情を正確に伝えてしまうのではないだろうか――。

（うがい）

特に恐いのは女性のリスナーだ。わたしには――（うがい）――わたしには、女性のリスナーが皆、恐るべき後輩である茂手木さんに思えてくる。マイクに向かって話しかけるその向こうに――（うがい）――何万何千何百という茂手木さんがいて、彼女たちは化学の実験に臨むような顔つきでわたしの声を聞いている――というか、チェックしている。

「ふうん」と彼女たちは言う。ふうん。このひと、こんな静かな声で話しているけれど、髪に櫛が入ってないし、目は血走ってるし、唇がボロボロのカサカサだし――。

わたしはうがいを終えると鏡を睨み戦闘態勢をつくる。勢いよく立ち向かう物腰になり、これでもかとばかりにリップクリームを塗りたくる。一応、この日のために買っておいた保湿クリームを頬とおでこに塗りたくり、ついでにアレを塗ったり、コレを塗ったりして、もうここまできたら何もかも塗りつぶして誤魔化すしかない。

ふうん。このひと、意外に塗りたくってるわ――。

「そうよ」

そのうちわたしはマイクに向かって告白してしまうかもしれない。隅々まで塗り放題です。目薬もさしましたし、歯も磨きましたし、爪もピカピカに磨いてあります。

いっそ、すべて公開してしまおうか。いまは番組専用のホームページなるものがあるから、声だけではなく、なんでもお見せすることが出来る。もしかして、そうしたらずいぶん気が楽になるのかも——。

ラジオというのはまったくおかしなもので、「どうせ誰にも見られていないから」を盾にして誤魔化したアレコレが、「見られていないからといって、それでいいの？」という鏡の声になって返ってくる。

本番直前のこの恐るべき鏡。

塗りたくられた自分の顔を眉間にしわを寄せつつ眺めていると、わたしは一体どうして何のために誰のために放送するのか、いよいよ、ますます分からなくなってくる。

＊＊＊
時間と鏡と静かな声

だが、時は訪れる。容赦なく。待ってはくれない。時は常に待ってくれない。この一瞬たりとも待ってくれない時間の貴重さを愛で、なればこその醍醐味を共有するのが、つまりは生放送だ。時は待ってくれない。しかし、時は常にそこにあり、一瞬一瞬が確実に刻まれつつあるのを緊張と安堵の双方から教えてくれる。それが生放送だ。

時は人それぞれ個別に流れるものでありながら共有も可能。そうした「個別」と「共有」であるとか、「緊張」と「安堵」などといった相反やら明暗やらを生放送は両立させる。そのマジックを、こうした理屈などいっさい抜きにして体感した者が好んでラジオを聴く。あるいはラジオを放送する側に身を置く。

が、静香はそんなことまるで知らない。考えたこともない。知っても煩わしい。ほとんど準備らしい準備が出来なかった彼女が至った結論はといえば、

「生放送であることを忘れよう」

という大胆なものだった。

手っ取り早い結論である。ともすれば投げ出したようにも見える。が、彼女の性格を考えれば当然のように辿り着いた帰納ともいえる。いずれにしても——と彼女は思ったのだ。いずれにしても、目の前には誰もいなくて、スタジオにはただひとり自分がいるのみ。このマイクの向こうには多くのリスナーがいるということになっているが、声を発しつづけるその場には自分しかいない。スタジオに鏡はないが、鏡に向かって話すこととさして変わらない。あるいは、誰ひとり聞いていないかもしれない。保証はない。なにしろ、自分で自分の生放送を聴いたことがないのだから実感がない。あるのは、ただ自分の声だけ。誰なのかよく分からない人々——何万何千何百の茂手木さん？——に向けて話しているという幻想と建前の上で行われている。

ならば、そんな不確かなものに緊張を強いられるのは馬鹿馬鹿しい。誰も聞いていないし、放送もされていない。そう考えてもいい。

ただし、鏡は依然としてそこにある。おなじみの鏡が。それに向かってひたすら話しつづける。それなら、いつもやっていることだし――。

ただひとつ最後まで彼女を縛ったのが「時間」だった。そこで、本番直前に彼女は腕時計を外し、視界に入るすべての時計を見ないようにして、進行はディレクターの合図だけを頼りにした。日曜日が終わる。日付が変わって月曜日になる。そして午前一時がやってくる――。

さしたる宣伝もせず、およそ名も知られていない彼女の番組を、時計を睨みつつ待ち望んだリスナーがはたして何人いただろう。おそらくは、最も電波の静まり返る日曜日の深夜。時間から取り残されたように一人でスポットライトを浴びる静香に、間もなく容赦なく時が訪れようとしていた。

＊＊＊

『静かな声』を始める静かな声

今晩は。

（あら、思ったより声が震えてない。儲けものだ）

『静かな声』です。今日から始まりました。いま、始まったところです。

（何を言ってるんだろう、わたし）

どなたか聴いてくださっているんでしょうか。もし、お聴き頂いているのでしたら、どうかこのまま、いましばらくおつきあい頂ければ幸いです。もし、お聴き頂いてない方は――。

あ、お聴き頂いてない方には声をかけられないんでした。こういうとき、ラジオは不便ですね。

（そんなこと言ってどうするのよ？）

東京は――ええ、ここは東京でした。わたしはいま、東京の小さなスタジオで一人マイクに向かって喋っています。暖かい夜です。シャツ一枚でちょうどよく快適です。ちなみに、靴下はいまさっき脱いでしまいました。ええ。このスタジオの絨毯は決して誉められたものではないんですが、ということは、足の裏の感触があまり良くないんですが、裸足になると気持ちが楽になって晴々としてきます。

どうなんでしょう？　もう、春なんでしょうか？　この冬は妙に暖かくて、こうした春のありがたみを忘れてしまいそうです。でも、やっぱり花が咲いたりしまして、こんなふうに裸足になってみたりすると……あとは、そうですね……たとえば……自転車ですか。自転車に乗ったりして気持ちがいいと本当に気持ちがいいです。

（何を言っているんだ、わたし）

とにかく自転車が好きでして――。

（どうしても他に話すことがない）

好きというか、よく乗るといいますか。何か思い悩むようなことがあったりしますと、行くあてもなく自転車を漕ぎまして、そうするうちに大抵のことは忘れてしまうという単純な構造になっております。

そういえば、弟も自転車が好きでして――弟がひとりいるんですが、彼は電車にもバスにも乗らず、どこへ行くのも自転車で済ませています。少し変な弟なんですが、夜中なんかでも、わたしと同じで、考えごとをしながら乗り回していると言ってましたから、今ごろ彼は、どこかそのあたりを走っているかもしれません。

（どうして、弟の話なんかしてるのか？　もし、彼が聴いていたら、後できっと睨まれる）

弟はわたしの住んでいる町から電車をふたつ乗り換えたところ、都心のはずれの小さな町に住んでいまして、いつのことだったか、わたしが思い悩んであてもなく自転車に乗っていましたら、同じようにあてもなく自転車を走らせていた弟とバッタリ会ってしまって、どういうのか、何だかひどく恥ずかしい思いになったことがあります。お互い「ああ」「ああ」とだけ言い合って、「じゃあ」なんて言ってすれ違いまして――。

ちょうどそのときの恥ずかしいような、何と言っていいものか分からないんですが、くすぐったいような気持ちというんでしょうか、そんな思いが甦って、いま、わたしは裸足の足をモジモジさせながら喋ってております。

ええ……と、これからまだなんと二時間もあるわけで。どうしてまたそんな大それた番組をすることになってしまったのか、これもまたよく分からないんですが、そのあたりはおいおい考えてゆくことにしましょう。とにかく、こうして始まってしまったわけですから——。

(あ、自転車の話はどうなったのか)

ええ、そうです。こうして走り始めてしまったわけですから、とりあえず、あてもなくペダルを漕いでゆきたいと——。

(つながった、つながった)

そう思います。それでは、まず御挨拶のついでに音楽を——。

(ちょっと早いけど、まぁいいか)

——音楽。Louis Van Dyke Quartet の『Minuet Circa 61』。

——音楽のあとジングルに続いてCM。二分三十秒。

——再び、ジングル。はい、静香さんどうぞ。

はい。

まだ始まったばかりでして、あと……そうですね、一時間五十分くらいあるでしょうか。ええ。長いですね。遠い道のりですけれど、わたしはこの番組で、どんな話をしようとか、これを言わなくては、というようなことをまったく決めていません。これはもう本当に何ひとつ決めていなくて、こうして思いつくまま喋っているだけなんです。はたしてそんなことでうまくいくのかどうか自分でもさっぱり分からないんですけど。

たぶん……うまくいかないいんじゃないかと思っています。と、こんなことを申しますと、番組のスタッフが「そんなことはないよ」「自分でそんなこと言っちゃ駄目だよ」と眉を吊り上げて怒るんですが——。ええ。こうした台所事情というんでしょうか、裏話なんかも本当は「言うな」と厳しく言われているんですが、でも、なにしろ「思いつくままに」と決めた以上、どんなことでも話してしまおうというのがわたしの方針です。で、それはいいんですが——。

（そう。いい、ということにしてしまおう）

困るのは、本当に何を話していいか分からなくなってしまったときです。そういうときは、すかさず音楽をおかけいたしますけど、一人で喋っていますと、ふっと魔が差すというのか、どうしようもない沈黙に取り憑かれまして、ひとことも言葉が出て来なくなる瞬間があるんです。

わたしがこれまで受け持ってきました番組は、五分ですとか、七分ですとか、せいぜい十五分ですとか、大体そんなものでしたが、そんな短い時間の中でも、生放送のときにはそうした「沈黙」の瞬間を経験することが何度もありました。あれは……なんというのか……もう、恐いような沈黙でして。この沈黙が長引いてしまうと「ペナルティ」

となって始末書を書かなければなりません。で、今夜はなにしろ二時間もあるわけです

し、魔が差す可能性がとても高くなっているわけです。

そこで、考えました。

まず、このような番組を始めるにあたって、いったい「魔が差す」というのはどうい

うことなのかを徹底的に考えてみたいと思います。考えて考えて、「魔」をどこかに封

じ込めてしまえないかと。そういう、ずるいことを思い付きました。

（というか、本当はそんなことまったく考えてなかったんだけど）

（どういうわけか、口が勝手にそんなことを言っている）

（これこそ、魔が差したか、はたまた天の助けか——）

で、この「魔が差す」の「魔」というのは「悪魔」の「魔」と書きますが、わたしは、

どうしてなのか、長いこと「間合い」の「間」の字と勘違いしてたんです。「あいだ」

という字ですね。何かこう、順調に進んでいたものに、ふっと隙間が出来て、そこから

悪い風が吹き込んでくるイメージというか——。そういう隙間であるとか、さっきも言

いましたけれど、沈黙してしまうときの「間」のようなものが、「魔が差す」の「マ」

の字だと思い込んでいたんです。今でもときどき、わざと間違えたりすることがあるん

ですが——。

あ、そういえば、「間違える」の「マ」は「あいだ」の「間」ですね。そうした連想もあってのことなんでしょう。わざと「悪魔」の「魔」ではなくて、「間合い」の「間」を思い浮かべて、自分の間の悪さとか、誰それのタイミングの悪さとか、あとは、物事がうまく流れていかずに躓いてしまったときのもどかしい感じとか。何かそうしたことを「間合い」の「間」で「間が差す」と言ってみたりするわけです。自分ひとりの愉しみとしてです。口にしてみたところで、音だけでは伝わらないわけですから。自分としては「あいだ」という文字を頭に浮かべているわけです。で、あるとき、このわたしの発見というか発明を友人に話してみたんです。そうしましたら、

「静香さん、そういうのは、間が悪い、というんですよ」

あっさり、そう言い返されまして、悔しくて、別の友人に話してみたところ、彼女はもっと意地の悪い声で、

「静香さん、それは間抜けのことでしょう」

はっきり、そう言われてしまいました。

「なるほど、そういうことだったのか」と、ちょっとがっかりしたんですが、こういう仕事をつづけてきますと、「悪魔」なんかより「妙な間合い」の方が、ずっと恐いということを友人たちは理解出来なかったようです。

(友人なんて、ほとんどいないんだけれど)

ただ、そうした「妙な間合い」は、たしかに困りものなんですが、反対に「いい間合い」というのが常に大切でして、考えてみると、「いい間」が差し挟まれるのは歓迎すべきことなわけです。こうしてお話ししながら、知らず知らずのうちにわたしは「間」を呼び込んでいるわけで、無意識に休符を打っているというか、何度も何度も息つぎをしているわけです。

ブレス、ですね。

息です。

これは、いま自分でもちょっと驚いているんですが、この息というのがまた面白くて、わたしたちにとっては面白いというより切実なことでもあるんです。こうしてマイクを通して皆さんのお耳に伝わるのは声だけに限らず、息つぎのためのブレス——息ですね——これも一緒に電波を伝ってそちらまで届いているはずです。のべつまくなしに喋っていれば別かもしれませんが、なかなかそうは参りませんし、こうして長く喋りつづけていれば、必ずどこかで息つぎが必要になってきます。

ふう——。

と、こういう具合にちょっと大きな息をついてしまいますと、とんでもないため息のように聞こえてしまったりします。どんなことを話すのか、どんな言葉を選ぶかももちろん大事なんですが、どこで息をつくか——これが結構、難しかったりするわけです。

そんなこともありまして、「息」については、ちょっと思うところがあります。

きっかけは、あるとき十五分の生放送番組で飛び込みのニュースが入ってきたときでした。それはどこだったかの飛行機が「消息を絶った」というような内容だったんですが、この「消息」という言葉が、どういうわけかそのとき胸につかえまして、あとでこっそり辞書で調べてみたところ——ええ、よく使う言葉でもあるわけですし、知っているようでちゃんと分かっていないと思いまして調べました。

で、それまでは、なんとなく「消息」というのは「息が消える」つまり「いなくなってしまう」ということなのかなと思い込んでいたんですが、辞書によりますとそうではなくて、「消息」の「消」は「死んでしまうこと」で、「息」は「生きていること」。つまり「消息」とは「生死」そのものを意味しているわけです。

ですから「消息を絶つ」といえば、生死の見きわめがつかなくなることで、そのとき、言葉の意味を正しく知った喜びもあったんですが、それよりも「生きる」ことが「息」のひと文字で表されていることに新鮮な驚きを覚えました。

それと、もうひとつ——。

そのとき初めて「息」という字が「自分の心」と書くことにも気付きまして、これにも少し驚きました。こういう具合に年がら年中、わたしは小さな発見に驚いているわけなんですが——。

（ああ、もう何の話をしてたのか分からなくなってきた）

（何の話だったか――）

（息？　ブレス？　間合い？）

（あ、そうだ。「魔が差す」だ）

それで、話を元に戻しまして「魔が差す」なんですが――。

本当に手ごわい悪魔の大王に取り憑かれてしまったら恐いことになりかねないです。それこそ、人の消息に関わる事態を招いてしまったり。世間をお騒がせすることになってしまったり。ですが、じつはいまこうしているこの瞬間も、息つぎというかブレスはつづいているわけです。それはわたしがマイクに向かって話をしているから――というそんなことではなく、呼吸をしていることがもうすでに、いちいち、生きてゆくための息つぎ――ブレスなわけです。

で、いま、呼吸と言いましたけど、この呼吸という言葉もおかしな言葉でして――。

（ああ、これじゃまったく国語の授業だよ）

（夕方の物知り番組から使い回したネタだし）

この呼吸というのは、「吸って」そして「吐く」ものだと、これはもう誰もがそう思っているでしょうけれど、「呼吸」という字をよくよく見ますと、「呼んで」「吸う」と書くんですね。吸うだけじゃなくて、呼んでもいるわけです。

何をでしょう？　何を呼んでいるんでしょう？

　まさかそれが「悪魔」だったりすると、うまい具合に話がつながって困ってしまうわけですが、ここに「消息」という言葉を持ってきますと、どうも「呼吸」と「消息」は親戚同士のような言葉じゃないかと思えるんです。「消息」の「息」がそのまま「生きる」という意味になるのなら、呼吸が呼び込んでいるのは「生きてゆくためのもの」ではないかと――。

（もしかして、すごくいい話になってる？）

（それとも、すごく当たり前な話をしているだけ？）

　それで、さっき「消息を絶つ」ということを話しましたが、そのとき、ニュースでお伝えしたとおり、実際にどこかの飛行機が消息を絶ってしまったわけです。ということは、とりあえずニュースを読んでいるわたしは一応、消息を絶っていないわけですね。たぶん、おそらく――ですけれど。こちら側にいる――というか。ええ。一応、いまもこうして公共の電波に声を乗せているわけですから、わたしの消息はここにあって、間違いなくここで息を吸ったり吐いたりしているわけです。これはもう、大げさに言ってしまうと、わたしの「消息」の実況中継です。

　ただ、消息というのは、さっきも言ったとおり、「生死」のことですから、これは言葉の綾みたいなものですが、ひとつ呼吸をするたび、生きたり死んだりしているわけです。いえ、まさかそんなわけはないんですが、もしかしてもしかすると、間合いの有り様によっては、「生」を呼び込まずに「死」の方を呼び込んでしまうかもしれなくて——。

（何という不吉な話をしているんだろう）

（最初なのに！）

たとえば、不意に呼吸の仕方を忘れてしまったら、それでもう消息の「消」の方へ行ってしまうわけですね。消息ってつまりそういうことなんです。だから本当は消息を絶たなくても、いまここで、いつでも生と死を行ったり来たりしているようなもので、そんなことを考えていると、ついつい深呼吸をしたくなってきます。

春ですし。深呼吸にちょうどいい季節です。

（花粉症でなければ）

ええと……。

そう。さっき出てまいりました弟に、この話をしてみたんですが、やっぱり弟も「ついつい」という感じで深呼吸をしてました。ふかあく息を吸い込んで。ついでにそこへ悪魔を呼び込んでしまったら元も子もないわけですが。

そういえば、この弟がよく消息を絶ちまして——。全然、連絡がつかないときがあるわけです。彼は自分の主義なのか貧乏なのかよく分かりませんけれど、携帯電話というものを持っていなくて、仕方なくアパートの部屋に電話をするんですが、まず大抵は繋がりません。不在です。留守番電話になりまして。必ずそうなんです。

「ただいま出かけております」とか――。

もしかして、友人たちが言うように、わたしの間抜けというのか、間が悪いというのか、そういうことなのかもしれませんけれど、彼は仕事にも自転車を利用しているので――そう、この弟の仕事というのが、どうにもまたおかしなものなんです。

彼は――。

（また弟の話になってしまった――）

彼は、自分でこしらえたランプを――ランプといっても卓上灯というあの小さなものですけれど、あれを販売していまして、自分でつくって届けるところまでやっているようなんです。デリバリーというんでしょうか。卓上灯のデリバリーですね。変でしょう？

訊いてみますと、背中のリュックサックに入れて、卓上灯を背負って、ずいぶん遠いところまで届けに行ってるみたいです。ですから、電話をかけてみて不在ですと、すぐに弟のそんな姿が浮かんできまして――。重たい自転車をえっちらおっちらとやっている彼の姿が浮かんでくるわけです。それがつまり、わたしにしてみれば彼の消息なんですが。

どういうんでしょう、背中のリュックの卓上灯が点いたり消えたりしているような気がしまして。点いたり消えたりしている、それが彼の消息なんです。

　そうした点滅が頭の中の暗がりに浮かんで。呼吸のたびにですね。たとえば、人間の体のどこかにそうしたランプをひとつ付けておいて、呼吸をするたび、点いたり消えたりしていたら、さっきから繰り返している「間合い」とか「消息」というようなものが、すごく分かりやすくなると思うんですが――。

　蛍みたいですけどね。

　こういうラジオの放送をしていて、特に生の番組でこうして一人きりで喋っていますと、自分の声がどういうところへ繋がっているのか、どこへ届いているのか、なかなか想像しづらいものです。でも、いま、ふと、東京のあちらこちらに呼吸のたびに点滅するランプが浮かび上がりまして、ああ、そうか、あそこにもあそこにも聴いてくれる人がいる――。

（聴いてないかもしれないけれど）

（というか、たぶん聴いていない）

と、いま、そんなことを思いました。


――沈黙。

あ、いまさっそく妙な間が出来てしまいました。

ごめんなさい。

そういえば、どこかの国では、フランスだったような気がしますが、誰かと誰かが立ち話なんかをしているときに、いまみたいな一瞬の沈黙が生まれますと、「あ、いま、天使が通ったね」とそんなふうに言うそうです。ここはフランスではないですし、わたしはフランスなどにはまったく縁遠いんですが、この番組に於いては、このフレーズをちゃっかり頂いてしまってはどうでしょう。ええ。そうですね。導入いたしましょう。いま決めました。

「魔が差す」のではなくて、「天使が通る」です。

これ、よく覚えておいてください。

もし、番組中に、ふっと声が途切れましたら、わたしの消息を案じる前に「あ、いま、天使が通ってゆく」と、そう思って頂ければいいわけです。もしかすると、次から次へと天使が通り放題になってしまうかもしれませんが、悪魔よりずっといいでしょう。

すでにもう、一人というんでしょうか一匹というんでしょうか、さらりと天使が通過して行きましたが、どうか御寛容にお見送りいただければ幸いに思います。

小さな男　#5

＊＊＊

迂回する小さな男

さて、依然として売場に辿り着いていない小さな男のその後である。

なにしろ、やたらに入り組んだ〈通路〉を辿らねばならず、従業員出入口を入ってから、すでに七分近くが経過しているのに、まだ全行程の半分を少し越えたところでしかない。

この時間のかかりようは、ひとえに小さな男が目指す売場が六階に位置しているからにほかならない。さまざまな事情が重なり、この百貨店の裏通路は六階までが一番長い距離を辿る運命にある。ちなみに、出入口は一階に設けられ、そこからたとえば三階の売場までは二分。四階までは三分。七階までなら四分。もっと上の十一階でも六分以内で売場に立つことが出来る。

が、六階の売場だけは、辿り着くまでにおよそ十二分を要する。その理由はとりあえず「さまざまな事情が重なって」と言うしかない。

じつのところ、その事情のひとつひとつが、どんなものであるかを小さな男もよくは知らない。おそらく――あくまで想像されることとして――もともと〈通路〉がめぐらされていたスペースを取り壊し、無謀な増改築を繰り返したためではないかと推測される。簡単に言うなら、真っ直ぐつづいていたはずの道の途中に、とんでもなく大きな障害物が埋め込まれてしまったわけである。そうした障害物が二つも三つも重なってくれば、道をつなげるためのバイパスも当然ながらとんでもない迂回路になり、直進なら一分で到着するところが、十分も二十分もかかるような道になる。

——はたして、迂回とは何なのか？

小さな男は小さく考える。そもそも、このような裏道というのは、近道が出来るようにつくられるべきではないのか。わざわざ、裏ルートを利用して延々と遠回りをする者などどこにいるのか。が、六階に勤務している以上、その「いるはずのない者」を任じなければならない。百貨店とはこのように不条理な職場なのである。

もういちど、ここに掲げておこう。

「お客様至上主義」

もちろんそれは悪いことではない。しかし、その主義主張のために、従業員の一部が尋常ならざる迂回を繰り返しているわけである。

＊＊＊

人生とは、と口ずさむ小さな男

が、人生とは結局のところ、こうした迂回の連続ではないか、と私は考えている。

このところ――いつからだろう――どういうわけか、何を考えるにしても、つい、「人生とは」が頭に付いてしまう。人生に生き慣れて――という言葉があるかどうか――しまったせいかもしれないが、若いときは「人生」のことなど、まったくお構いなしだった。「人生」などというものは自分の足にフィットしないおろしたての靴みたいなもので、いずれにしてもそれは自分の足そのものではないと思っていた。

が、いつからか靴の方が足に吸い付き、玄関で脱ぎ捨てた靴が正確に自分の足の形を留めていた。それはもう「ぬけがら」とでも言うしかなく、いつからか私はその「ぬけがら」を眺めながら、「人生とは」と玄関先で独りごとを言うようになった。

たとえば、それが出勤前の朝の玄関であれば、そのあとも「人生とは」が延々と尾を引いてゆくことになる――。

通勤時の車中に於いて「人生とは」。昼の休みの食堂で「人生とは」。困ったことに仕事中ですらも「人生とは」。仕事のあとの一杯のビールを飲むときに「人生とは」。さらに、シャワーを浴びて髪を洗っているときに「人生とは」。めっきり多くなった抜け毛が指に絡みついてくるように「人生とは」。どこまでもしつこくその言葉がつきまとってくる。すべての場面で、ドキュメンタリーのナレーションのようにオーバー・ラップしてくる。

が、そのナレーションは思いのほか重々しくない。といって、軽々しくもないが、ちょうど携帯電話の呼び出し音程度の音量で、手にした鞄やポケットの中から「人生とは」が不意に響いてくる。

人生とは満員電車である。人生とは行列である。人生とは食べ飽きているのに、つい食べてしまう定食である。そして、人生とは商売である。人生とは売り上げであり、売り上げのための宣伝である。喧伝である。ときに、詐欺であったりもする。人生とは長い長い帰路であり、ポストの中に詰め込まれたDMとデリバリーのチラシである。脱ぎ捨てられた靴である。ゆるめられたネクタイである。ビールはいますぐ飲むべきか、それとも風呂上がりに飲むべきか――この究極の問いである。あるいは、ついつい見てしまうテレビである。そして、ひっきりなしに回すチャンネルである。温度を設定して風呂に湯をためることであり、シャンプーをひっくり返して最後の一滴を絞り出すことである。洗髪である。リンスである。そして、湯につかって目を閉じることである。「ああ」である。人生とは湯につかって「ああ」と息を吐くことである。深く深く息を吐くことである。そして、「あ、そうだ」と声が出てしまうことである。常につきまとう気がかりを思い出し、やらなければならないことを思い出すことである。

すなわち、ゴミの分別である。洗いものに次ぐ洗いものである。パジャマのボタンの糸のほつれを直すこと。宝くじの当選番号を確かめ、明日の天気をチェックし、あくびをして顎が外れそうになることである。

そして人生とは――明日の仕事のために無理にでも眠りに就くことである。消灯である。寝返りである。

そしてまた、そのすべてが長い長い迂回である。

ヒトは人生の最後に辿り着くところをあらかじめ知らされているので、生き慣れて前へ進むほどになんとなく迂回をしたくなってくる。辿り着くことの呆気なさを知れば知るほど愕然として、何かにつけ迂回を引き延ばすために必要もないのに寄り道をしたりする。無駄なこと、無益なこと、役に立たないことを思いつく限り試してみたくなる。

急ぐことはないのである。

が、スロー・ナントカというのも鬱陶しい。

かつて「悠々として急げ」と書いた作家がいたが、小さな男である私としては、これを「全速力で迂回せよ」と言い換えてみたい。人一倍、歩幅の小さい私としては、比喩でも何でもなく現実に全速力で迂回しなくてはならない。人生は迂回である。しょせん、そうなのだ。それでいい。でなければ、こんなセマっくるしい〈通路〉を延々と歩きつづける自分がよく分からない。

私は再び大きく首を振って前へ進んでゆく。しっかり前を見据えながら着実に歩いてゆく。

しばらくは傾斜した細い〈通路〉が続き、四・七五階が四・七三階になったり、はたまた四・七八階になったりと微妙な高低を繰り返す。そこをひたすら進んでゆく。

相変わらず〈通路〉には中身の分からない大小さまざまな段ボールが積み上げられている。〈N—105〉だの〈伸縮自在・十二箱入り〉だの〈要冷蔵〉などと印字されたものが、いくつも無造作に並べられている。〈転倒注意〉と赤で注意書きされた箱が見事に転倒したまま捨て置かれている。極端に天井が低いところが数メートルにわたってつづき、小さな男である私であっても腰を折り曲げて進まなくてはならない。

そんなふうにうつむいて進むうち、段ボールの影の中を小さな鼠が走り抜けるのを見つける。そんなことにはもうとっくに慣れてしまい、いつのまにか親しみさえ覚え始めている。はたして、鼠たちがどのような規模の集団や家族を形成しているものか知らないが、彼らは決して群れて行動したりしない。少なくとも私が目撃してきた小さな鼠たちは、常に一匹一匹が単独で走り回っていた。

ときおり、彼らが羨ましくなる。彼らは人が作り出した「無謀の産物」の隙間を縫って走り抜ける。彼らは決して迂回などしない。彼らは彼らだけが行き交う一階と六階を結ぶ最短距離を熟知している。もし、知らなければ自らの歯と爪でどこまでも快適に開拓してみせる。

そんな彼らと共に〈通路〉を進んでゆくと、私は自分が世界の外側を歩いているような心持ちになってくる。それは決して悪い気分ではない。大いなる迂回はあるにしても、我々が歩みゆく〈通路〉もまた建物の隙間を利用して造られていることは間違いない。私もまた、人の無謀をすり抜けながら前へ進んでいるのである。

前へと——。

いや、それは本当に「前」なのだろうか。

私は不意に自分が分からなくなってくる。頭の中がハレーションを起こしたように真っ白になり、ランナーがランナーズ・ハイを経験するように、私はいわば「裏通路ハイ」となる。前後左右の感覚が脱け落ちて体がフワリとなり、私はもうどこにもいなくなって私が私を見失いそうになる。体は六階を目指しつづけているのだろうが、私の意識はもうそこから離れ、世界の外側にあるどこかを目指しているかのようだ。

率直に言って、私はいつかソコへ行ってみたいと思う。いや、「いつか」ではなく、もしかすると、いまがそのときなのかもしれない。

私はふと思いつく。

「いつか」などと考えるから、どこまで行っても「いつか」でしかないのだ。率直にソコへ行ってみたいのなら、いますぐソコへ行くべきだ——そう思い決める。いまなら行けるような気がする。あるいは〈通路〉で行方不明になった八名は、こうして率直にソコへ行ってしまったのかもしれない。

私は私の小さな人生に、ついに冒険の扉が開かれつつあるのを感じとる。私は自分から進んでボウリングのガターを歩いてゆくつもりだ。私はガターという道をあえて選ぶ。大体、あんなに重たいボールを転がし、ちっぽけなピンを十本ばかり倒したところで何がそんなに嬉しいのだろう。

——真っ白になって見境のつかなくなった頭の中に、なぜか私はボウリング・レーンを思い浮かべて困惑している。

私はボウリングが嫌いだ。私はボウリングが上手くできたためしがない。ボールを放つ瞬間、必ず決まって指が穴の中に吸いつき、そのままボールに引っぱられて自分もまたレーンを滑ってゆくような錯覚が起きる。行く先はもちろんガターの溝の中。私と私のボールはピンになどまったく触れることなく、ガターにはまり込んで、レーンの果てにあるあの暗いゾーンに吸い込まれてゆく。一体、あの向こうには何があるのか。知りたくもないが、いつか吸い込まれてみたい気もする。

いや、「いつか」ではなく、それが「いま」なのだ。いまこそ私は、知りたくもないような知りたいような、恐いようなワクワクするような世界の外側へ脱け出て行くのだ。そんな機会を与えられたのだ。私はいまソコへ向かいつつあるのだ。率直に言って、私は六階ではない「見知らぬ世界」へ脱け出ようとしている。いままさにソコへ向かいつつある——。

＊＊＊無事に六階に辿り着く小さな男

と、そうした妄想に耽りながらも、小さな男はいつものように何事もなく六階に辿り着く。ハイな状態は急速に下降し、微熱が平熱に戻って呼吸も脈拍も正常に均される。

彼は水の中で長く息を止めていたように深く息を吸って新鮮な空気を肺に送り込む。額に垂れていた髪をかき上げ、ネクタイの曲がりを直して「さぁ」と自分に向かって声をかける。

振り返ることもない。〈通路〉の暗がりをあとにし、彼は彼の仕事場である百貨店・六階の寝具売場に姿勢よく立つ。ボウリングのことは忘れ、ガターのことも忘れる。自分が十本のピンのひとつになったように垂直に立ち、そして、開店前の穏やかな時間をしばし味わう。

そこはもう世界の外側ではない。といって、世界の真ん中でもない。真ん中にほど近い、中央公園のようなところだろうか。ひっきりなしにお客様がいらっしゃるわけでもなく、というより、日によっては、ほとんど誰も来なかったりする。

が、そこは確実に世界と繋がっている場所だ。空気と照明が整えられ、薄汚い鼠が走り抜けることもない。他の売場に比して、かなりゆったりしたスペースを与えられている売場ではあるが、その隅から隅までを歩き、ゴミが落ちていないか、商品のディスプレイに乱れはないか——毎朝、欠かさず繰り返してきたことを順に確認してゆく。

そうするうち、同僚の小島さんがどこからか滑り込んできたように現れる。小さな男と簡単に朝の挨拶を交わす。次に、皆から「部長」と呼ばれている篠崎さんが現れる。そして最後に、新人の桐林さん——唯一の女性である——が、「スミマセン、遅くなりました」といつものようにギリギリになってやって来る。

——以上、決まりきった順番で皆が登場し、小声で挨拶を交わしながら開店に備えてお互いの顔をそれとなく見る。当然ながら、誰もがあの〈通路〉を辿ってやって来たのだ。それを思うと、小さな男は彼らとの間にささやかな連帯を感じる。群れて行動をしない鼠たちが、順に一匹ずつ姿を見せる様がそこに重なって妙な思いにもなる。

そうして皆が揃ったところで、小さな男は満足げに腕時計を眺めて耳を澄ます。

午前十時ちょうど——。

店内の音楽が変わり、「開店」が告げられて数分と経たぬうちにエスカレーターに乗せられたお客様が通過してゆく。さすがは日曜日だ。ただし、ほとんどの客は通過してゆくのみで、たとえ日曜日であっても、朝一番で寝具売場に乗り込んでくるお客様は滅多にいない。

小さな男の腕の上で時計の針がスルスル回り、駅を通過していた人の動きが、次第に百貨店の中に流れ込んで、水が浸透するように行き渡ってゆく。

そうするうち、中央公園にも人がやって来る。

「いらっしゃいませ」と小さな男は小さな声で控え目にお客様を呼び込む。が、この売場で買い物をしてゆく客はやはり稀である。どう考えても、その場の思いつきでダブル・ベッドを買ってゆく人はいない。枕カバーやナイト・キャップでさえ、大抵が「買おう」と明確な意志を持ってやって来たお客様が買ってゆく。

「百貨店は百働店でもある」と小さな男はそう説いてみせたが、その顰《ひそ》みに倣って言えば、百貨店は百客店でもあろう。

じつに様々なタイプのお客様がやって来る。中でも寝具売場を訪れるのは、「綿密な計画を経た」ミドル・エイジが中心である。この「綿密な計画」も色々な「派」に分かれ、「カタログ熟読・細部にこだわり派」「家族会議できっちり決めてきました派」「どうしていいのか分からなくて、結局は自分で何も決められない派」——等々。人それぞれ、じつに多種多様である。

ところで、小さな男は「人生とは寝具の選択である」という重要な「人生とは」を言い忘れていた。寝具売場における最良のキャッチ・コピーは、すでに定番化した次のフレーズだ。

「人生の三分の一はベッドの上で過ぎてゆく」

まったくそのとおり。それでも、この言葉を身にしみて実感している人は意外に少ない。

「一日は何時間ですか?」

「あなたの睡眠時間は一日平均、何時間ですか?」

このふたつの質問とその答えを並べ、ようやく理解したり驚嘆したりする人がいまだにいたりする。あるいは、「毎日、十二時間は眠っています」と堂々と答える人もいて、三分の一どころか「人生の半分は眠っていた」ことに気付いて、驚嘆のあまり「いりません。ベッドなんていりませんよ」と、ひどく動揺して立ち去ってゆく人もいる。

人それぞれ。人生とは——人それぞれ。である。

であるから、一概に定義などしようもないが、それでも「人生の三分の一は睡眠に費やされる」というフレーズは、およそ揺るぎない真実ではなかろうか。

＊＊＊
昼休みと食堂と小さな男

そうこうするうちに昼休みがやって来る。昼食は社員食堂を利用する慣わしだが、この食堂までの道のりがまたひと苦労である。もちろん〈通路〉を辿って行かなければならないからだ。

もう、ウンザリです――とあなたは言うかもしれない。私だって真っ先に大声でそう叫びたい。もし、空腹でなかったらどう考えても御免蒙りたい。

が、空腹である以上、何としても食堂まで行かなければならない。食堂以外にこの空虚を充たしてくれるところはなく、食堂自体はなかなかにいい食堂なのである。迂回さえなければ何の問題もない。何を食べても美味しいし、食堂で働いている女の子たちは皆、可愛くて気立てがいい。だが、食堂は「迂回した道」をさらに迂回してゆくような、本当に気の遠くなる距離を経たところにある。私は空っぽになった腹に気合いを入れ、「では、行って参ります」と売場の皆にそう告げて出発する。大きく息を吸って吐いて裏通路へ分け入り――いや、もうウンザリなので、道のりの詳細はこれ以上、語らないことにする。詳細ではなく、およそのあらましだけをお伝えしよう。ちょうど映像を早回しで見てゆくように――。

とりあえず、食堂到着までの所要時間は十一分。行って帰って来ると二十二分で、それだけで昼休みの半分近くが費やされる。

では、早回しで狭い道を行こう。狭い道と暗い道を。狭い道を。暗い道を――。

狭い上に低い天井が。湿気。湿気。鼠。低い天井。すれ違い。体が密着してしまうような。段ボールの山。「積荷禁止」の表示。切れかかった照明。切れたままの照明。鼠。鏡。三つに分かれる道。間違えたら引き返さなければならない。中でも特に狭い通路。

横幅制限アリ。すれ違い不可能。それでも無理にすれ違う。密着する体。低い天井。鼠。湿気。蜘蛛。蜘蛛の巣。

のぼる階段。おりる階段。もう一度のぼる階段。おりて。のぼって。まっすぐに。またおりる。おりる。おりる。さらに、おりる。

「食堂は地下にある」という誰かの予測。正確な位置は例によって誰も認識できず。

ふたたび狭い道へ。暗い道へと。鼠。マネキン。異臭。低い天井。さらに低い天井。おりる階段。おりる。おりる。のぼる。そしてまた、おりる。

むっとする蒸気。何かの匂い。食べ物の匂い。食べ物ではない何かの匂い。そして、ふたたび食べ物の匂い。果物と酒と卵と野菜の入りまじった匂い。そして、唐突に到着。きっかり十一分で。看板というか〈食堂〉と記された素っ気ない表示がひとつきり。〈通路〉よりまだいくらかいいとしても、それでもやはり少しうす暗い食堂である。秘密地下工場のおもむき。もう一度繰り返すが、味はかなり美味。しかし、蠟細工が下手でサンプルはいかにも不味そうだ。だから、日替わり定食の実物サンプルはじつに美味そうに見える。皆、そちらを注文する。

大急ぎで平らげる小さな男。ゆっくりしてはいられない。まだ、帰り道があるのだ。帰り道はさらに早回しで申し上げる——。実際の足取りは満腹ですっかり鈍っているのだが。

暗い。狭い。湿気。鼠。マネキン。のぼり階段。のぼる。のぼる。のぼる。肩で息。

低い天井。すれ違い。のぼる。のぼる。密着。湿気。鼠。肩で息。狭い。暗い。到着。

帰還。売場へと――。

＊＊＊

「いや、まだある」と苦笑せざるを得ない小さな男

そう、この上、まだあるのだ。

何が？

三十分の休憩タイムが――である。

休憩には、食堂よりも近いところにある喫茶室へ行くことになっている。昼と夜のあいだの夕方の終わりくらいの時間に交代で見計らってそそくさと出向く。

食堂と違って喫茶室は何カ所もあるが、六階から近いのは四階にある別名・三角喫茶室。これもやはり建物の都合なのか、二等辺三角形の形をした決して居心地のよくない妙な喫茶スペースである。ここで、どろっとした緑色のソーダを飲んだり、何の味もしないコーヒーを「ああ」と言いながら啜ったりする。

そして、またしても、狭い。暗い。湿気。鼠。マネキン。階段。肩で息。低い天井――といった行き帰りをこなしてゆく。

自転車狂の同僚・小島氏などは、「休憩に行くだけ疲れるよ」とため息をついてパスしたりすることも多い。が、小さな男は休憩も決して欠かさない。ただし「行くだけ疲れる」のは事実だから、いよいよ仕事が終わりに近付いてくると、ほとんど客が来なかったのに、くたくたになっていることがある。「通路疲れ」とでも言えばいいのか。いや、冗談ではなく。とりわけ、小さな男の小さな体にはひどくこたえ、仕事を終えたあとの最後の〈通路〉で本当に力尽きてしまいそうになる。

＊＊＊

そして、日曜日の終わりに辿り着く小さな男

こうして日曜日の仕事が夕方の終わりと共に終了する。

私は私鉄電車に乗って家路を辿り、駅からの帰り道にスーパーで夕食の買い物を済ませる。トマトと鶏肉とアンチョビとレタスとあじの刺身とセロリを購入。レジを打ってもらうときにスタンプ・ラリー・チケットなるものに二カ所ほどスタンプを捺してもらう。何のことかよく分からないが、とにかく捺してもらうことにする。あとできっと何かいいことがあるに違いない。そう信じる。

日曜日は本屋にも寄らないし、プラモデル屋にも寄らない。真っ直ぐアパートへ帰る。玄関で靴を脱いで「ぬけがら」を眺め、ネクタイをゆるめて買ってきたものを冷蔵庫にしまう。それから洗面所へ向かって顔を洗って鼻の穴の中を念入りに洗う。強力うがい薬で目が涙で滲むまでうがいを繰り返す。うがいを終えたら、ビールをいますぐ飲むべきか、それとも風呂上がりに飲むべきかを真剣に考える。喉は非常に渇いている。悩み抜いた挙句、いまは少しだけ飲み、あとでまた少し飲もうと考える。大抵、いつもそうなるのだが――。

さっさと食事をつくる。パスタを茹でてアンチョビで軽く炒め、小鍋でつくった鶏とトマトのソースをザバリとかける。あじの刺身はレタスとセロリと共にサラダにし、すぐに出来上がってすぐに食べる。ビールを飲む。食べる。ビールを飲む。

人生とは――いや、それはもういい。

湯をためて風呂に入る。髪を洗う。シャンプーをひっくり返して最後の一滴を絞り出す。「ああ」と湯船の中で息を吐く。風呂上がりに体重計に乗り、濡れた髪のまま食器とコップとフォークと鍋とフライパンを洗う。台所の窓から月が見えている。星は見えないが月だけ見える。

台所で立ったままビールの残りを飲み、髪の毛をゆっくり乾かし、洗ったばかりの長袖Tシャツを着て、それから食卓の上に置いてあった日曜日の新聞を手にとる。

さぁ、ようやくここまで辿り着いた。

ざまあみろ――そうつぶやく。

誰に向けて「ざまあみろ」などと悪態をついているのか、よく分からないがそう言いたくなる。何という長い長い迂回であったか。

このずしりと重い新聞。この大量の広告。この日曜日だけの特別付録。ぼってりと太っていた新聞を腑分けし、抱えるようにして長椅子まで持ってゆく。その瞬間。その瞬間が私の「ちょっとした愉しみ」の最良のときだ。新聞を抱えて長椅子に身を預けるほんの一瞬のこと。あとは、もうどうでもいい。もちろん新聞には目を通す。すべて読む。すべてに目を通す。他のことは何も考えない。全部、忘れる。

私は私が百貨店に勤めながら百科事典を書きつづけていることを忘れる。私は自分が「小さな男」であることも忘れる。あの〈通路〉で頭が真っ白になったように。つきまとう「人生とは」のナレーションを封じ込め、ただ日曜日の新聞をぼんやりした頭で読む。すべて読んだところで、おそらく何ひとつ有益なことは見つけられない。が、それでいい。それがいい。嫌になったら読むのをやめてもいい。どちらでもいい。眠くなったら眠るまでだ。

が、その夜はなかなか眠くならなかった。新聞を隅々まで読み、それでも退屈は訪れず、仕方なしに私はラジオのスイッチを入れてチューナーを回してみた。いつのまにかもう日曜日は終わっていて、日付が変わって月曜日の午前一時になろうとしていた。日曜日の深夜はラジオの放送がいつもより少なめである。

そして、チューナーを操っているうち、その声が聞こえてきた。
「今晩は。静かな声です」――と。

静かな声　#5

***

自分の車をよく知らない静かな声

もう少し補足すると、「そうだね」「そうだよ」「そうだな」。これはもう会話とは言えない。お互いの認識を確かめ合っているだけだ。

時は午後十時。ところは、自称「小料理屋」であるところの〈仕度中〉。

「小料理屋なんてガラじゃねぇんだよ」と常連客のA。

「だね」「だよ」「だな」と常連客BCDの相槌。

「じゃあ、何なんだよ?」と、カウンターの中の旦那の口が、みるみる尖ってゆく。

「何だろうねぇ」とABCD。

「あれじゃねぇか」と旦那は一気に声が高くなる。「創作料理とかなんとかいうヤツ」

「いや、そんなイイもんじゃないよ」と無情なA。

「だね」「だよ」「だな」とBCD。

「仮に創作だとしても、限りなく即興に近い。というか、ほとんど思いつきだ」と容赦ないA。

「ひどいねぇ」と口をへの字にしてむくれる旦那。「思いつきじゃなくて、臨機応変と言って欲しいんだけど」

「じゃあ、リンキオウヘン料理屋か。それも何だかヤだねぇ。ちっとも美味そうじゃないもんなぁ」とニヤつくB。

「じゃあ、何と謳えばいいんだよ？」と開き直る旦那。

「さて、なんだろう——」とC。「まぁ、〈そのときそのときの料理屋〉ってところか」

「あるいは、〈その場しのぎの料理屋〉とか」とA。

「まるで、謳い文句になってねぇじゃねぇか」と旦那。

「じゃあ、無難なところで〈こだわりの料理屋〉なんてどうです？」とC。

「それもイヤだねぇ」と「イヤ」ばかりの旦那。「こだわりのナントカっていうのが、どうも俺は鼻についちゃって」

「じゃあ、こだわりのない料理屋」とA。

「それもヤだなぁ」とB。「ちょっとはこだわれよ、と野次を飛ばしたくなる」

「だね」「だよ」「だな」と再びの相槌。

「おい」と、そこでいきどおる旦那。「だいたい何だよ。黙って聞いてりゃあ——」

「黙ってないじゃん」とA。

「うるせぇよ。なんだかんだと好き勝手並べやがって。イヤなら来なくてイイんですよ。何度も言ってるとおり、こっちはまだ仕度中なんですから」

「そうそう」と、わたしはそこで思わず声が出る。カウンターのＡＢＣＤが一斉に横目でこちらを眺めて、「あれ、静香さん、まだそこに居たんだ」と、まったく失礼きわまりない。

「わたしは今さっき来たばかりです」――わたしの口もさっそく尖ってくる。

「へえ」と冷やかし気味のＡ。

「静香さんは大将の肩を持つわけだ」と同じ口調のＢ。

「いえ、そういう訳じゃないけれど」と口ごもるわたし。

「え？　そうじゃないんですか」と眉が開く旦那。

「というか、肩を持つとかそういうことじゃなくて」とわたしは声の張りがなくなってくる。

「同感というか――」

「ドーカン？」とＣ。「ドーカンって何語でしたっけ？」

「いえ、だからつまり仕度中ってことですよ」と、わたしの声は消え入りそうになる。消えないようにぬるくなってきたお酒をあおり、「料理がどうのこうのじゃなく」と旦那の顔をそこでさらりと盗み見る。と、旦那は至近距離でなければ分からないくらいの微妙さで、「そうだそうだ」と微かに頷いている。

「結局は、こだわりがあるってことでしょ」とＢ。

「いえ、そうじゃないの——」

と、そこへ折よくガラガラッと小気味よい音をさせ、待ってましたとばかりにおなじみの虹子さんが入ってきた。「コンバンハ」も「みんな元気?」もなく、「ナニ? 何の話?」と、いきなりカウンターの「だね」「だよ」「だな」に参入してくる。その絶妙なタイミング。その間合い。大変、勉強になる。この店にいるときは仕事のことなどあらかた忘れているけれど、虹子さんの間合いと話しっぷりには大いに参考にすべきものがある。

「なんだか楽しそうじゃない」と虹子さん。

「いや、楽しくないですよ」と旦那。

虹子さんの爪には派手なピンクのマニキュアが光っていて、めずらしく睫毛がパッチリして頬紅まで塗ってある。どこかへ出かけた帰りだろう。虹子さんが手抜きなしでばっちり化粧しているなんて、わたしが知る限りかなりめずらしい。

「だって、今日はやけににぎやかじゃない」

膝に乗せた小振りのハンドバッグから慣れた手つきで煙草の箱を取り出し、淀みなくサッサッサッと煙草に火をつけてピンクの爪を光らせた。

「論争中なんですよ」と旦那。「楽しかないです」

「論争? いいじゃないの。楽しそう」と虹子さん。

ルージュで彩られた唇に煙草をはさむと、口紅の赤が煙草の吸い口にくっきり色濃く転写された。

「で、何がテーマなわけ？」

「テーマっていうか、アレですよ。この店の肩書きっていうか、謳い文句っていうか。あるでしょ？　小料理屋とか創作料理とか、居酒屋でもいいし、赤ちょうちんでもいいんだけど、何かしらそういうのってあるじゃないですか」と解説するA。

「それを、いまこの場で決めちゃおうってことになったんです」と補足するB。「でも、全然決まんないの。あれもイヤだ、これもイヤだって、ワガママなんですよ、この旦那が」

「仕方ねぇよ。どれもふさわしくないんだから」と旦那。

「ふうん」と虹子さんは涼しい目で聞いている。

「でも、静香さんはこのワガママ旦那の肩を持つとかで」とA。

「違いますよ」と首を振るわたし。

「あれっ。やっぱり違うんですか」と旦那。

「そうじゃなくて、わたしは、まだ仕度中ですっていう旦那の気持ちに同感だって言ってるんです」

「ふうん」と煙草を吸って目尻にしわを集める虹子さん。旦那は虹子さんのサワー・ナントカをあっという間につくると、「ふうん」と声色を真似ながら虹子さんの前にコトンと置く。

「で、なんなの？　旦那は分かってるけど、あなたはなんの仕度中なんだっけ？」

虹子さんは余計なものを全部すっ飛ばして、いきなりこちらの核心をついてきた。

「仕事のこと？　男のこと？　そのどっちかでしょ」

「いやまぁ、仕事ですけど――」と、わたしの声はさらに消え入りそうになる。

「たしか、イラストの仕事だったっけ」と旦那もすっかり騙されたまま、わたしがイラストレーターだとハナから信じ込んでいるようである。ゴメンナサイ。

「やっぱりアレでしょ。いろいろ準備が要るよねぇ。いやいや、分かる分かる。何だって同じですよ。準備なしで出来る仕事なんてロクなもんじゃありませんから」

「何年、やってるんだっけ？」とサワーに口をつけて指先で拭う虹子さん。「もう長いの？」

「ええとですね」と、わたしはラジオの仕事をしてから何年になるのか指折り数えてみた。が、自分でも愕然とするくらい正確に指折れない。「指折れない」なんて言葉はおかしいけれど。

「ええとですね――」

こういうときは何と言えばいいのだろう。「指が回らない」とは言わないだろうけれど、舌が回らなくてもどかしいときのように、どうにも指が回らない。

というか、わたしが言いたいのはまさにこういうことだ。

わたしはわたしをうまく回せない――らしい。

と、それすら「らしい」と推測になる。とりあえず、わたしはわたしをうまく動かせない。指の一本からして。車のことなんてロクによくも知らないのにドライバーになってしまった気分。でも、自分の車はあるわけで、前へ進むためには運転しなくてはならない。とにかくハンドルを握るしかない。あてずっぽうにデタラメな運転をして、そうして動かしている車にどれくらいの能力があるのか――そこのところをまったく理解していない。普通なら免停になるところだ。

この車ははたしてどんな車なのか？　というか、「わたし」ってどんなだ？　何がどのくらい出来るのか。

そんなことは、とうの昔の学生時代に決着をつけておくべきだった。いや、自分としてはそれなりに結論を出して「自分探し」だの何だのとは無縁です、と思い込んできた。それがどうしたわけか、ことさら「探している」意識はないとしても、ここのところ何かしら見失っているような気がしてならない。これもまた推測だけど。まったくもって推測ばかりの推測人生。おまけに、この「推測する自分」が一貫していない。二重では足りない三重人格くらいに分裂していて、分裂した三人がそこそこにしっかりしていればまだいいものの、三人三様にだらしなくてシャキッとしていない。そのくせ、御託を並べたがるのだからカウンターのBCDと同じく「だね」「だよ」「だな」と無精な省略形でうなずき合っている。

しっかりせい、わたし、とおヘソに力を入れてみるけれど、「三人三様」なんてことをぐだぐだ考えている以上、このおヘソは誰のヘソ？ と、自分の体まで「自分のものだかドウダカ」と疑わしくなってくる。

＊＊＊

何人もいる「わたし」と静かな声

——という、彼女のこの長いモノローグ。

どうも彼女はいささか考え過ぎかもしれない。それは彼女もよくよく分かっている。で、考え過ぎて頭がおかしくなる前に彼女は応急手当のバンソウコウ代わりに、自分にこう念じてみる。

「じつを言うと、わたしは何人もいるのではないか——」

三人三様じゃまだ足りない。「わたし」は何人もいて、何人いるのか正確な人数はともかく、その何人かの「彼女たち」はことごとく出来そこないである。ひとりひとりがまったく自立していない。学生時代に決着をつけておかなければならないことを未だにグズグズ持ち越している。そして、このグズグズを、「だね」「だよ」「だな」と囁き合うことで、どうにかこうにか誤魔化してきた。誤魔化して一人前のフリをしてきた。だから、誰かにちょっとつつかれるとすぐに分裂する。矛盾のし放題。ああでもないこうでもないと、ひっきりなしに思いが行ったり来たりして、キリッとしたくてもグテッとして、あっちを押せばこっちが出っ張る。

——何人いるんだろうか。何人の「わたし」がいる？

彼女は目を閉じて、回らない指で不器用に指折り数える。

——三人？　いや、四人か。いやいや、五人はいるかしら。

仮に五人と決めて、いま、五人の「わたし」が彼女の中に共存しており、この五人は、五人全員が満足することなく、かと言って、五人全員が不平を訴えることもない。粗悪な印刷物が色ズレを起こしたみたいに、数ミリずつズレた五人の彼女が折り重なって「だね」「だよ」「だな」と輪唱している。

いや、待った。それだけではない。この五人とは別に、彼女は〈仕度中〉のカウンターではイラストレーターである自分を演じている。なんと、ややっこしい話。こうなってくると、この偽イラスト描きは、六人目の「わたし」ということになる。

で、この六人目に虹子さんは厳しく突っ込んでくる。「何年やってるの？」の問いに答えられない静香を見かね、「思い出せないくらい長いことやってるわけね」と、これはイヤミなのか助け船なのか。

静香は低い声で「そうですねぇ」と、どんよりと応え、応えながらも頭の中では西暦と昭和と平成が入り乱れていた。入り乱れたまま必死に計算している。ところが、「そういえばね」と、虹子さんが急に何かを思い出したように全然違う話をし始めた。

「このあいだ、井の頭線に乗っていたら、床の上を何だか変なものが転がってるのよ」

「何の話?」とカウンターの皆は揃って虹子さんの話にグイと引きつけられる。それはそれはものすごい吸引力。この絶妙な語り出し。「そういえば」とさりげなく切り出して、「変なものが転がってるのよ」と妙な状況を提示する。「な」「る」「ほ」「ど」「ね」と、静香の中の五人衆がひと文字ずつつぶやいて「そういえば」に耳を傾ける。

「あのね」と虹子さんは間をおかず話し続ける。

それはなんだか細長いものでね。ボールペン? いや、鉛筆かしら。違うな。見たことあるんだけど、何だっけ? あ、分かった。眉墨じゃない。

どうやら転がっていたのはそのとおり眉墨で、薄茶色の鉛筆状のものが、空いている車内の床を右へ左へ転がっていた。たぶん、安物の眉墨だろう。誰が落としたのかしら、と虹子さんはしばらく眺め、安物だけどもったいないから拾ってやろうかしらと思ってよくよくじっくり見た。と、何のことはない、自分の眉墨がバッグから転げ落ちたものではないか。

ということは――たしかに安物だけど――さっさと拾って回収するのが道理だろう。自分のものなんだから。けれども、しばらく他人事のように眺めていたのを、今さら拾うのもバツが悪い。

昼下がりの丼の頭線は適当に空いてはいるもののガラガラというほどではない。車内は午睡に誘われそうなのどかなムードで、ゆったり座った乗客たちは催眠術にかかったように転がりまわる眉墨をなんとなく見ていた。誰もが「あれは何だろう?」「ボールペンかな?」「いや、違うな」「眉墨か」「それも安物だ」と同じ思考回路を辿っているに違いない。

そんな注目が集まる中、今さらのように拾うのは何であれ恥ずかしい。で、仕方なく、あっちに行ったりこっちに行ったりする眉墨を目で追って、どうしようか、どうしようかと思ううちに、結局拾わずそのまま電車を降りてしまった。

「馬鹿でしょ」と虹子さんは煙草を灰皿の上ではたいて、「まだあるの」と間をおかず先をつづけた。「別の日にね、やっぱり昼下がりの丼の頭線に乗っていたの」

虹子さんの話はどういうわけか、適当に空いた丼の頭線が舞台であることが多い。

「隣に座った人が妙に気になったのよ。何となく危険な香りが漂ってきて。何がどうと訊かれてもすんなり答えられないけれど、何となく不穏でね」

車内の平和に充ちた空気を、左に座った男――たぶん若い――が一人で乱しつつあった。

こういうとき、「隣」というポジションはじつに不都合なものである。隣ではなく向かいに座っていたら、男の顔つきや挙動をそれとなく観察できる。観察できれば危険の度合いだって分析できる。が、なにしろすぐ隣だから、顔を見るのもはばかられるし、たまたま、もし向こうがこちらを見ていたりしたら、こちらのちょっとした視線の動きさえ見破られてしまう。だから、せいぜい意識を自分の左側に寄せ集めて気配を推し量るしかない。

が、その気配があまりにも殺気立っていた。男の鼻息が荒いのが明快に分かる。舌打ちまで聞こえてきて、しきりにごそごそと何かやっては、また舌打ちが聞こえてくる。

何だろう――虹子さんは次第に恐怖心が募ってきて、いよいよ隣の様子を確かめられなくなった。チラリとでもそちらを見たら、「おい、いま見たろう」と、いきなり腕を摑まれそうな緊迫感に襲われていた。

――こういうときはひたすら大人しくするべきよ。

虹子さんは目を閉じて寝るふりをしてみたが、目を閉じた途端に何やら金属音らしきものがカチリと鳴った。左からである。カチリ、カチャカチャとあきらかに左から聞こえてくる。カチリ。カチャ。シュッ。カチリ。カチャ。シュッ。

虹子さんは目を閉じたまま左耳に意識を集中させ、隣で起きている「カチリ」を映像にして耳から吸い込もうとした。何だろう、このカチリは。それは、男の手もとから聞こえ、男は金属製の何やら小さなもの——ちょうど手の中に納まるくらいの——を玩んでいるようだ。ちょっと具合を確かめているというか、正常に機能するかどうかを何度も確認しているような。でも、何かがうまくいかないのだろう。確認しては舌打ちをまじえる。

カチッ。カチリ。シュッ。カチリ。舌打ち。

カチカチ。シュッ。カチリ。カチッ。シュッ。舌打ち。

この連続。

が、耳で推し測るのはさすがに限界があった。それ以上のものは見えてこない。仕方なく虹子さんは、肉体の限界に挑戦するような極細の薄目をつくった。薄目の横目。それで隣の気配を懸命に窺う。そろそろと。男の手もとのあたりに見当をつけて、そこで何が「カチカチ」しているのかをどうにか確かめてみた。

「そしたら、それがね——」

極細の薄い横目の視界にぼんやり映ったのは、なんとなく予感していたとおりのアレ。たぶんアレである。断言は出来ないが、虹子さんは「アレではないか」と思った瞬間、背筋に冷たいものが走るのを感じていた。

薄目の視界は霧の向こうを見透かしたような感じでしかない。が、懸命の横目で捉えた一瞬の「チラリ」を積み重ねてゆくと、そのアレが銀色の光を鋭く反射しているのが分かる。ちょうど掌に乗るくらいの大きさで、男は力をこめてアレをカチカチいわせている。そして、舌打ち。何かがうまくいかないのである。

虹子さんはさらに横目に力を入れた。

と、男の手の中の銀色がV字型になっているのが分かった。V字型である。銀色でV字型のものといえばやっぱりアレだろう。そして、そのV字型は、カチャリと音をたてまっすぐの一本になったりもする。大人しく手の中に納まっているようではあるが、横目の観察ではいかにも持ち重りがするように思われる。

V字型になっていることは間違いなかった。V字型の状態で、カチッ、カチリと調整しながら男は指先でいじくり回している。そして、それはどうやらカチャリと折り畳まれると、V字からI字にもなるようだった。薄目ながらもそこのところははっきり確認できた。

となると、それはやはりアレだろう。アレしかない。大きさの印象からしても、そんなものはアレ以外に考えられない。

折り畳みナイフ。ジャック・ナイフである。

いや、それはいい。いや、本当はよくないけれど、百歩譲っていいとしよう。

男の人がジャック・ナイフを所持していて、それを鞄の中から取り出して具合を確かめている。そこまではとりあえずいいとする。それがただちに緊急事態へ発展するわけではないし、ただ具合を確かめているだけなのだからまだ犯罪でもない。それに、なにも男が緊急事態を引き起こすとは限らないわけで、男は自分の身の上に起こるかもしれない緊急事態を案じて、護身用のナイフの具合をチェックしている――そういうことなのかもしれない。

落ち着こう。

男の人というのは、そんなものをカッコいいと感じて意味もなく訳もなく持ち歩いたりするものだし、もしかして、それで鉛筆を削るのかもしれない。いや、それだけじゃない。使い道はいろいろとある。ナイフの用途など考えてみればいくらでも思いつくはず。いろいろとある。いろいろあると思う。あると思うけれど、たとえば何だろう――。

たとえば――何かあるでしょ。いろいろあるはずです。しきりに考えてみるけれど、不思議とこういうときに限って何も思いつかない。何だっけ？　ジャック・ナイフってズブリとやる以外に――って、おお、イヤだ。やっぱりズブリなのかしら。ズブリ用？　ズブリのために所持しているのかしら。カチリ、カチカチと、乾いた金属音がいつまでも止まらない。

＊＊＊

「しかない」と繰り返す静かな声

「でね、あんまり恐いんで勇気をふりしぼって遂に見ちゃったの。そしたらなんとそれ、ホチキスだったのよ」

虹子さんは「馬鹿でしょ」と苦笑していた。

「ああ、そうか」と笑いながらA。「V字型だね、たしかに」「開くとまっすぐになるし」とB。「たぶん、針がつかえてたんだな」とC。「分かる分かる」とD。「あれは実際イライラするね」「まさに殺気立つな」「男の太い指だとうまくいかないんだよ」「思わず舌打ちするな」「だね」「だよ」「だな」——。

このとき、わたしの中の五人衆も「だね」「だよ」「だな」と大いに納得していた。これはいい。ちょっと面白い。この話を次の放送で話してみようか。いや、話してみよう。もう少しアレンジして話に尾ひれを付ければ、それで三十分くらい話せるかもしれない。

——なんて考えは小ずるいか。

口も指もうまく回らないのに、かろうじて頭だけは小ずるく回っているようだった。でも、それでは駄目です。時間を稼ぐことばかり考えていたら、どうしたっていい放送にならない。

いい放送――と、一応、わたしもそんなことを考え始めているらしい。

絶えず、宿題を抱えている感じになっていた。どうにか放送を終えてひと息ついても、次の瞬間からもう来週の放送に向けて準備が始まっている。自分としてはそんなに意識はしていないのに、頭が勝手に「仕度中」になっている。

そう思えば、毎日が週に一度の生放送へ向けての修業になった。修業は大げさか。でも、そう言いたい。わたしが虹子さんだったらいいけれど、この一週間をざっと振り返ってみても、話すに値することなんて何もない。いや、本当はあったのかもしれないけれど。いやいや、たぶん何かしらあったのだ。わたしが気付いていないだけで。

「わたしが虹子さんだったら」ではなく、もし、「虹子さんがわたしだったら」――ああ、ややっこしい――たぶん、この「何もなかった」と思われる一週間を、おもしろおかしく話して聞かせるに違いない。そう信じないことには先へ進めない。きっとそうだ。そんな気がしてきた。わたしは何でもいいから何かを信じたい。もう、はっきりそう言ってしまおう。ワラにだってすがりたい。でも、ありきたりな「教え」のようなものにすがるのは御免である。ここまで、突っ張ってやって来たのに、今さらかしこまって祈りを捧げたりするのは自分の柄に合わない。

わたしはもうわたしのポンコツ車に乗ってしまったのだから。乗ってしまった以上、いつまでもバックミラーばかり覗いていられない。前へ進まなくてはならない。

幸い「わたし」は五人もいる。いや、六人か。何人でもいいや。とにかくこの出来そこないの「わたし」の小さな頭脳を寄せ集め、その場しのぎのオンボロ・チームを組んでやってゆくしかない。たとえそれが、「だね」「だよ」「だな」の繰り返しであっても、結束を固めて信じ合うしかないのだ。しかない、しかない、しかないのだ。

苦肉の策だけれど、「しかない」も、それなりのエンジンにはなる。後はない。でも、目の前に道はある。行くしかない。

ようやく考えがここまで辿り着いた。偉いぞ、わたし。五人だか六人だかのうちの誰だか知らないけれど、そこまで考えを押し進めたのは、とりあえず偉い。

で、次です。わたしのこの毎日は、よくよく観察してみれば、話すに値する出来事に満ち満ちているとしましょう。

で、それをどう抽出すればいいのか。どう見つけ出すのか。

さぁ、そこです。

＊＊＊

「繰り返し」と「逸脱」と静かな声

さぁ、そこです、静香さん。

ディレクターであるところのミスター・しみじみ・西野氏の考えを尊重するなら、彼女の〈静かな声〉なる番組は仕度らしい仕度をしない即興演奏を求められているのだった。事実、最初の放送ではあたかも綱渡りのようにアドリブを繰り広げ、危なっかしい緊張感に充ちた——と西野氏は汗びっしょりになって放送後に感想を漏らした——二時間を何とか渡りきった。

〈仕度中〉の旦那をカウンターのＡＢＣＤが評したとおり、そこには「思いつき」や「リンキオウヘン」や「そのときそのとき」が駆使されていた。

ところで、「思いつき」も「リンキオウヘン」も「そのときそのとき」も、じつのところ、切磋琢磨を経た修業の賜物である。即興で即興など出来やしない。一見、無駄と思われる逡巡と繰り返しに耐えた者だけがその賜物を得られる。しかし、同じことばかりをイヤになるくらい繰り返していれば、どうしてもそこから離れたくなってくる。そこで離れるかどうか。腕を磨くためには道を逸れる勇気も必要になる。しっかり勇気をもって逸脱しなくてはならない。

ほとんどロクなことを言わない西野氏だが、以前、静香にこんなことを言ったことがあった。

「仕事なんてものはどれも繰り返し繰り返しだよ。でも、繰り返しに飽きるから逸脱が生まれる。で、逸脱してみると、今度は繰り返しが懐かしくなる。そうしてまた繰り返し繰り返し——」

そうこうするうちに、いつのまにか本道も横道も知り尽くすのだという。あっちも良いけれど、こっちも良い。そこまで行ってようやくその場限りの「その場」が見えてくるらしい。

おそらく、旦那に訊いても「そんなこと知りませんよ」とかぶりを振るだろう。が、「こだわるのもイヤ」なら「こだわらないのもイヤ」はダテで飛び出たセリフではない。たぶん、旦那は頭に白いものが混じるほどさんざんこだわったのだろうし、そのたびに、要らぬこだわりを捨ててきたはずだろう。基本も大事だが、逸脱も大事。基本はもちろんのこと、逸脱を「美味しい」と言わせるのが料理人の腕の見せどころである。「知りませんよ」などと言いながらも、旦那はそれをよく分かっている。

小さな男　＃6

＊＊＊

夕方の睡魔と国境線と小さな男

今更このようなことを申し上げても致し方ないところであるが、基本的に私は私について語ることにやぶさかでないのである。が、同時に私はいささか私について多くを語り過ぎているのではないかとも思うのだ。

私はすでに白シャツとデラウェアへの愛着を語り、〈ロンリー・ハーツ読書倶楽部〉および読書の可能性について語り、つくり笑いとハンモックと打出の小槌とB6ノートについて言及してきた。ポルトガルに夢中な妹と、ムンクの「叫び」とフラメンコ・ダンサーや薄切りハムについても語ったように思う。

まだある。

むろんのこと、私のふたつの仕事についても大いに語ってしまったし、百貨店の裏通路やら鼠の孤独やら鼻の欠けたマネキンやらについても語り尽くした。

まだある。いや、もうよしておこう。

こうして語れば語るほど、じつのところ私は知らず知らずのうちに私自身の大いなる可能性を打ち消しているのではなかろうか。どうもそんな気がしてならない。冷蔵庫の中のマカダミアナッツ・チョコを毎日ひとつずつ食べてゆけば、その残り数が手品のように減ってゆくのと同じように、語る口とチョコレートを咀嚼する口は動けば動くほど有意義な可能性をどこかへ——胃袋の中へ？——ひとつひとつ消し去ってゆくような気がしてならない。

いや、これはおそらく気のせいではない。

ある日ふと、私は型にはめられている自分に気付くのだ。番号の振られたステンレス製の型取り器にマカダミアナッツと一緒にトロリと流し込まれ、冷蔵庫の中にしばらくのあいだ安置されてしまう。その暗く冷たい冷蔵庫の中の時間。バターの沈黙。牛乳の沈黙。めんつゆの沈黙。トマトケチャップの沈黙。期限切れのマスタードの沈黙——等々。彼らは大人しくひっそりとしてひたすら出番を待っている。

やがて、冷蔵庫の扉が開かれて型にはめられた私に誰かの手が忍び寄る。細い指先で鼻先をツンツンと突かれ、つづいて「あ、出来てる」という声。「完成完成。出来てる出来てる」という声。

「本当に？　あら本当。いい感じじゃない。うまく出来たわね。マカダミアナッツ・チョコ」という声。どうやら私は完成してしまったらしい。ステンレスの冷たい型の中で。ということは、あとはひたすら誰かの胃袋へ送り込まれるだけの余生ということか。

私は背中に冷たいものが走るのを感じる。マカダミアナッツ・チョコにも背中はある。冷や汗だってかいてるし。どうしてこんなことになってしまったのか。理由は明白だ。

私があまりに多くを語ってしまったためである。多くを語らなければ、私はともすれば無限の可能性を秘めた男であった。すでにお話ししたとおり、私は「憶測」「予測」「推測」という三大測を常日頃、内ポケットにひそませている。そして、この三大測によって世界というものを——私を取り囲む小さな世界を、あるいは大きな世界を——さまざまな角度から日々測りつづけてきた。測りつづけるほどに、私は私自身に秘められた限りない可能性を拡張してきたつもりだ。なにしろ、そうでもしなければ、小さな男は文字どおり小さな男のまま在りつづけることになる。

が、ここに思わぬ落とし穴がひそんでいた。語るほどに私はありふれた型にはまってゆき、その息苦しさから逃れ出るためにまた新たな三大測へのめり込む。

どうも、そういうことらしい。まるで自転車操業のようだ。憶測と予測と推測を駆使し、私は懸命に自転車のペダルを漕いできた。私の知らない事物について、もしくは、知ってはいたけれど深く追求していなかった事物について、私なりの考察と論考を——変速ギアもないまま——必死にノートに書きつらねてきた。が、私はいま気付きつつある。冷蔵庫の中にて震えながら結論を出しつつあるのだ。

ハンモックやフラメンコやマネキンについて語ることは、一見、そのものを掘り下げたように見えるが、じつのところ自分の小さな身の丈を——いじらしくも——測り直しているに過ぎないのではないか。そんな気がしてならない。

そんな気がしてならない夕方の私である。

部屋の空気の成分が、憂愁＝七十八％、倦怠＝十二％、空虚＝七％、希望＝三％と配され、オレンジ色の光と葡萄色の影が絵に描いたように夕方を充たしつつある。幸いにも今日は休日であった。もう夕方ではあるが休日であり、しかし、正しく言い換えると、休日ではあるがもう夕方であった。そう思うと憂愁が八十二％にまで上昇する。

どうも、こういった具合に休日の夕方には魔が差しやすい。いや、一昨日の深夜ラジオで耳にした話に従うなら、魔が差すのマは「間」のマであるとかないとか。御説ごもっとも。この間延びした夕方に於いて、私の休日の夕方は憂愁と倦怠のゆるいゆるい「間」に支配されている。出るのはあくびばかり。ひたすら長椅子に横たわったままワニのように水平に目を閉じている。

いやいや、そう易々と眠ってはいかんのである。せっかくの休日なのに眠ってばかりではいかにも勿体ない。大体、今日一日でいくつ夢を見たことか。

夢は見飽きた、本でも読もう。

私は水平のまま読みかけの本――それは例の〈ロンリー・ハーツ読書倶楽部〉の課題図書である――を手に取って水平のまま頁を開いた。『国境警備員の憂鬱』なる表題。むろんのこと、この作品にも読みとるべき「ロンリー・ハート」なものが隠されているはずだ。それをどれだけ拾い上げることが出来るか――我が読書倶楽部の使命はそこにある。といって、世間の皆様は誰もそんなことを望んではいないのだが。
しかし、読書はいい。この素晴らしき「ロンリー・ハート」な夕方の読書よ！

＊＊＊

国境警備員の憂鬱と小さなワニと小さな男

しかし、小さな男は早くもいびきをかき始めている。水平のまま水平な夢を見始めている。それははたして読書中の頭が紡ぎ出した「ロンリー・ハート」な夢であろうか。いや、夢であるのか現実であるのか。その境界線上で国境警備員のように小さな男は夢と現実を行ったり来たりしていた。彼は警備員の制服に身を包み、それは何故かしら右の袖がやや長く、左の袖は長さがちょうどいいのにやたらとだぶついている。彼はそのアンバランスさを自分が小さな男であるがゆえのものと恥じていた。

と、恥じた途端に、何か得体の知れぬ生き物――それは見るからに「ロンリー・ハート」な生き物である――が足もとの草むらを動き回っているのが目に留まった。それはあろうことかワニであるらしく、それも手のひらに乗るようなミニチュア・サイズのワニである。ワニの目はそこはかとなく哀しげに濡れ、もちろん水平にしか動かず、じっとしているようでチョコマカし、一瞥では賢いのか愚かなのかよく分からない。何だかよく分からないワニだ。もとい。何だかよく分からないどこか哀しげなワニである。

が、小さな男は大きな心でこのワニを深く理解していた。このちびワニが、じつは誰かの口から飛び出てきたということを――。

誰かって？　と、あなたは思うかもしれない。左様。小さな男は国境をとり囲む湿地帯を右から左へ見渡し、もちろん見渡すまでもなく彼はその国境の地にただ一人きりであることを知っていた。となれば、あのちんちくりんなワニの正体は、ほかでもない彼の――小さな男の――口から飛び出てきた「ロンリー・ハート」ということになろう。すなわちあのワニこそ彼自身から抜け出てきた「さみしい心」そのものなのである。

それで彼は大いに困惑していた。同時にちょっと笑いたいような気にもなっていた。

だって、そうでしょう――と彼は誰へともなくそう言いたくなっていた。

＊＊＊

口から飛び出た「ロンリー・ハート」と小さな男

だって、そうでしょう。あなたは御自分の「さみしい心」を御覧になったことがありますか。私は初めてです。自慢じゃないけど「うれしい心」だって見たことがない。が、それが目の前をウロチョロしているわけで、どんなものなのかとよくよく観察してみれば、哀しげな目をしたちびっこワニなのであるからして、まずはどう対処すればよいのかという話である。

だって、そうでしょう。

いつ飛び出てしまったのか知らないけれど、かのワニが自分の口から飛び出たのであれば、そしてそれが私の「さみしい心」であるのなら、それはそもそも歓迎すべきことなのかどうなのか。

だって、そうでしょう。

「さみしい心」が出て行ってくれたのなら、普通に考えれば儲けものかもしれないわけで、もし、これで自分の中から一切の「さみしい心」が消えて無くなるのなら、あとは笑って暮らせるのかもしれないわけで――。

それとも、そんな単純なことではないのだろうか。そこが分からなかった。分からないがゆえに困惑してしまう。が、やはり笑いも少々湧き起こってくる。困惑する笑いだ。苦笑いとも微妙に違う。自分がいまどんな顔になっているのか自分で見てみたい。

が、どういうものか国境には鏡が存在しないのである。そういう決まりになっているようで、こうした境界線上においては、鏡で自分の姿かたちを確かめることが許されていないのである。それで私は思いが定まらないまま、湿地帯の生ぬるい風に吹かれながら果敢にも新たな見解を導き出そうと考えていた。

たとえば、こういうのはどうだろう。

あの哀れなちびワニを一概に「ロンリー・ハート」と見なすのは私の驕りではないの

か。私はなにしろ小さな男である。小さな男が小さなワニを眺めることと、小さなワニが小さな男を眺めることにどれほどの違いがあるのか。まったくもって。そう考えてみれば、こうして国境に立つ私こそが「ロンリー・ハート」なのかもしれず。いや、そう考えてもいいわけである。つまり、あのワニの方が「ロンリー・ハート」を失った私自身であり――。

いや、そうに違いない。その証拠に、どこかに鏡はないものかと探すうち、足もとに絡み付く湿った草は足もとだけでなく細長い水平の鼻先にも絡み付いてくる。見渡した四方八方がぬかるんだ土と草の匂いに阻まれ、これはまさしく水平なるワニの世界ではないか。

ワニである私は誰かが投げ捨てた煙草の吸いがらを蹴散らして水平に前進していた。水平に。慎重に。前脚と後脚を交互に動かし。もはや憶測も予測も推測もなく。ただ動物的直感だけを頼りに草むらを匍匐前進していた。

結構、結構。悪い気分ではない。ワニの生活もまた愉し、だ。が、そうするうち、私はある感慨に襲われていた。懐かしいような感覚が視野の上方をよぎり、その印象を確認するために水平に立ちどまって空を見上げようと試みる。が、水平なるワニは空を見上げるのがじつに困難。渾身の上目づかいでどうにか草のはざまから夕方の空を望んでみれば、空の手前に濃紺の警備員服を着た一人の男が立っている。

それは何を隠そうこの私ではないか。警備員服の私はあきらかに困惑して笑っていた。いやいや、あれは私ではない私ではない。私はこちらにいるのだからして。こうして見上げているのが私であり、あちらの私はたぶん私ではないのだ。私が言うんだから間違いない。

いやいや、待て待て。なんだか視線がこんがらかってきた。やはり、あちらの方が由緒正しき私ではないか。何故なら、見るからに私みたいだからだ。そう思えば、すぐにも視線が移り変わる。あちらの私がこちらを見おろし、見おろす湿った草むらにはワニの私がいる。一方、ワニの私があちらの私を見上げれば、困惑と笑いを行きつ戻りつする国境警備員の私が見える。

きりがない。どうしたらいいのか。どっちが私なのか。私はどっちなのか。いま鏡を覗いたらはたしてどうなるのか。鏡を見れば一目瞭然だ。そこに映るのが警備員であるかワニであるか。

いやいや、待て。それともあるいはもしかすると――。

私はさらなる新しい見解をひねり出そうと試みた。見解というものは常に更新されなくてはならないのだ。これが私のモットーである。更新されない見解などいくら温めつづけても何ひとつ前へ進まない。とにかく、前へ進まなくては。

ついでに申し上げると、前へ進むのは「考え」だけで結構。あとはどうでもよろしい。

で、「考え」が前へ進むというのは見解が更新されることに他ならず、更新の結果は次のとおりだ。

――私はもしかするとワニでも警備員でもないのでは？

と、言葉にした途端、するりと背中に冷たいものが走ってゆく。

――どちらでもないからこそ、どちらも見えるのではないか？

ふむ。なんだかこれが一番正しい気がしてきた。そう考えるのが最も理に適っている。あるいは、もうこれ以上この考えは更新しないかもしれない。面倒だし。

したがって、結論はこうだ。私は、じつのところ鏡なのではないか。あるはずのない鏡。いや、きっとそうだ。いつからそうなったのか知らないが、私は国境に派遣された――鏡だって派遣される――一枚の鏡なのである。この国境には鏡が存在しないのではなく、何のことはない、私自身が鏡だったのだ！　国境警備員のために用意されたにわかづくりの見すぼらしい小屋に、やはり一枚はあった方がよかろうと申しわけ程度に壁に掛けられた小さな鏡。いま、小屋の中に人影はなく、小屋の外を見渡してもやはり人の姿はない。鏡だけが鈍く光り、「そうだったんだよ」と誰かが昔語りのように話を結べば、ワニも警備員もいなくなって、時間から忘れられた鏡一枚がただそこに残される。

じつにあっけらかんとしたものだ。

鏡が光って風だけが生ぬるく吹いて、小さな男である私なんてもうどこにもいない。

では、この先どうなるのか。鏡になってしまった私はこのあとどうなるのか。さらなる新しい見解は——と鏡としての自覚を建て直そうとしたところで、ムニャムニャムニャと水の底から浮かび上がったように夢から目が覚めた。

覚めるなり長椅子からだらしなく垂れた手が本を床に落とす。パタンという乾いた音。いっせいに夕方の部屋が私を取り囲んで迫ってくる。

私はあわてて水平のまま本を拾い上げる。目をこすって何事もなかったかのようにつづきを読もうとする。が、さて、どこまで読んだのか。記憶があるようなないような。読んだようで読んでないような。時間が過ぎたような過ぎてないような。何かが一瞬、通り過ぎて行ったような向こうから何かがやって来たような。みるみる夢の記憶も薄れて、最後に吹いた風の匂いも消え、あとは台所から聞こえてくる冷蔵庫のブウンという音だけ。

何という休日の終わりの静かな夕方。

私はかたわらに置いてあったコップの水を一気に飲み干し、水が喉から食道へ通過してゆく音をかすかに聞いていた。

またしても夢か。

こんなことでは本当に休日が勿体ない。勿体ないがもう夕方であるし、いまさらジタバタあがいてもやり直しはきかない。それが夕方というものである。だから、すでに夕方になってしまった以上、いましばらく長椅子の上で夢の余韻を温めても誰も文句は言うまい。というか、文句を言ってくれる人が私の長椅子の周辺には存在していない。

私はなんとなく長椅子と自分だけが世界から取り残されたような思いになった。

＊＊＊

長椅子と会話をする小さな男

もちろん世界は小さな男の感慨などとはまったく無縁に前進してゆくわけで、しかし、その前進に小さな男と長椅子もちゃんと含まれているところが世界の偉大なところである。が、あらためて「さみしい心」を抱えた小さな男は、世界から取り残された思いで長椅子との会話を始めていた。

「とは言っても——」と長椅子は——男である。念のため——話の途中からいきなりそんなふうに始めるのが常である。あたかも貴殿の胸のうちはよくよく分かっておりますよと言わんばかりにだ。「とは言っても、アレですよ。いずれにせよ、あなたはあなたの百科事典を書き進める。それしかないわけです。ペダルを漕ぎつづけるのをやめることは出来ない。そうでしょう？」

「いや、やめるとどうなるのか少しは興味がある」

小さな男は水平のまま水平な声でそう答えた。

「やめてしまえば、それでそれきりあなたの三大測はポケットにしまわれたままになるんですかね?」

「さぁて」

「そこにこそ、憶測、予測、推測を駆使しなくては」

「そう――」小さな男は長椅子に言われるまま水平になってよくよく考えてみた。「もしかすると」

「もしかすると?」

「あるいは、すべてをやめてしまえば、私は本当の意味で大きな男になれるのかもしれない」

いや、きっとそうなのだろう、と小さな男はあらためてそう思う。そんなことはとうの昔から分かっていた。自分が本当に求めていたのは、そうした達観の果てにある諦めの境地ではなかったか。

「そう簡単に諦めてしまえるものですかね」

「簡単に諦めきれないものを諦めたときに何かがひっくり返ると誰かが言っていたが」

「それは『誰か』の話でしょう」

「それはまぁ、たしかに――」

小さな男はそこで自転車のチェーンが外れたような心地になった。空まわりするペダル。踏んでも踏んでも手応え――足応えと言うべきか――のないペダルの感触。

「正しく言い換えますとね」長椅子が大きく息を吐くようにつづけた。「諦めることがあなたの人生なのか、はたまた、諦めないことがあなたの人生なのか。要はそういうことですよ」

ふうむ――と小さな男は息をついてそれきり何も答えられない。

＊＊＊

受話器を持ち替える小さな男

その二時間後。憂愁の夕方が夜になって晩御飯の時間も過ぎ、私はふと思い立って長椅子へ戻る前に妹に電話をかけてみたのである。

「特に用事はないんだけど」私は妹に電話をかけるとき、必ずそう言って話を切り出すことにしている。「どうしてるかと思って」

「こっちは元気。変わりなし。でも、兄さんはいろいろあるんでしょ？　全部聞いてあげるから安心して」

私は妹に聞こえないようゆるゆる息をついた。

「でも、今日はわたしもひとつ話があるんだけど――」

「そうなんだ」と応える私。「話って？」

「いえ、その前にそちらの話をどうぞ」

「いや、こっちは話というほどのものではないんだけど」

「また変な夢でも見たとか？」

なぜ、妹はこうも的確にこちらのアレコレを言い当ててしまうのか。それとも、彼女に限らず妹というものは全国的に「言い当ててしまう役どころ」なのだろうか。

「いや、夢はたいてい覚えてないし」と私は事実をありのまま話そうと努力する。「ただ——」

「夢のお告げみたいなものがあったんでしょう？」

どうしてそんなことまで分かっているのか。

「いつだって、そんな話をするじゃない。休みの日に電話をしてくるときはたいていいつでもそう」

そうだったろうか。いつだって？　いつだって私は「夢のお告げ」を妹に語ってきたのか。休みの日に？　そう言われても何ら記憶が甦ってこなかった。そういえば、先週の休みは何をしていただろう。先週はたしか——。

「先週も電話をしたんだっけ？」

「そう。先週もちょうどこのくらいの時間だったと思うけど」

「そうだっけ？」

やはり私は知らないうちに多くを語り過ぎている。自覚もなく。記憶もなく。口が勝手にアレコレ語っているようだ。

「で、今日はどんな夢のお告げだったわけ？」

「いや、お告げと言っても――」

私は声のトーンが落ち込んでゆくのが自分でもよく分かった。

「何というか、非常に込み入って複雑なんだけど」

「あのね――」と妹が受話器を持つ手を換えたのが伝わってきた。「いつだってそうなのよ。兄さんの話してくれる夢のお告げはいつも複雑怪奇。兄さん自身も途中で何を話してるのか分からなくなるみたいで」

「そうだっけ？」

「兄さんはわたしにひととおり話したら、もうそれっきり夢のお告げのことは忘れちゃうみたいだけど」

「そうなんだ」

「だって、覚えてないでしょう？　こないだ言ってたコーヒーポットの中に半魚人――だったかな？　が暮らしてる夢とか。舞台の奈落に落っこちたらそこが別の舞台の上で、まったく知らない芝居なのにすらすらとセリフが出てきた夢とか。あとは……そう……仕事の帰りに突然、自分は魔球が投げられると思い込んで、五万円もするグローブを買う羽目になった夢とか」

ふうむ。

言われてみれば、なんとなくボンヤリ覚えている。が、あのときのあれは半魚人ではなく人魚だったように思うし、グローブは五万円ではなく五十万円だった。ただ、たしかに言われなければ思い出さなかったし、はっきり言ってすっかり忘れていた。だが、妹はおそらくかなり大げさに話しているのだろう。妹というのは——これはもしかして全国的にも——事を大げさにしたがる性質があるのではないか。確かにこれまでに二度か三度、いや、四度か五度くらいは夢の話をしたような淡い記憶がある。あくまでも話のついでにだ。ちょっと電話をかけてみて、他に話すこともないので、ああそういえばこんな夢を見たんだけど——という具合に。誰だってそんなことはあるだろう。話のついでの余談というのか。いずれにしても、そんな余談まで克明に覚えているわけがない。それに、私はなにしろ夢より現実のアレコレに積極的に取り組んでいるわけで、アレコレをめぐって考え込んだりする時間が人一倍長いのである。その上でいちいち夢の内容まで記憶していたら私の小さな頭はあっという間に破綻してしまう。だから、夢は速やかに忘れる。そういう方針なのだ。いつからかそういうことになっており、体が勝手にそうなっている。しかしそれにしてもだ——。

「それでは、お告げにならんじゃないか」

私は自分で自分に憤慨し始めていた。

「そう？」と妹はどこ吹く風である。「わたしは兄さんの訳の分からない夢の話を聞くのが好きだけどね。結構、笑えるし。変に哀しいところもあったりして。だから、気にしないでどんどん話して。それが本当にお告げなのかどうかはわたしには分からないけどね。まぁ、面白ければいいじゃない。お告げなんてどうでも」

何だかどうにも話しづらくなってきた。というか、妹に話す前にちょっとずつ夢の中身を忘れつつあった。記憶の中の風景の輪郭が溶けたり剝げ落ちたり擦れたりして、色も匂いも風が頰に当たる感じなんかも、思い出そうとすればするほど簡略化されてゆくような気がする。

「先にそっちの話を聞こうか。こっちはたぶん長くなるし」

「そうなの？」

「特に急ぐ必要もないし」

「そう？　じゃあ、短い話なんでさっさと話しちゃうけど」

妹はそこで小さく咳払いをする。

「結論から言いますとね、わたしは近いうちにポルトガルに移住すると思うんです」

「移住すると思う？」

「というか、移住するんです。決めちゃいました」

「そうなんだ」

私もまた電話の受話器を持ち替えて台所の壁のしみを眺めた。

「わたしもこう見えて、まぁ、いろいろ迷ったんだけど、やっぱり諦めきれなくて」

諦めきれない？　ということは、妹も「諦める」とか「諦めない」とかいうことで逡巡していたのだろうか。

「決断するなら、今しかないと思って」

「そうなんだ」――私はそればかり繰り返している。

「こないだ、雑誌の占いコーナーに、あなたの人生は諦める人生か諦めない人生かどちらか選択しなさいって書いてあって、思わず声に出して答えちゃった。『わたしは諦めない』って」

私はもういちど受話器を持ち替えて壁のしみを眺めた。

「ねぇ、聞いてる？」

静かな声　#6

＊＊＊

電話に出ない弟と静かな声

ふと思い立って弟に電話をかけてみたが不在だった。

別にめずらしいことではないけれど。なんだ、いないのか、という感じ。少ししてまたかけてみるも、やっぱり不在。ただいま留守にしております——と吹き込まれたシンの声が律義に繰り返される。また配達にでも行っているのだろう。まぁ、いい。特別、急ぎの用事があるわけじゃないし。

でも、また少しして気になってかけてみると、やっぱり不在だった。

ふうん。

こうなってくると、弟の安否がどうとかではなく、自分のかけた電話がスンナリつながらないことが気持ち悪くなってくる。もどかしい。せっかくの休みの日だというのに。

これまでシンが午前中に留守にしていたことはなかった。いや、もちろんそれはわたしがたまたま電話をかけた「午前中」で、彼が午前中に何をしているとか、何をしてないとかそういうことを知り尽くしているわけではない。訊いたこともない。たまたまだ。これまでは、たまたま午前中に電話をしたら、たまたま彼が居たというだけである。そもそもわたしは弟が日々どんな時間割で生活を送っているのか知らない。向こうだってこちらのことは何も知らない。

兄弟姉妹には、いろいろな組み合わせがあるけれど、姉と弟の関係はどこもそんなものだろう。同じ東京の、距離的にはずいぶん近いところに住んではいるが、それだけにお互いがいま何を考えて何をやっているのかなんてことはまったく気にならない。わたしにしてみれば、弟というのはいつもその辺りにいて、あまり口をきかないけれど口をきけばそう間違ったことは言わない。お互いそっぽを向くような意見の相違も記憶になく、あったとしても忘れている。向こうはどうか知らないけれど。

では、頼りになるかと訊かれたら、ちょっとはあるかもしれない。かといって彼を頼ろうとは思わない。立場的にはこちらが頼られる側であるし、弟はわたしのことなど決して頼りにしない。シンから電話をかけてくることも滅多にない――電話代をケチっているんだろうが――深刻ぶって「話があるんだけど」と呼び出されたことも一度としてない。そんなものである。

それでも仕事のない休日で、天気もまずまずで、買い物に行かなきゃ、ミヤトウさんに会う約束もあるし――と、それなりに忙しく思う頭に、「あ、そういえば」と弟の顔が何度か浮かんできた。まぁ、どっちでもいいのだけど、元気に生きているか、あまり元気じゃなく生きているか、いちおう姉として様子を窺っておこう――そうしたつぶやきが朝食の洗いものをする頃によぎった。で、かけてみたわけだが、めずらしく出なかった。

電話というものは妙なもので、こちらは相手が出るものと思い込んでかけているから、頭の中にはアパートの部屋で寝ている彼を思い浮かべている。でなければ、もう起きてインスタント・コーヒーくらい飲んでいるだろうか。勝手にそんな想像をして、電話がつながる前からつながっている。向こうの様子がテレビ画面を眺めるように脳裡に浮かんでいる。

が、出ないとなった途端、それまで寝ていた弟やコーヒーを飲んでいた弟がサッと消えてしまい、カーテンを閉めきった誰もいない部屋に電話の呼び出し音だけが鳴っているほの暗い映像に変わる。こちらは鼻白んで洗濯ものを干し、新聞やら新聞の折り込み広告やらをまとめたりして、ふと気づくと頭の中の隅に「誰もいない部屋」が甦っている。その映像のうす暗さがしばらく気になったりして。でも、まぁいい。今日はいないんだろう。どっちにしろ用はないのだし、電話がつながったところで「あ、俺いま眠いからあとにして」のひとことで切られるのがオチだ。

買い物だ。買い物へ行こう。台所テーブルでメモ帳をひろげ、かねてよりの懸案であった「あれを買わなきゃリスト」を作成した。

ガムテープ。ボディ・シャンプー。和がらし。ホチキスの針。排水口のゴミ袋。ふつうのゴミ袋――いや、ゴミ袋は新聞屋さんにもらったのがまだ二袋はある。それよりアレです、料理用のお酒。このあいだ飲むものがなくなって、つい飲んでしまったのだ。ということはつまり、酒類のストックも底をついているわけで。あ、あとハミガキ粉がない。粉じゃないけれど。こうしていざ書いてみると変な感じだ。それとも、いまどきハミガキ粉なんて言わないのか？　何と言うのか。ハミガキ・クリーム？　違うな。やっぱりハミガキ粉だ。最後にもう一度リストを眺め直してみる。ふうむ。ガムテープっていうのも何だかおかしい。そんな名前だったろうか。

どうもこのごろ、こういった記憶があやふやになってきた。つい昔風の呼び名になってしまったりする。タートル・ネックじゃなくて「とっくりのセーター」なんて言ってみたり。ハンガーが出てこなくて「えもんかけ」なんて言ってしまったり。ハミガキ粉も大いに怪しいけれど、他に思いつかないのだから仕方ない。

＊＊＊

ガムテープとハミガキ粉と静かな声

自信なく買い物に出かける静香であったが、ドラッグ・ストアの棚を眺めて、やっぱり「ハミガキ粉」が正解であったことに心から安堵していた。反面、ガムテープが「クラフト・テープ」などと呼ばれていることに釈然としなかったり。

こうしたささいな言い間違いのようなものが、公共の電波に言葉をのせてゆく静香にしてみれば恐怖の対象になった。だいたい「ドラッグ・ストア」という言い方にしても、ひと昔前まではまったく一般的ではなかった。というより、薬局やら化粧品やらを扱うお店がこんなにも幅を利かせるとは思いもよらなかった。時代が移り変われば呼び名も変わり、ズボンと言うべきかパンツと言うべきか。スパゲッティと言うべきかパスタと言うべきか。へたに長く生きているとこうした混乱ばかりが募ってゆく。

そんなことに気をとられながら買い物をしていたら、行きつけのスーパーが歪んで見えてきた。値札に記された商品名をいちいち確かめずにいられなくなる。ティーバックなのかティーパックなのかティーバッグなのか。飴とキャンディとキャラメルにはどんな境界線が引かれているのか。カフェ・オレとカプチーノとコーヒー牛乳は呼び名にふさわしい違いが舌で分かるのか。

この辺が難しいところだ。正確ではあっても耳慣れない名称を使うと嫌みに響くことがある。アイス・カフェ・オレよりコーヒー牛乳の方が味が伝わりやすい場合もある。

スーパーの棚を眺めて社会勉強をする人は、おそらくその値段をチェックして――ということになるのだろうが、静香の場合は値段はそっちのけで商品名ばかり確かめていた。というか、平日の昼下がりのスーパーで社会勉強をしていること自体、おかしなことだ。いくつかメモなどとったりして。感心したり首をひねったり。つい、余計なものまで買ってしまったり――と、いつもより気合いを入れて買い物に夢中になっていた間は良かった。ところが、ひととおり終えて両手に袋を提げて商店街へ出ると、少しばかり余裕の出来た頭に、また弟の「不在の部屋」が甦った。両手の荷物を片手にまとめ、重さに唸りながら——酒類を買い過ぎた——携帯電話を取り出してかけてみた。いるかいないか。

——ただいま、留守にしております……

またしても不在の部屋の映像。ふうん、と面白くない静香。ついでに、ちょっとお腹も空いてきて、朝食を食べてからの時間を数えて「早いなぁ、消化活動」と胃袋にケチをつけたくなってきた。至って健康な証しではあるのだが。

＊＊＊

繰り返される湯麵と静かな声

休みの日の三食を、三食とも自分でつくって三回洗い物をするのは何となくイヤである。そこまでわたしは料理が好きではない。もちろん後片づけだって好きではない。休みなんだし。せいぜい一食くらいは他人の手にお任せしたい。

いや、本当を言うと、休みの日くらい三食ともどなたかに作って頂きたい。栄養のバランスがとれていて、おいしくて、居心地の良いお店が近所にあれば、朝、昼、晩と通うだろう。

「あれ、また来ましたか」なんて言われたりして。

それでもいい。それでもいいけれど、それもなぁ、とも思う。どっちにしろ、そんな都合のいいお店はないので、欲望のおもむくままに〈〇〇軒〉で湯麵をいただくことにした。

この〈〇〇軒〉というのは、店名を伏せ字にしているわけではなく、そのまま「マルマル軒」と読ませる。いい名前だとわたしは思うし、味もかなりイイ線だ。小さな商店街の端っこにある庶民向け中華料理店としては充分な及第点。湯麵が名物。わりにゆったりした店構えで、両手にスーパーの袋を持ったひとり客の女性——わたしのこと——も気兼ねなく湯麵やもやしソバなんかを注文できる。小腹が空いたらここに決まり。駅前に集中してひしめき合うハンバーガー屋は、どうも座ったお尻が落ち着かない。きっと、ラーメンならもっといい店があるよ、と言う人もあるだろうけど、これまでのところ、わたしは人気のラーメン屋で「美味しい」と唸ったためしがない。喰い意地だけは衰えないので、雑誌やらテレビやらで紹介された店に、ここはどうかしら、と押しかけてみるけれど、世の中で「美味しい」と太鼓判を捺されたものが、わたしにはどれも過剰な味に思える。もっと普通でいいのに。こんなチャーシューが大きくてトロトロでなくていいし、おかしな——得体の知れない——ダシで特徴づける必要もないのに——たいていそう思って二度と行くことがない。その点、〈〇〇軒〉は普通すぎるくらいの普通の味で、まさに絵に描いたような湯麵を食べている充実感がある。

この湯麵をつくる親父さんがまたいいのだ。漫画に出てくる港町ギャング団のナンバー2みたいな風情がある。なぜ港町なのか分からないが、いかにもそんな印象をまとっている。決してボスではなく、ボスに命じられて何人かいる子分を引き連れている感じ。目立たないけれど頰に傷があって、目が魚のようにギョロリとして、声は低く無口。「いらっしゃい」「何にしましょう」「はい、お待ち」「ありがとうございました」の四つしか喋らない。この渋さと店名の「マルマル」のミスマッチが、なおさら漫画のようだ。

いつ行っても同じ服装で同じ顔つきで、髪の長さなんかも一年中まったく変わらない。もちろん、出てくる湯麵にしても麵の硬さ、スープの味わい、野菜の分量や配分までそっくり同じような気がする。

本日もまったく右に同じ。

同じ横顔。同じ声色。同じ顔つきで麵を茹で、咳払いのタイミングも湯気に目を細めて厳しい顔をするところも同じ。

「はい、お待ち」

目の前に出てきたときのスープの匂い。一気に湯気が眼鏡を曇らせる感じ。同じラーメン丼に同じレンゲ。割箸を割ったときのしなっとした感触。

なんとも不思議な気分だ。その「気分」を食べながら分析してみる。

わたしが〈〇〇軒〉で湯麵を食べるのはひと月に一度か二度くらい。およそ三週間に一度くらいの割合で頂いている。ということは、わたしの知らない三週間のあいだも、常に〈〇〇軒〉はわたしのような客を迎え、親父さんが同じ顔と同じ声で、毎日毎日、同じ味を提供しつづけていることになる。そんなことは当たり前なのかもしれないが、その当たり前がものすごく非現実的な事実に思えてきた。

わたしの知らないあいだにこの湯麵は毎日毎日繰り返し何杯もつくられ、わたしが湯麵を注文しなくても誰かがここでそれを食べている。その膨大な湯麵の繰り返し。それを思うと、宇宙の果ての深遠さより、もっと生々しい神秘に触れた気になった。それをひとことで言えば「変わらぬ味」ということになるのかもしれないが、わたしはこの店の果てしない湯麵の繰り返しのほんの一瞬しか知らないということ。気軽に親しんで、よく知っているつもりでも、じつは知られざる数十杯――いや、数百杯がこの一杯の背後には脈々とあるという事実。

湯麵一杯ごときで、ここまで感じ入るわたしは、ちょっとおかしいかもしれないが、「知っていること」と「知っていること」のあいだに、とてつもない「知らないこと」がぎっしり詰まっているのを、ひょいと覗き見てしまった気がした。何となく厳粛な思いで満腹になり、厳粛な気分で「ごちそうさま」と代金六百円を支払った。次は三週間後か。それまでのあいだにいったい何杯の湯麵がつくられ、どのような奇跡によってこの空気が乱れることなく保たれるのだろう。

＊＊＊

「不在」を確認する静かな声

一杯の湯麺に宇宙の果てまで引き合いに出す静香は「ちょっとおかしい」のではなく、それが本来の彼女であると思われた。彼女はそうして少しずつ彼女らしさを取り戻し、久しぶりに休日らしい休日を楽しんでいると言えなくもない。少しばかり余裕が出てきたのか、余裕というか呑気というか、のびのびというか。お腹が充たされてアパートの部屋に戻ると、買ってきたものを冷蔵庫にしまったり戸棚にしまったりして鼻歌を歌い始めた。

時計を見ると午後一時十五分。ミヤトウさんとの約束は三時だったから、まだ出かけるまでにそれなりの間がある。

「さて」とつぶやいたところへ、また電話が目に留まった。

さすがにこうも「留守」がつづくと、かける前から誰もいない部屋のイメージが浮かぶ。「いるかな」と思ってかけるのではなく、不在であることを確認するための作業になってくる。おそらく「いない」と分かっている。が、一応かけてみて「いない」ことを確認し、「やっぱり、いなかったか」と当たったようなハズレたような気分を味わう。

これで、意表をついて「もしもし」なんて出たりしたら、驚いて戸惑って「何でいるのよ」と口調がにごったりして――。

まぁ、いないだろう。「いなくていいよ」と口ずさみ、ほとんど事務的作業として念のためかけてみた。

不在――。

いなければいないで、何だか憎らしい。鼻歌が鼻の奥へおさまって、静香は自分の部屋までもが妙にしんとしているのに気が付いて窓の外を見た。

＊＊＊

ミヤトウさんの不確かな記憶と静かな声

「聴いてますよ、ラジオ。すごく笑いました」

ミヤトウさんは待ち合わせの喫茶店で会うなりそう言ったけれど、しかし笑うでもなく、真面目な顔のままいつもどおりにいつものクリーム・ソーダを飲んでいた。じっくり時間をかけて。昔からそういう人だった。あまり笑わないし、どんなことも真面目に聞きとって、真面目に取り組む。ミヤトウさんには悪いけれど、その行き過ぎた真面目な様子がわたしにはおかしくて仕方ない。

「あのですね、私はですね」

ミヤトウさんが姿勢を正してそう言うだけで、お腹の底からあたたかくなってくる。

「このあいだの、電車で隣に座った男の人の話。あれが面白かったです。ああいうことは私にも経験があります。でも、細かいことは覚えていなくて、シズカさんのようにきちんと順を追って面白おかしくお話し出来ません。シズカさんはさすがですよ」

いや、あれは虹子さんの話をそのまま――いや、ちょっとばかりアレンジして話しただけなんだけど。

「私は」――とミヤトウさんは頭の方へ手をやり、帽子を直すような仕草をしてみせたので、それでわたしも「あ、そうか」と理解できた。今日のミヤトウさんはどこか何かが違うと思っていたら、ときどき被っているあの印象的な帽子を被っていなかった。ゼリーの型取りみたいなあの丸い帽子。おまけに帽子の下に隠されていた大量の黒髪をさっぱりまとめ、そのまとめた感じがあの丸い帽子の形によく似ていた。それですぐには気付かなかった。ミヤトウさんもまた髪を短くしたことを忘れているのか、しきりに帽子の具合を確かめる仕草を何度も繰り返している。

「私は、本当にすぐ忘れてしまうんです」

ミヤトウさんの声はぬるい紅茶のような声で、わたしは彼女の声を聞くと、なんだか全身の骨が溶けて鼻の奥が甘だるくなってくる。気持ち良いような、良すぎるような。

「たとえばですね――」

そう言って、ミヤトウさんは少しのあいだクリーム・ソーダのグラスを眺めながら考えていた。何かを思い出そうとして首をわずかに傾け、それから視線をクリーム・ソーダから離してあちらこちらへ彷徨わせる。

「そう、たとえばですね……私は、情けないことに亡くなってしまった人のことを忘れてしまうんです」

「あ、でも、それは仕方ないことじゃ——」わたしがそう言いかけると、

「いえ、そうではなく」とミヤトウさんは首を振り、「そうではなく、その人が亡くなったこと自体を忘れてしまうんです」と眉をひそめた。「つまり、私はまだ生きていらっしゃると思い込んでいるんです。もうとっくにお亡くなりになったのに。昔、もぎり嬢をやっていたとき、ずいぶん色んな方々に可愛がって頂いて。お歳を召した先生たちばかりでしたけれど。そうした方たちが、まだ生きていらっしゃると私は思い込んでいるんです。いえ、ちゃんと新聞で訃報を読んで、そのときは悲しんだりもしたんですが。でも、時間が経つと忘れてしまって。あの先生は最近どうしていらっしゃるかなと、ふと思い出したりして。気付くまで時間がかかるんです。長いこと気付かないこともあって。どうしているかなぁと。でも、とっくにこの世にいないんですよ、本当は」

つまり、そのときミヤトウさんの中にいるその先生は、ミヤトウさんにとってはまだ元気に生きていることになる。

「そういうのって、すごく不思議です。そうした先生方はまだ新聞で知らされるからいいですけど、そうではない、長いこと会っていない知り合いですとか、消息が分からない人ですとか。私が皆さんのことを想うときは、もちろん生きて元気な皆さんを想像してるわけです。でも、考えてみたら、とっくの昔に鬼籍に入ってしまったかもしれなくて。私の頭の中ではまだ健在なのに。それってどういうことなんでしょう？　弟なんかにしても――」

「弟？」――わたしはそのとき声が少しかすれていたかもしれない。

「ええ、弟です。弟がいるんです、私。でも、もう五年くらい会っていません。ときどき、本当に一年に一回くらい電話で声だけ聞きますけど。なにしろ大阪で仕事をしているので、どんな生活を送っているのか想像もつかないんです。だから、私の中にいる弟は私が最後に会ったときのまま。もちろん、生きていると信じてるけど――でも、それだって本当は分からないです。不思議なことですね」

「なるほどねぇ……」とわたしは語尾が少しばかり覚束なくなってきた。ミヤトウさんが思いがけず口にした「弟」と「消息」という言葉がつながり、朝から留守のままのシンの「最後に会ったときの顔」がボンヤリと思い出された。

「最後に会ったとき」というのは、さりげなく不吉な言いまわしだ。

わたしも視線を彷徨わせながら、ミヤトウさんに気付かれぬようかすかに首を振った。

今日はもうシンに電話をしない。しない方がいい。しても、どうせ留守なのだし。留守電のメッセージを聞くたび、「消息」の二文字がひとまわり大きくなってゆくような気がするし。

＊＊＊

超常的な姉の力と静かな声

しかし、静香はミヤトウさんとの夕食を「用事を思い出して」とキャンセルしてしまった。「じゃあ、また今度」と手を振ったあと、反射神経のように、さっそく弟に電話をかけていた。

だが、やはり出ない。留守のままだ。

陽の暮れ始めた街が見える駅のコンコースで、ひさしぶりに履いた革靴が足に合わず、痛いなぁ、と思いながら足が迷っていた。こちらへ行こうかあちらへ行こうか、それともさっさと帰ってしまおうか。

が、迷った足が迷いながらなかなか帰ろうとしない。「あちら」に引かれるように歩き出し、シンから聞いたいくつかの話を頭の中で編集し、「あちら」の方の「そこ」へ行けば何か分かるかも知れないとアタリをつけて足が向かい始めた。

こういうときの静香——というより姉の力には超常的なものが加わっているとしか思

えない。彼女が知っているのは、弟のつくる卓上灯を下北沢にある〈午睡屋〉という古詩集屋が扱っている——それだけである。他にも何か聞いたかもしれないが、他は覚えていない。シンの話の印象からして、かなり小さな店であることが窺われたものの下北沢のどのあたりに位置しているかは見当もつかない。それなのに静香は駅の改札を出ると迷わず北口を選び、あたかも前に一度行ったことがあるような足取りで道を選びながら進んでいった。下北沢自体は馴染みのある町だ。が、来るたび店の並びや様相が変わり、迷路みたいな路地の連続に右も左も覚えがない。それなのに、彼女は見えない矢印に誘導されるように突き進んだ。静香にもどうしてなのか自分で分からなかった。なんとなく人の流れに気圧されているだけなのかもしれなかったが——。

何年かに一度、彼女にはこういうことがある。新宿の映画館。四谷の洋食屋。西荻窪のラーメン屋。その三つは地図も住所もなく野性の勘と偶然を頼りにして見事に辿り着いた。ただし、これは辿り着いたから明快に覚えているだけだ。その三つの背景にはいた。

——地図があったにもかかわらず——辿り着けなかった数々の失敗が積み重なっている。

が、今日は人の流れにうまく乗ったのがよかったのか、中心から少しはずれた商店の連なるにぎやかな通りへ出て、流れに逆らわずに歩いてゆく途中に〈午睡屋〉の三文字があっさりと見つかった。絵のように描かれた路上の立て看板に、ちゃんと目に見える矢印が記されている。矢印に教えられるまま横丁へ入ってゆくと、どこか夕方の終わりの陽を浴びた駄菓子屋を思わせる店先が待っていた。菓子の代わりに古本が並べられている。

古本屋――それも、あえて「古詩集屋」と銘打ってはいるものの、足を踏み入れた店の様子は空気も新鮮に思えるくらい古い感じがしない。むしろ、未知の新しいもので充たされている感じがあった。古本屋は嫌いではないし、若いときにはよく覗いていた。でも、最近は――。

「最後に古本屋に行ったのは」と胸のうちにつぶやいて静香は苦笑した。ミヤトウさんが言っていたことは、人に限ったことではない。店や物にもこうして同じように当てはまる。長いこと行っていない店。久しく目にしていない物――。

まだあるだろうと高を括って出かけたカレー屋が、すっかり別の店になり変わり、それも二年前からそうであるとか。現実のカレー屋はなくなっていたのに、その二年間、静香の中では「あの町のあのあたりに、あのカレー屋があって」と、香ばしく思い出される味までひっくるめて存在していたのである。

わざわざ〈午睡屋〉を訪ねた理由も忘れてそんな物思いに耽っていると、店の奥の小さなテーブルを前にした店主・白影君が、静香の顔を見るともなく見て「ふうん」と鼻の奥で声を出した。静香は静香で白影君の視線に気付き、革靴の痛さを引きずるようにして店主に近づいてゆくと近づくほどに煙草臭い匂いがゆるゆる漂ってきた。

＊＊＊

「そうでしたか」と言うしかない静かな声

「あの――」と匂いに負けずに近づいて、「弟がいつもお世話になっております」と精一杯しおらしく声をかけてみたところ、それだけで店主の彼はすぐに了解してくれたようだった。

「ああ、やっぱり。シン君の」

「やっぱり？」

「ええ。どこかで見たことのある人だなぁと。とてもよく似ていらっしゃいます」

「そうですかね？」

わたしには全然ピンと来なかった。

「あの、最近――というか、昨日とか今日のことですけど、弟がこちらへお邪魔したでしょうか」

「いや――」店主は即座に首を振り、「ええと……五日前かな。いつもどおりにやって来て、いろいろ喋って、最後にふと思い立ったように旅に出ようかなと言ってました。配達のついでがあるとかで。一度、自分のボロ自転車でどこまで遠くへ行けるか試してみたいとか」

なるほど、いかにもシンが思いつきそうなことだった。「配達のついで」というのはおそらく口実で、「どこまで遠くへ行けるか」の方が本音に違いない。

「そうでしたか」とわたしはそう言うしかなかった。

「何かありましたか？」

「いえ、たまたまこちらを通りかかって。弟のことを思い出したものですから」

「もう帰って来るころじゃないですかね。彼、そんなにお金を持っていないし」

「ええ」——これも、そう言うしかなかった。他に言うこともないし。

特に買いたかったわけでもないのに知らない詩人の詩集を一冊買い、行きはよいよいであったけれど駅までの帰り道に大いに迷ってしまった。いよいよ革靴が足に擦れて弟を呪いたくなってくる。電話一本、葉書一枚でいいからよこせばいいのに、まったく。

しかし何のことはなかった。呪いながら帰り着いたアパートのポストに、シンからの葉書が旅先から届いていた。なぁんだ。足を痛めただけ損したじゃない。変な詩集まで買っちゃって。相変わらずの下手くそな字で「配達のついで」なんて書いてある。

「どこまで遠くへ」とはやはり書いていなかった。

小さな男　#7

＊＊＊

日曜と月曜とカレンダーと小さな男

日曜の夜に新聞にひととおり目を通したあと、夜中のラジオを聴くのがこのところの習慣になりつつある。〈静かな声〉というまだ始まったばかりの新しい番組で、たまたま第一回目の放送を聴いて以来、三週つづけて欠かさず聴いてきた。私にしてみれば稀なことと言っていい。ラジオはときどき聴くものの、あくまでときどきであり、おまけに日曜の深夜に夜更かしすることもこれまではほとんどなかった。

何というか、じつに好ましい番組なのである。が、どんな番組なのかと訊かれても「さて――」と口ごもるしかない。しいて言うなら番組名の〈静かな声〉はまさにそのとおりで、私が思うところの日曜の深夜にふさわしいジェントルな声を持った女性が一人きりで気ままに喋る。言ってしまえばただそれだけの番組だが、私としてはどうか今後もこの調子でつづけて頂きたいと切に願っている。

どうも私は日曜の夜中というものに独特のとりとめのなさを覚える。そのとりとめのなさを抑えるためには、ちょっとしたしきり板のようなものが必要で、それで仕方なく新聞を読んでみたりするわけだが、本当を言えば新聞のような多くの人々と共有するものではなく、もう少し親密な空気が感じられる小ぢんまりとしたものがいいとかねがね思ってきたのである。その私の欲求にこの〈静かな声〉がちょうどいい塩梅に応えてくれるのだ。

日曜の夜中というのは正確に言うと、日曜が終わって日付が月曜に変わったばかりの「終わり」のような「始まり」のような微妙な位置にある。じつを言うとこの微妙さは、かねてよりの私の研究課題でもあり、すなわち「はたして一週間は何曜日から始まるのか」という素朴な、しかし大きな疑問にそのまま直結している。これまで私がそれとなく会う人ごとに訊ねてみたところ、

「それはやはり月曜日でしょう」

そう答える人が圧倒的に多かった。まずたいていの人がそう答える。

ところがである。質問を変えて「では、一週間は何曜日で終わるのか」と訊ね直すと、必ずしも皆が「日曜」と答えるとは限らない。「土曜」と答えてみたり「金曜」などと答えたりする人も現われる。その理由を問うてみれば、「だって、週末といったら金曜か土曜のことでしょう?」というお答えである。

「では、貴殿にとって日曜とは何なのか。日曜はどこへ行ってしまったのか」

食い下がって問い詰めると、

「日曜は日曜でしょう」

なんとも気の抜けるようなそんな答えが返ってくる。どうやら「金・土=週末派」に

してみれば、日曜日というのはそもそも一週間のうちに入らないかのような口ぶりなのだ。が、その一方で、「いやいや、週末っていうのはもちろん日曜のことですよ」と答える「日曜＝週末派」の人も中にはいる。

「では、カレンダーはどうして日曜から始まっているのか」と問うと、

「ふうむ」と唸ったきり二の句が続かない。

このカレンダーの問題というのも私の疑問と大いに密接な関係にあった。これはこれで一筋縄ではいかない深遠な問題を抱えており、たとえば私がいま使用している三つのカレンダーのうち、台所のアレやコレやがひしめき合った棚に置いてある卓上カレンダーは、どういうものか月曜から始まるタイプのものになっている。他のふたつは日曜から始まり――つまり、日曜がいちばん左に来ているのだが、何故かこれだけは日曜が右のいちばん終わりに据えられている。横書きの文章で言えば文末に日曜があり、行換えをした次の行頭が月曜になっている。あたかも「月曜が週の始まりなのだから、当然、これでいいのです」と言わんばかりに。

このカレンダーを目にするたび「なるほどねぇ」と言わざるを得ない。確かにそのとおりである。一週間の始まりは月曜なのだから月曜がいちばん左に来て日曜がいちばん右。至極当然ではないか。にもかかわらず、これがどうも私にはしっくり来ない。いや、「どうも」どころかまったくしっくり来ない。そして、このしっくり来ない自分が自分

でもよく分からない。何故こうも月曜で始まるカレンダーに自分は違和感を覚えてしまうのか。

「週の始まりは月曜」しかし、「カレンダーは日曜から始まるべき」

矛盾はしているが、それが正しいと思えるのだから仕方ない。この矛盾は理屈と別の次元に存在し、いくら考えても納得のいく答えが出そうにない。この不確かさに私はおそらく永遠に惑わされる。そして、そんな不確かな日曜と月曜の狭間にある時間が「日曜の夜中」である。そのあやふやさにふさわしい声としてラジオのスピーカーから「静かな声」が聞こえてくるのだ。

＊＊＊

自転車と世界の混沌と小島さんと小さな男

その第三回目の放送で、小さな男の小さな心を捉えたのは「遠乗り」というひとつの言葉であった。正確には「自転車の遠乗り」。あるいはもしかすると「遠乗り」という言葉ただひとつだけではスラリと聞き過ごしていたかもしれない。それに「自転車」に関する話題というのも同僚の小島さんにたびたび聞かされてきたので何ら新鮮なものではなかった。

というのも、小島さんは自転車の話しかしないので——あるいは自転車の話しか出来ないので――彼と同じ職場にいる以上、一日一度は「自転車」という言葉を耳にすることになる。一応、同じ百貨店の同じ売場にいて、しかも大して忙しくもない売場であるから、小さな男はなんとなく小島さんとひまつぶし的な時間つぶし的な世間話などをしたりするのだ。小さな男はなにしろ、日曜日の新聞だけは隅から隅まで読んでいるから、これで案外、社会の動向に詳しかったりする一面もある。金融の問題とか税金の問題とか、あるいはプレミア・リーグはいまアーセナルがいいらしいねとか、賞味期限と消費期限の違いはどういうものかとか、東京駅の地下がいま新しいスポットとして注目されているらしいよとか、まぁ、そういった話題を小島さんにつらつら話しかけてみる。すると、小島さんから返ってくる第一声は必ずこんな感じだ。

「ああ、それは自転車の世界でいうところのアレですね――」とか、

「自転車の世界にもまったく同じことが起きてるんです」とか、

「それはもう自転車の方では当たり前になってますよ」とか。

小島さんにしてみれば、世界は「自転車」という眼鏡をかけて眺めるものであり、それはそれでこの混沌とした世界を賢く生き抜いてゆくための知恵であるのかもしれない。つまり小島さんは訳の分からないこの「世界」というものを、「自転車」という自分の偏愛するものに引き寄せることで混沌を腑分けしたり、解剖したり、納得したりしているわけだ。ちょうど自転車のパーツをばらしたり組み直したり交換するように。機械お

よび器械オンチの小さな男にしてみれば、自転車のパーツの方がよっぽど混沌としているように思えるのだが。

「自転車は世界であり、世界は自転車だ」

小島さんはそう主張したいかのようである。

そのような同僚と日々を共にしているわけであるから、小さな男にとって「自転車」という言葉の響きは「歯磨き」や「通勤快速」などといった言葉と同じくらいに日常的な親しみがあった。少なくとも「モチベーション」や「リラクゼーション」なんかよりずっと身近に感じている。

＊＊＊

弟を妹に、妹を弟に変換する小さな男

そんな私がだ。「自転車の遠乗り」の響きに自分でも驚くほど激しく反応してしまった。いや、センサーが反応したのはその言葉に行き着くまでの話の経緯が他人事ではないように思われたからだ。妹と弟という違いはあるにしても、そして、兄と姉という違いはあるにしても、歳下の家族との関係を〈静かな声〉の彼女はありのまま飾らずに——そこまで話してもいいのだろうかというくらいストレートに——ラジオの向こうからいつもどおり静かに語って聞かせた。私は聴いている途中からラジオのスピーカーを

じっと見つめ、まるでテレビ放送を観賞するかのようにラジオから目を離すことが出来なかった。のみならず、ときどき深く頷きながら彼女の話を聴いた。何というか、そのとき私はラジオのスピーカーの裏側に――あるいはその中に――私ひとりに向かって話しかける「彼女」が潜んでいるかのように思えたのだ。

――このひとはもしかして、こちらの事情を知っているのではなかろうか。

あたかも私の胸のうちを見透かしたように、彼女は自分の弟の不在と彼を案ずる思い、さらには弟の自由奔放さと自分の堅苦しさを比較していた。そういったものが私の胸にことごとく響いてきた。むろん、私としては「弟」を「妹」に変換しながら傾聴したのであるが、しかし、これは一体どういうことだと本当にラジオの裏側を覗き込みたくなってきた。それらの話が自分ひとりに向けて語られたのではないのがむしろ不思議に思えたほどだ。

それともこの世の兄弟姉妹に起こりうる事態というのはあらかたそんなところなのだろうか。長男や長女といったものはどこか理屈っぽい堅い頭の持ち主に育ち、その背中をチラチラ見ながら育った弟と妹は、「じゃあ、俺／私はこうしよう」と、兄や姉を出し抜くようにして屈託のない選択をしてみせるのだろうか。

いや、きっとそうなのだ。日々の繰り返しの中でふと思い立ったことがあれば、思い立ったとおりに遠乗りもするし、「諦めないから」のひとことで突然、ポルトガルへの移住を決意する。何という、自由にして大胆なる弟・妹たちだろう。はっきり言って羨ましい。なぜ私は弟としてこの世に生まれ落ちなかったのか——。

「そんなこと言ってもなぁ」と、あの世で父は言うだろう。「物事にはすべて順序ってものがあるわけだよ。まぁ、こっちにしてみれば誰が出てこようが構わなかったわけだが、たまたま、お前が最初に出てきたわけだから、こればっかりはこっちにはどうにもならないよ」

それはまぁ、そうなのだけれど——。

「いや、お前、兄ってものも悪くはないもんだぞ。何だかんだ言ってもアレコレ優遇されてるじゃないか。まずは最初に兄さんから——てな具合にな」

ええ、親父さん。それはそうなんです。確かにそうでした。そうでしたが、それが「良いこと」ばかりならいいけれど、たとえば、

「まずお兄ちゃんから飛び込んでみて。ものすごく水の底が深くて足が届かないかもしれないし」とか、「まず兄さんが食べてみてよ、たぶん腐ってないと思うけど」とか。

「お先にどうぞ」は一見、聞こえはいいものの、結局のところ毒味係と何ら変わらなかったりするのだ。その点、弟や妹は気楽なものである。兄・姉の失敗と無様を確認した上で、的確により良い道を選ぶことが出来る。後出しジャンケンで勝つようなものではないか。そんなのはまったくフェアではない。フェアではないのに誰もがここぞとばか

りに決まり文句のようにこう言ってのける。「お兄ちゃんなんだから我慢しなさい」——と。

その理屈がいまだによく分からない。どうしてそんなところに「年長者の我慢の美学」——というのは私が命名したのであるが——を持ち出してくるのか。どうして、年長者が我慢することが美徳であるかのように語られてきたのか。たしか、お年寄りに席を譲るのは年少者の役割ではなかったか。どうしてその法則が「兄」には適用されないのか。

ばかりか、「お兄ちゃんが譲りなさい」と誰かに指摘される前に、席なり何なりを譲り渡すのが正しい兄の役割である——生真面目な「兄」の多くはそう考えてきた。それはそれは涙ぐましいばかりの努力と気遣いである。そうすれば「きっと何かいいことがある」と心の底で思うところもあったが、ここまでのところ、私が妹に譲ってきた数々のもの——それはショートケーキの苺とかそういった他愛ないものに限らない——に見合うだけのものを得たという感慨はひとつもない。

率直にストレートに言おう。

私は弟になりたかった。いや、今からでもなれるものならなりたい。

父の言うとおり——本当はそんなこと言っていないが——物事には順番があるのだから仕方ない。しかし、老いて体力が落ちてあの世に行くのも順当に行けばこちらが先ということになるし、それだけ考えても兄など何ひとつ良いことはない。

つくづく弟になりたい。切にそう思う。

もし私が弟であったら、私はきっと思い立つまま自転車で遠乗りするような男になったろう。男は遠乗りである。遠乗りのひとつもできなくて何が男か——理由はないが何となくそう思う。男というのは一人で遠乗りを成し遂げて初めて一人前になるのではないか。小さな男である私もそれではじめて大きな男になれるのではないか。たしか、小島さんもそんなようなことを言っていた気がする。小島さんは前にも言ったが、不味そうなサンドイッチにはさまれた薄切りハムのような人なのだが、そんな彼が、

「自分の足で漕いでゆくということです。自分の足で自分の道を進んでゆくということです。自転車とはそういうものなんです」

そんなことを言っていた。私としては、漕ぐのは足であっても自分を運んでゆくのはふたつのタイヤなのではないかと思うのだが、そんな理屈をこねるのがすでに弟の態度としてふさわしくないのだろう。

そんな理屈は兄にまかせておけ。これが正しい弟の姿勢である。

男は自分の足で自分の道を進んでゆく。そうなのだ。そのとおりである。進んでゆくのである。それも、なるべく遠くまでだ。それがすなわち遠乗りというもので、自分の思いが及ぶところよりさらに遠いところまで行くことが肝要なのである。まったくもっ

てそうではないか。自分の思いが及ぶ範囲など何程のものか。そんなものを越えてゆくのが男であり、弟の自由なのだ。他でもない自分の足で進んでゆく。走ってゆく。どこまでも走ってゆく。そこがいい。

「自転車というのは走るものなんです」

これまでそれとなく聞き流していた小島さんの「小島自転車語録」が次々と鮮やかに立ち上がってきた。

「自転車というのは、自分が走らせているのではなく、自転車の方が勝手に走っている瞬間があるのです」

なるほど、そうに違いなかろう。

「そのうち、自分が走っているのか自転車が走っているのか見分けがつかなくなります」

なるほど、なるほど。

「ひとつになる――そう感じる瞬間があるんです」

それが何よりも得難い「一体感」というものであるらしい。

「そのとき自分は消え、自転車も消え、ただ走っているという感触だけが残る。風になるとはそういうことなんです」

風になる――。

「人は風になり、風は人になるんです」

――その辺はちょっとよく分からなかったのだが。

＊＊＊

x＝yであるのなら、y＝xであると考える小さな男

「わたしもいつか遠乗りをしてみたいです」

静かな声の彼女はそう言って、少しのあいだラジオの向こうで沈黙を守っていた。その沈黙の中で、「そうである、そうである」と小さな男はラジオに向かって二度つづけて声に出して言ったのである。まるで静かな声に応えるかのように。力強くとは言いきれないものの、しかし、明快な意志をもって彼は二度つづけて肯定したのだった。そして、その肯定は小さな男にひとつの明るい解答を導き出すことにもなった。

もし、「弟」というものが自由に「自転車で遠乗り」する者であるのなら、「自転車で遠乗り」さえすれば、誰だっていつだって「弟」になれると考えていいのではないか。x＝yであるのならy＝xである。学校でそう教わった。いや、いま学校ではなく〈静かな声〉が小さな男にそう教えている。

遠乗りをしなさい。

男なら。

思い立ったその日にすぐ――。

＊＊＊

そして、自転車を手に入れた小さな男

このようにして私は自転車を購入するに至ったわけである。私にふさわしい小ぶりの自転車ではあるが、小島さんがセレクトしてくれたのだから、そんじょそこらの自転車ではないというマニアのお墨付きであった。

「あの――」と私は思い立った日に、すなわち月曜日の午前中に売場で朝の挨拶を交わした直後、小島さんに「自転車をね」と切り出してみたのである。

「じつは、自転車を買いたいと思ってるんですが――」

それを聞いた小島さんは細い目を丸くして、

「どうしてまた？」

私の顔とそれから私の体つきをひととおり見直し、すぐにも彼なりの推測を立てようとしているようだった。彼はおそらく私が小さな男なので、その小ささを誤魔化すために自転車を活用しようとしているのではないか、しかし、そういう不正や誤魔化しに自転車が利用されるのは自分としては断じて許せない――そういう怪訝そうな顔になりつつあった。

しかし、そうではないのである。断じてそうではないのである。が、まさか「いや、弟になりたくて」と正直に答えるわけにもいかない。ところが、口というのはよくよく勝手に滑るもので、「どうしてまた？」と問われて反射的に「弟」の「おと……」が口から滑り出てしまった。

「おと？」

「いや――」私はあわてて軌道修正をしようとしたのだが、

「男になりたくて」

つい、そう答えてしまった。

すると、「ほう」と丸くした目を途端に細めた小島さんは、

「なるほど、そういう境地に達しましたか」

ニヤつきがこらえきれないといった様子で「分かりますよ」と私の肩をひとつ小さく叩き、同時にニヤニヤがあからさまにニタニタへと変わりつつあった。

「そういうことなら、私が威信に懸けて、あなたにぴったりの自転車を選んであげましょう」

その「威信」というのがどういうものなのか私は気になったのだが、たぶん小島さんの中にはこれまで積み上げられてきた自転車に関する知識と哲学が、何年も捨てずに貯め込んだ新聞紙のように積み上がってるのだろう。

ところで、ここでちょっと余談になってしまうが——というより、ここまでのあらかたはすべて余談であったかのようにも思うが——新聞というのは何故、読み終わった途端に「新聞紙」になってしまうのだろうか。カレンダーをめぐる「日曜」と「月曜」の問題も永遠に自問しなくてはならない未解決の謎だが、「新聞」が「新聞紙」になり変わる事情についても私はもうずいぶん長いこと考えてきた。雑誌は読み終えても雑誌のままだし、本も本のままである。しかし、新聞だけは読み終えると新聞紙になってしまう。これはもう、すごい速さでどんどんそうなってゆく。どんどん新聞が新聞紙になってゆき、新聞紙と化したものが自然発生的にすごい存在感で積み上がってゆく。

誰かが「新聞は半日の命だから」と思わず納得しそうになる答えを説いたことがあった。が、ということは、朝刊が夕刊の命を奪い、夕刊は次の日の朝刊の命を奪っているということなんだろうか。それに、命を失ったらそれはただちに「紙」になってしまうということなんだろうか。それほど有意義で有効で新鮮な情報が半日ごとに更新されているとも思えないのだが——。

ただ、台所の隅に積み上げられてゆく新聞を眺めていると、確かにそれが新聞から新聞紙に化けているのを認めざるを得ない。そして、こうした考えの道行きの中で、ふと、私はこういうことを思い付いたのだ。すなわち、これが消費というものであり、新聞は新聞紙と分かりやすく名前まで変えてくれるが、名前を変えることなく紙というかゴミと化してゆくものが無数にあるのではないか。じつのところ、我々を取り囲んでいるものはすべてそんなものではないのか。

ということは、私が思い立つまま新しい自転車を購入することにより、どこか私の知らないところで私が忘れてしまった一台の自転車がゴミと化してしまうのではなかろうか——。

いや、私は本当は分かっているのだった。よくよく知っているのである。知らぬふりをして見て見ぬふりをしているだけのことなのだ。

そう。じつを言うと私はすでに自転車を一台、所有している者である。それは正確な購入日を思い出せないほどの大昔、父が私に買い与えてくれた子供用の自転車だった。そういえば、あのときの妹の羨望のまなざしもはっきり思い出される。小さな男である私はもちろん小さな少年であったわけで、その自転車は父がやっとの思いでどこかの自転車屋で見つけ出してきた本当に小さな自転車だった。色も覚えている。ハンドルに手をかけたときの感触もペダルに足を載せたときの感触も覚えている。いったん感触が手と足に甦ってくるとそれが全身に伝染し、体のあちらこちらの筋肉やら神経やらがめいめいの記憶をいっせいに語り出した。ああ、そうだった。あの自転車で私はあそこへ行ったし、あそこへも行ったしあそこへも行った。かなり遠くまで行ったこともあったのではないか。自分に律した境界線を脱し、無茶を承知でかなり遠くまで「ここはどこなんだ」というところまで行ってしまったことがあったはずだ。それを手や足がしっかりと覚えている。

そうだったじゃないか。

私は小島さんのニタニタ顔を眺めながら、彼の声や周囲の音が何かに吸い取られて消え、ただただ押し寄せる記憶に支配されるのを感じていた。

私は小さな少年であったときに自転車に乗っていたのだ。

遠乗りだってしたではないか——。

私はあの小さな自転車と「ひとつ」になったことだってあった。自分が走らせているのではなく、自転車の方が勝手に走っている瞬間を感じとり、そのうち、自分が走っているのか自転車が走っているのか見分けがつかなくなったことだってあったように思う。

いや、きっとあった。手と足が覚えている。

ただし、風になったかどうかはいまのところ思い出せない。

＊＊＊

そしてまた逡巡する小さな男

その自転車はおそらく実家の納戸のいちばん奥にまだある。小さな男はそれを知っていた。その記憶もまた鮮明にあった。実家を出るとき、さて、我が愛車をどうするか、一緒に連れてゆこうかそれとも置いてゆこうか、しばらく思いが逡巡した場面を思い起こしていた。

たぶん、その自転車があまりにも子供っぽいものだったので、愛情よりも見得のようなものが先だって置いてゆくことにしたのではなかったか。さらには妙な未練や記憶に支配され、「やっぱり」などと思い直さないよう、容易に取り出すことの出来ない納戸のいちばん奥にわざと投げ出すように置いてきたはず。それもまた投げ出した手がよく覚えていた。

そのときの逡巡が、数十年ぶりに小島さんのニタニタ顔の前で繰り返された。小島さんに言われるまま新しい自転車を買うのではなく、まずはとにかく実家に帰ってみたらどうだろうか。ひとりで暮らしている母には理由を告げず、「そろそろ足腰も弱くなってきただろうから」などと適当なことを言い、「納戸の整理でもしとくよ」と気前のいい「兄」を演じてみせる。心の中は「弟」を目指す一心なのだが。おそらく納戸には様々なものがあるだろうから、自転車に行き着くまで半日を要するかもしれない。が、やがてそれは投げ出されたままの姿で発見されるだろう。蜘蛛の巣に覆われ、当然の如く錆びついている。おそらく、記憶より遥かに見すぼらしい自転車であることに気付いて愕然として憔悴するに違いない。それでも、そいつを丹念に磨き、混沌としたパーツをひとつひとつ組み替えたりして自分用に仕立て直したりするのが「弟」というものなのだ。弟というのは兄のおさがりを兄以上に器用に着こなしてこその弟である。

「とりあえず昼休みに見てみますか」

ふと、小島さんの声が小さな男の耳に戻ってきた。百貨店というのはこういうときにじつに便利で、文字通り思い立ったものが何でもひととおり揃っている。はたして小島さんのマニアックな審査に適う一台が百貨店の売場にあるものかどうかは大いに疑わしかったのだが、これまで一度も行ったことのなかった自転車売場――それは屋上の脇にかなりしっかりしたスペースを確保して設けられていた――へ昼休みに二人していそいそと赴いた。

たぶん、小島さんはしょっちゅう訪れていたのだろう。見当もついていたらしく、さして迷うこともなく居並んだ自転車の列をかき分けると「たとえば、これなんか」と指差した一台に小さな男は一瞬で釘付けになった。

それがちょうど納戸から引きずり出して蜘蛛の巣を払い、磨き上げてパーツを自分流に入れ替えた空想の「弟」の自転車にそっくりだったからである。

静かな声　#7

＊＊＊

鞄の中の赤い手帳と静かな声

このところ、本当に色々とある。

忙しい、とかそういうことではなくて、何というか、とにかく毎日のように色々とある。これは大まかに言えば、わたしの仕事にとって良い傾向なのかもしれなかった。けれども、あまりに色々なことがあると、頭がはち切れそうになって――いえ、明らかにはち切れて――「色々」をいちいち覚えていられない。

これはわたしの脳みその質とか容量の問題でもあると思うけれど、「あ、このことをラジオで話してみたい」と閃いた瞬間があってもすぐに忘れてしまうのだ。「これ、いい話だなぁ」「これ、笑えるなぁ」「これは泣けるわねぇ」と、そのたびアレコレ感じ入っているのに、角をひとつ曲がったらもう忘れている。お茶を一杯飲んでしみじみしたらもう忘れている。ひと晩ぐっすり眠ったらもう覿面。なにしろ色々あるわけだから、Aについて感嘆しているうちにBに遭遇し、「なるほど」などとBをめぐる考察を深めているところへCが重なってくる。このときにはもうAのことなどAであったかZであったかさえ思い出せなくなっている。

「あーあ」と、わたしは大きな声を出して落胆する。夜中にひとり自分の部屋で。自分の部屋だから誰の迷惑にもならないし誰の注目も浴びない。虚脱する思いをそのまま吐き出すように「あーあ」と。これを部屋の中で済ませておかないと、いつ人前で虚脱してしまうか分からない。

昔は——というか、ついこのあいだまではもう少し記憶がしっかりしていたように思う。が、それ自体、まったくの幻想というか記憶違いなのだろうか。「記憶のしっかりした自分」の体感が、いつからか体からすっぽり抜け落ちていた。

最近、何かで——何だったろう？——読んだのだが、「家庭用電気製品は、良くて七年、普通なら五年、六年くらいで寿命が来るものと認識せよ」とのことであった。ここで使われているこの「寿命」という言葉は正確に言い直すと何だろう？　機械の寿命というのは、たとえば順調に回っていた歯車がしだいにゆるゆるとなってきて、やがてすっかり停まってしまうことを意味するのか。あるいは、非情極まりないユーザーの鬱憤晴らしの標的となり、不当に叩かれたり必要以上に揺さぶられたりして、肝心要のネジが二、三本ゆるんだり、ゆるんだ挙句にポロリと外れてどこかへ転げ落ちてしまうとか——そういうことなんだろうか。

いや、たぶんそういうことだ。ちょうどそんな感じがするもの。

電気製品が、ではなく、わたしが、だ。

間違いなくネジが二本か三本か四本か五本か六本か七本くらい、ゆるんでどこかへ転げ落ちている。これはもう頭の中の精密機械部門に限らず、目や耳や歯や肩、首に腕に心臓に足腰にと、あらゆる箇所に思い当たる。中でもやはり頭なのだが、とにかく頭の中のネジの様子がどうにも怪しいのだ。たぶん、早急に対策を講じなければならない。といって、記憶の良くなる薬など売っているはずもなく、結局のところ、わたしが思いついた最も手っ取り早い応急処置は、安物の毒々しいくらい赤い手帳を一冊、購入することでしかなかった。

なぜ、赤なのか。そして、なぜ毒々しくなければならないのか。

それは、わたしにとってそれが非常に目障りだからである。

わたしは基本的に赤を好まない。手帳に限らず鞄も靴もマフラーもマグカップもどんなものであれ、赤は選択肢の中に入ってこない。眼中にないというか。

そこを「あえて」である。あえて、自ら赤を選びとり、自分にフィットしない異物のようなものとして手帳を一冊、鞄に忍ばせておく。

昔、誰だったかの小説か何かで——誰の何だったろう——読んだのだが、コートのポケットに食べかけのチキン・サンドイッチをしまいこんでいるシーンがあった。「何、それ」と、そのとき反射的にそう思ったものだ。少なくとも、わたしはポケットに食べかけのサンドイッチが入っていたら、気になって落ち着かなくて居ても立ってもいられなくなる。大体、わたしはお弁当というものを長時間持ち歩くことが出来ないのだ。特に自分でお弁当をこしらえて、それも妙に美味しそうに仕上がったりすると、それを鞄に仕舞い込んだ瞬間から気になって仕方ない。家を出て駅まで歩くあいだも、電車に乗って移動しているあいだも、終始、鞄の中のお弁当がそこだけ透けて見える。鞄の一部分がお弁当のかたちに発光しているかのように感じてしまう。

だから、食べかけの自分の歯型が残っているようなサンドイッチをコートのポケットに忍ばせていたりしたら、想像しただけで気になって気になって狂おしくなる。

これは一体どうしてなのだろう。

考えてみるに、おそらくわたしは食べものがスタンバイOKの状態になったら、すぐさま口に運んで胃袋に収めたくなる性質なのだ。だから、スーパーでニンジンを買ったり白菜を買ったりして持ち歩くのは全然構わないけれど、それがいったん料理されて「はい、食べてよし」ということになると、そんなものを鞄に入れて持ち歩いているのはおかしいと思ってしまう。

もしかすると、単に意地汚いだけかもしれないが、言い訳がましく自己分析をしてみると、完成した料理は速やかに食卓に載せられるべきで、でなければわたしの腹の中に速やかに収まるべきである。こういうところだけはネジが締められたまま頑なにそう思って揺るぎない。

モノには、それがあるべきところがある。それが変にひねくれたりズレこんだりしていると、どうにもわたしは落ち着きをなくしてしまう傾向にある。

で、今回はこの自縛を逆手に取り、つまり、わたしはおぞましい赤い手帳をあえて鞄に忍ばせてみたわけである。決して、わたしの鞄の中に収まらないはずのモノをあえて入れてしまったのだ。信じられないくらいケバケバしい手帳である。黒とか茶色とかではなく、それはそれはもう真っ赤で真っ赤で真っ赤な手帳。

こうすることで、わたしは初めて思いついたことや、ちょっとした経験をその手帳に書き留めることが出来るようになった。もし、それが赤ではなく自分好みの地味な色であったら、わたしは手帳を鞄に入れていることさえ忘れてしまったろう。

＊＊＊

飢えた新聞記者と静かな声

この、やや異様ともいえる心理作戦は、しかしどうやら、それなりの成果をあげているようだ。静香は日々のゆくたての中で見聞したアレコレを、どうにも自分にフィットしない赤い手帳に書き留めては、自前の記憶装置――すなわち、脳のことだが――を補塡していた。

静香はこれを「鞄の中のお弁当効果」とひそかに名付けている。彼女の食い意地が人一倍激しかったせいか、でなければ、ケバケバしい赤への嫌悪がよほど我慢ならなかったのか、手帳は必要以上に常にその存在を主張することになった。そうなってくると、本来ならわざわざ書き留めなくてもいいようなことまでいちいち手帳にメモする癖がついてくる。

　これはもう、ネタに飢えた新米の新聞記者のようなものだ。ほとんど事件らしいものなど起きていないのに、自分で勝手に「事件」を仕立てて、どうということもない出来事に目を見張ったりする。いや、目を見張るだけではなく、それを克明に書き留めているのだから、あとで手帳をめくり直して、自分でも吹き出してしまうくらい馬鹿馬鹿しいことが書いてあるのに唖然となる。彼女としては、やや「お弁当効果」が過ぎたかと困惑する思いがないではない。

　そういうわけで、彼女は夜中にひとり赤い手帳の頁を繰り、困惑したり吹き出したりを繰り返しては、ときにそれを静かな声で読み上げたりしている。

＊＊＊

夜中に赤い手帳を読み上げる静かな声

　手帳より——。
「今度、みんなで花火大会をやりましょうよ」と、虹子さんが突然そんなことを言い出した。

「花火大会って？　俺らだけで？　そんなもの金がかかってしょうがないだろうが」と〈支度中〉の旦那。「そうじゃないのよ」と虹子さん。「そんなパーッとした花火なんかじゃなくって。もういい歳なんだしさ。アタシが考えてんのは線香花火大会。いろんな線香花火を集めてくるの。いいわよ、きっと。ちっちゃな火を眺めてさ、昔のことなんか思い返してメソメソしたりニヤニヤしたりするの」

「なんだいそりゃあ、辛気臭いなぁ」と誰かが反論。

でも、わたしは虹子さんに一票。花火ってドーンと派手で晴れやかなものばかりじゃなく、昔はどちらかというとそういうものだった。子供のときのあの花火。ドーンじゃなくてパチパチだ。それが花火の音だった。

手帳より——。

「いや、呑んで帰ったら、アパートのドアに『間違って撃ちました』と貼り紙がしてあってさ。いや、本当の話。下手くそな字でね。何だこれ？　って、しばらく酔った目で眺めて。何か知らんけど物騒な話だろ？　それも、『間違って』とは何のことだよと思いながら貼り紙引っぺがして、そしたら、ドアにね、俺のアパートのあのドアにだよ、三つばかり小さな穴があいてて、それでも俺、まだ何のことか分かんなくてさ。なにしろ酔ってたからね。すげぇ眠かったし。で、朝になって、ようやく気付いたわけだ。踏んづけたっていうかね。銃弾をさ。三発ね。いや、もちろん警察呼んで、貼り紙見せて、思いっきりいろんなこと訊かれて。最後に、ふうん、なんて感心してたよ、その警官。どうやら、抗争ってほどのものじゃないけど、まぁ、小競り合いって言い方だったかな。競り合ってる片方の誰それが隣のアパートにいらっしゃって、つまり、脅しに来たわけだ。もう片方の誰それが。留守を狙ってドアに三発ばかり撃ち込んで帰ったわけだね。来たぞって挨拶だよ。ところが、まぁ、間違えたわけだ。隣の誰それと俺んとこをね。で、しばらくして間違いに気付いたんだろう。貼り紙を残してゆくなんて、ずいぶん律義な奴だな、と警官が苦笑してたけど、いまでもときどき足の裏に甦るよ。踏んづけたときのあのひゃっこさ」

手帳より――。

ときどき祖母の豪快さとあの町を思い出す。海の近くの町全体が海からの風で塩辛く染まったような町。町を貫く通りの真ん中あたりに祖母の小さな店があり、小学生の夏休みは必ず何週間か祖母のところで過ごしたものだ。祖父はとっくの昔に死んでしまい、祖母はひとりきりでその店を営んでいた。

いまで言うところの雑貨屋だろう。その頃はよろず屋と呼ばれていたが、要するになんでも屋だ。文字どおり、なんでも売っていた。ヤカン、蚊取り線香、釘抜き、蝿叩き、軍手、ローソク、花札、はかり。アメリカ製のぴかぴかしたラジオなんかも置いていた。そのころその町には、他にそうしたものを扱う店がなかったから、町の人は何か必要となれば祖母の店を利用するより他になかった。だから、どんなものでも本当によく売れた。温度計も軽石も金魚鉢も、それから絶対に売れないだろうと思っていた金色の顕微鏡まで。髭を生やした知らないオジサンが無言で買っていった。

あんまり色んなものを売っているので、祖母はいちいち値札を付けるのを面倒がり、「そんなことしてたら日が暮れてしまうよ」と、どの商品も値札を付けずに並べていた。牧歌的というか、いい加減というか。どうやら祖母は、客の顔を見て、そのときそのときの気分で値段を決めていたらしい。子供のわたしでもそれが分かった。

というのも、あるとき、パンツのゴムを一本五千円で売ったことがあったからだ。そのとき、その客はひどく驚いて何かの間違いだろうと確かめたが、

「うちはその値段です」

祖母は目を光らせて強くそう言い放ったものだ。たぶん、その客の態度が気に入らなかったのだろう。客は急を要していたようで——まぁ、つまり、パンツのゴムが切れてしまったのだろうが——さんざん文句を言ったものの、結局は渋々、五千円出して買っていった。祖母を思い出すたび、そのときの「うちはその値段です」を思い出す。

一度でいいからわたしもあれを言ってみたい。

手帳より――。

昨夜のタクシーの運転手。白髪まじりの結構な年齢と思われ、ベテランのようにも見えたが、別の仕事をリタイアして始めた初心者のようにも見えた。道も知っているのか知らないのか。最初に大まかな道順を説明してみたところ、どうも芳しい答えが返ってこない。で、念のため、「あ、次を右へ」といちいち指示を出してみたら、「次を右へ曲がっちゃう」と妙な語尾で復唱する。「突き当たりを左へ曲がってください」「突き当たりを左へ曲がっちゃう」「次の角を右へ行って」「次を右へ行っちゃう」「あとはしばらくまっすぐ行ってください」「しばらくまっすぐ行っちゃう」――最後まで、ベテランなのか初心者なのか分からずじまいだった。

手帳より――。

「あ、シンです」と電話アリ。なにがシンです、だ。あんたのせいで休みを棒に振ったのよ。

「もう体中、痛くてさ」

痛いわりには、ずいぶん元気な声でいつもと様子が違う。

「ハガキ出したんだけど、着いた?」

「あんたがハガキ書くなんて、どういう風の吹き回し？」

「あ、それ、言い得て妙だな、風の吹き回し――」

「何の話？」

「途中で台風が来ちゃってさ」

「台風？　そうだっけ？」

「運良く、駅の近くまで来たところでぶつかって。かなり大きな街の大きな駅だったから、とりあえず自転車は駅の駐輪所に預けといて、駅ビルで時間をやり過ごした。あと十五分遅れてたらまともに喰らって駅まで辿り着けなかったね。ピンチだったのはそのときだけかな。姉貴には分かんないと思うけど、遠乗りのスリルってああいうことだよ。アクシデントを乗り越えるっていうか。普段の生活じゃ、もう、そういうことってほとんどないし。体がなまるっていうか、勘が鈍るっていうか。だから、たまにはいいんだよ。遠乗りが。いや、そのあと、台風が去ったあとにその街を走ったんだけど、何だろう、あの爽快さ。爽快さとゾクゾクするようなちょっと怖い感じがまじりまじりになって。ひさびさ病みつきになった。何か風に飛ばされていろんなものが辺りに散らばって、うっかりすると危ないんだけど、こっちがどうのこうのじゃなくて自転車の奴が生き物みたいにちゃんと危険を除けて走ってくれる。遠くへ行くっていうのはああいうことじゃないかなぁ。そう思ったよ」

それはまた結構なことで。

手帳より――。

「トースターを買ったんだよ」と、いきなり西野氏が打ち合わせの前にそんなことを言う。

「へえ」と、わたし。「それで？」

「二台目でね」と意味あり気な目配せ。多くを語らず。

「それが？」

「一台目がヘソを曲げちゃって」

「ヘソ？　トースターがですか？」と、笑うわたし。

「まぁ、それは比喩としても――」と不服そうに西野氏。

「それはそうでしょう」

「そうなんだけど、まったくもってそんな感じなんだよ」

「というか、いまいち事情が分からないんですけど、西野家ではトースターが二台も必要なんですか？」

「いや、一台で充分なんだけど、すごくいいのを見つけてね、どうしても欲しかったんでつい買ってしまった」

「一台目が壊れたわけじゃなく」

「そうそう。ただ、ちょいと、このところ一台目は疲れてきたというか、なんとなく焼き加減にムラがあるというかね」

「焼き加減なんて、そんなこと気にする人でした？」

「するねぇ。トーストにはベストな焦げ具合というものがあって、俺はそれを知ってる。熟知していると言ってもいい」

「ちなみに一台目はもう何年になります？」

「ええと」としばらく考えてから「七年目――」

「ああ」と、わたし。「それはきっとネジがゆるんできたんですよ。なんだか、同情しちゃう」

「そうそう、俺もさ、会話しちゃうんだよ、ついつい」

「会話って、トースターとですか？」

「お前、もう疲れたろ、そろそろ休めよ――とか。ねぎらいの声をかけるというか」

「で、向こうも何か言いますか？」と笑いながらわたし。

「言うねぇ」と真顔で西野氏。「言うんだよ、本当に」

少し間をおいてから「何て言うんです？」

「焦がしてやる――って」

「反発ですか」と笑いをこらえるのに必死なわたし。

「反発だよ、あれは。ネジとかそういうことじゃなくて、アイツとしては二台目を買ってきたのが許せないんだな」

「アイツですか」

「名前もあるんだけど、教えようか」

「いえ、いいですいいです」


手帳より――。

後日。西野氏のトースターの話のつづき。

「あのさ」と話はいきなり途中から始められた。「転機というものがあるんじゃないかと思うわけだよ。どんな物事にも」

「――ええ」と、よく分からずに一応、同意するわたし。

「で、転機には本当の転機と嘘の転機があってさ、嘘の転機っていうのはすごく大げさなものなんだよ。もう、大変身みたいな。でも、それは実のところインチキでね、本当は何も変わってない。本当の転機というものは誰にも気付かれずに訪れるもので――俺はそれを今回学んだだね」

「何かありました?」と、わたし。

「いや、トースターがさ」と、そこまで話したところで何故か急に声を詰まらせて絶句する西野氏。「まぁ、これ以上は察してくれ」

「は？」何のことやら、さっぱり。何をどう察しろというのか。転機？　トースターが？　それとも西野氏が？　どういうことなのだろう。この際、わたしもそのトースター（一台目）とじっくり話し合ってみようか。

「ネジでしょう？　そうよね？　ネジがゆるんできただけでしょう？　転機とかなんとかじゃなくて」――そう問いたい。

そういえば、シンもこのあいだ自転車を人格化していた。ときどきわたしは彼らのそういうところが分からなくなる。同時に羨ましくもなる。男性というのは何故あんなにもマシーンと同化できるのか。何故あんなにもあっさりと友情を結べるのか。これは是非、男性リスナーに問いかけてみたい。

手帳より――。

消え残りの虹の最後の余韻のようなものを見た。午後四時ごろ。虹というのはどうやら一瞬でさっと消えないものらしい。それを自分の目で確認した。消えかかったかと思うと、また浮かんできて、あ、また見えるのかしらと期待させておいて嘘のようにすっと消えた。

それとて、わたしの目というか、わたしが居合わせた位置から見たまでのこと。別の角度から別の目で見たら消えたり現れたりするタイミングはそれぞれに違ったはずだ。

手帳より——。

おそろしく過剰な車内放送をする車掌の存在。たまたま乗り合わせた私鉄電車にて。きわめて冷静な声で、こと細かに現在の列車の状況を伝える。次の駅における乗り換えの詳細。さらにその次の駅での停車時間の予告。さらにはそのふたつを比較検討し、条件によっては次の駅での乗り換えを推奨するし、条件によってはこのまま乗り換えずに行くことを提唱したいとアナウンスする。が、その条件についても、さまざまな乗客の希望を予測し、何パターンも可能性を提示した上で、○○駅までお急ぎであるなら次の駅で乗り換え、さらにその先の○○駅で乗り換えることも出来よう。しかしながら、このまま○○駅まで行き、そこで数分の差で後から来るナントカ特急に乗り換えれば、○○駅までは先に着くが○○駅には先に着かない。よって、もし、○○駅までお急ぎであるのなら——と、この車掌は、ほとんど数学の先生のようにあらゆる角度から乗り換えの順列組み合わせを提示する。

これがまったく頭に入ってこない。何がなんだかサッパリ分からない。たまたま乗ったその各駅停車がそうした複雑な時刻表を抱えていたのか、それとも、じつはすべての電車がこのような事態を秘めているのだが、それをクールなタイプの車掌がシンプルなアナウンスで誤魔化しているだけなのか。

もし、すべての電車にこの過剰な解説を講じる車掌が乗っていたとしたら、わたしたちはこの世の中の真の姿をより深く知ることになるかもしれない。どちらがいいだろう。

そんなことを考えているうち、もう少しで乗り換えそこねてしまうところだった。

手帳より――。

愛すべき後輩、茂手木さんの言葉の数々。

「その手帳、すごいですね」

「すごく赤いですね。派手っていうか」

「ある年齢になると、それまで地味な色が好みだったのに、突然、派手な服を着たりとか、そういうことってあるらしいです」

「それにしても、すごい赤ですね」

「いきなり来ましたね、静香さんの場合――」

手帳より――。

シンのせいで――ということにしておこう――このあいだ実現できなかったミヤトウ

さんとの会食を楽しむ。

彼女は当然の如く相変わらず。わたしの番組も毎回欠かさず聴いているという。

「ラジオを聴いていていつも思うんですが、本当に楽しそうですね、シズカさんの生活って」

「まさか。ちっとも楽しくなんかないですよ」と、わたし。

「というより、よく覚えていますよね。観察力がすごいというか、記憶力がすごいというか。普通、あんなふうに細かいところまで覚えてないですよ。私は最近どうも記憶があやふやになってきて――」

「同じ同じ。一緒一緒」と、わたしは正直に告白する。告白のついでに赤い手帳を見せて、「ほら、これをよく見て。この努力。ホント、涙ぐましいでしょう？」

ミヤトウさんは、手帳の乱雑なメモを眺め、難しい顔になったりゆるんだ顔になったりして、

「全部、書き留めてあるんですね」

感心したように頷いていた。それからまた難しい顔に戻って、

「あの――」

「はい？」

「これ、私も真似していいですか。といっても、私はラジオの番組を持っているわけで

はないので、書き留めておいても誰に話すあてもないんですが」

「わたしも本当はそうなのよ」と正直にわたし。「たまたまラジオで話してるだけで、もし、そうじゃなかったとしても、たぶんこの赤い手帳を買っていたと思う」

「ええ、それ以上おっしゃらなくても分かります。さみしいですものね。今日、いまここでこうして二人で話したこととか、話しながら考えたこととか、そんなことがもしかして自分にとっていちばん残しておきたいものなのに」

「そうなのよ」と、わたしはそのときそこでひときわ声が大きくなったかと思う。「ねぇ、ちょっと待って、ミヤトウさん。いま何て言いました？　もう一回言ってください、ちゃんと書き留めておかなきゃ」

「いえいえ、駄目です駄目です。書き留めたら、それ、ラジオで話すでしょう？　恥ずかしいですよ。それは駄目です。もう二度と言いません」

——そういうわけで、このメモはやや正確さを欠いている。

結局、いちばん残しておきたいものはいつでもこうしてこぼれ落ちてゆく。人の記憶なんてそんなものだ。赤い手帳を買って、それがよく分かった。代わりに、どうでもいいことばかりが克明に記録されてゆく。

でも、それを「楽しいですね」とミヤトウさんは言っていた。

おかしな話だ。

小さな男　#8

＊＊＊

あらたまりつつある小さな男

他人には分からないかもしれないが、私はいま明らかに改まりつつある身だ。いや、もっとしなやかに平仮名のニュアンスで、私はあらたまりつつある。

声に出して唱えるとなかなか言いにくいところもあるのだが、私はなにしろあらたまりつつあるので、「あらたまりつつある」と小さな声で正確につぶやくことが出来る。

改定であるとか改造であるとか改革であるとかいった厳めしい言葉とは一切無縁。あくまでも私はしなやかにあらたまりつつあるのだ。とある一台の自転車を購入したことによって。

「人生にはこういうこともある」と私はいま私の歴史に明確に刻んでおきたい。二十一世紀の黎明期において、小さな男であるところの私が一台の自転車を手に入れたことで、こうして明らかにあらたまりつつある。

この「つつ」が要だ。それは、しなやかな現在進行形であり、少しずつしだいに——という感触をほのかに孕んでいる。英語でいうところのｉｎｇであろうか。おなじみのアイ・エヌ・ジーである。私はｉｎｇという名の小舟に乗り、確実にこの現在の進み行きに流されつつある。いや、決して流されているのではなく私は自ら流れてゆくことを進んで選びとっている。

したがって、私は前を向いている。まずもって、自転車に乗るとはそういうことであった。自転車に乗るとは前を向くことなのである。はたして、これまで気付かなかったが、自転車に乗るにはまず前を向かなくては始まらない。

「前って、どこのことだ?」と貴兄は思うかもしれない。私はその問いに爽やかな声で答えよう。「前」とは自転車がゆくところ。すなわち、自転車が正常に走行している限り、その進みゆく前方がこれすなわち「前」である。あるいはもしかすると私は非常に単純なことを述べているだけかもしれない。が、こうした単純な事実を全身の体感によって理解しうる機会に人はいったい何度めぐりあえるものか。私は幸運にも、いま、その体感にめぐりあいつつある。ingの小舟に乗り、しなやかにあらたまりつつある。

私はまず自転車に乗る際に穿く先細りのズボンを一丁買ってみた。安全を確保するべく最新式のフラッシュ型探照灯も買ってみた。のみならず、我が愛車をカスタマイズするための自転車専用工具セットに大枚をはたいてしまった。

カスタマイズ——。

この魅惑的な響きを私は工具セットのねじ回しやニッパーやレンチと共にしみじみ味わいつつある。私はほとんど人生で初めてレンチというものを握りしめつつある。しかもである。ただのレンチでさえ初めてであるのに、ここで言うところのレンチとは、トルクレンチであるとか、Y型ボックスレンチであるとか、T型ヘックスレンチであるとか、六角棒レンチといった、これまで聞いたこともないような類のものである。魅惑のカスタマイズに臨む以上、そうした道具はマストアイテムということになってくる。私もまだなにしろ「つつ」の身なので、細かいことはよく分からないのだが、他にも色々あって、それもまたかなり色々ある。

両口フラットレンチ、Lヘキサレンチ、Pハンドルトルクスレンチ、オフセットブレーキレンチ、ヘッドセットロックナットレンチ、ヘッドスパナ、ロックナットレンチ——等々。

驚くなかれ、私はこれらをすべて購入しつつある男だ。

「いずれも必要な道具ですよ」

私の自転車の師＝小島さんがきっぱりそう断言したのだからこれはもう「必要」ということで間違いない。小島さんは彼らしからぬ滑らかな口調で「ヘキサ」だの「ヘッドセット」だの「オフセットブレーキ」などと挙げつらね、「工具はいいものを揃えてください」と冷静にアドバイスしてくれた。普段は「フレンチトースト」と「フレンチカンカン」の区別さえつかない人なのに、いざ自転車の話となると、「いずれ、フォークアライメントツールやユニバーサルクラウンレースプーラーなんかも必要になります」——ひと息に澱みなく言ってのける。

誤解しないで頂きたいのだが、私は知ったかぶりをしてここに出鱈目なカタカナを並べているわけではない。フレンチトーストとフレンチカンカンがまったくの別物であるように、これらの工具はその名にふさわしい道具としてこの世に確かに存在している。が、私はまったくそれらを知らなかった。

ヘッドセットロックナットレンチ――それは一見きわめてシンプルなレンチでありながら、我が愛車にとって非常に有益な結果をもたらしてくれるまたとない道具である。いや、我が愛車をいたわる私自身にもまた特別な感興をもたらしてくれる道具だ。

私は工具というものが与えてくれる工学的精度の快感を、レンチのひと回し――と言うのかどうか――から痺れるように感じとりつつある。ねじを回すことの快感。ゆるめる快感と締めつける快感。自転車を構成するある器具を取り外し、別のある器具を取り付ける快感。ゆるめる快感。締めつける快感。それは同時に自身がゆるめられることであり、また締めつけられることでもあろう。ゆるめては締めつけ、外しては取り付ける。

この交換の快感。交換による「人とはちょっと違うぞ」の快感。いわゆる「自分だけの」という快感。いや、これをよりしなやかに言えば、「自分の」であり、こうした過程を経てきわめて洗練された「自分の自転車」なるものが完成することになる。

カスタマイズ。自分だけの自転車。

「しかも、その作業には終わりがないのです」

小島師匠は何故か目を閉じてしんみりそんなことを言った。小島さんはここぞというセリフを吐くとき、かすかに眉間にしわを寄せて小首をかしげ、有能な数学者が数式を解く瞬間のように目を閉じる。私もまた目を閉じて小島さんの言動をひとつひとつ噛みしめる。

「カスタマイズには終わりがあってはならないのです」小島さんは目を閉じたままそう言った。「でなければ、我々はカスタマイズに縛られてしまいます。自分の自転車に自分が縛られてしまうのです」小島さんはそこで映画俳優のようなニヒルな笑いを見せた。「我々は常に更新しています。もう一度言いましょう」――それが小島さんの口ぐせだ――「我々は常に更新しています。私もあなたも常にあらたまりつつある。もう一度言いましょう。あらたまりつつあります。それを忘れてはいけません。そうして自分が変化してゆく以上、自分が乗る自転車も変化してゆくべきです。もう一度言いましょう。変化してゆくべきです。変化して更新された自分に合わせて自転車もあらためる――これが正しいカスタマイズです」

私は小島さんの言葉を反芻しながら自分もニヒルな笑みを浮かべていることに気付いていた。同時に私は自分が「真実」というものに触れたとき、どういうわけかニヒルな笑みを浮かべていることに気付いていた。

私はしばし考える。しばし考えてひとつの結論に至る。

真実とはおよそ無敵なものではないだろうか。

そして、無敵なものを手に入れた自分は、その余裕から口元がニヒルにゆるんでしまうのではないだろうか。いや、きっとそうだ。そうに違いない。じつは、私のこのニヒルな笑みをいち早く指摘した人がいて、それは〈ロンリー・ハーツ読書倶楽部〉の最古参といわれる元もぎり嬢の宮——ええと——宮ナントカさんなのであった。

＊＊＊
片頬のニヒルと真実と小さな男

その彼女の名がミヤトウさんであることを、いつまでたっても覚えられない小さな男だった。

だが、名前が不鮮明であってもその印象は誰よりも強く、小さな男にしてみれば彼女こそ我らが読書倶楽部の象徴、すなわち「どこからか、よろよろと集まってきた心寂しい人たち」を最も体現した人であると見定めていた。

その夜の読書倶楽部では、エーリッヒ・ケストナーの『ファービアン』第十章を採り上げて意見を交換する予定となっていたが、どのような魔が差したものか、集合した倶楽部のメンバーはわずか二名のみ。すなわち、小さな男とミヤトウさんの二名のみであった。

「こういうことも、たまにはあります」

　ミヤトウさんは小説の一節を引用するような口調で、どこかしらもどかしげに口の端を歪めながら小さな男にそう告げた。

「少なくとも一人じゃなくてよかった。一人だけっていうのはあまりにも——」

「あまりにも？」

「あまりにも馬鹿げてるというのか——」

「一人というのもなかなか悪くないですよ」

「そう？」

「一人でやかんでお湯を沸かしてお茶をいれて、何度も読んだ第十章をもういちど静かに読み直す。それからまた一人であれこれ考えて。私はそういうのにすっかり慣れてしまっているし、ミヤ……ええと……」

「ミヤトウです」

「そうでした、ミヤトウさん。あなたもそういうのに慣れていらっしゃるのではありませんか？」

　このとき小さな男は、以前、踏切の向こうに立っていた彼女の姿を思い出していた。あれ以来、街ですれ違うことはなかったが、毎週のようにここで会うのだから同じことである。

「そう、確かにそのとおり。私は読書の他にこれといって趣味といえるものもありませんし」

「もっぱら読書だけですか」

「ええ。だって、それでもう充分ではないですか。他には何も要りません。テレビも見ないし、映画も観ないし。たまにラジオをちょっと聴くくらいで――」

この時点ですでに小さな男の片頬が少しずつ盛り上がってニヒルな笑みを形成しつつあるのをミヤトウさんは決して見逃さなかった。

小さな男は小さな男で、これから自分が話すことになるであろう自分の「趣味」をめぐるあれこれ――たとえば、ヘキサレンチの感触についてなど――を思い浮かべるにしたがい、ついつい、ニヒルの度合いがさらに深まって止めようがなくなっていた。

これに対し、「何だか――」とミヤトウさんはすかさず指摘したものである。「何だか、妙にニヒルな笑いを浮かべていますね」

いきなり指摘された小さな男は狼狽の色を隠せず、しばしの黙考のあと、「それでは――」と仕方なく話の順序を逆にして、まずは真実について話してみることにした。

「いや、じつは真実というものはですね――」

「真実?」

「ええ、まぁ、仮にそういうものがあるとしての話です。この真実なるものをひとたび手に入れてしまうと、どうやら人はニヒルにならざるを得ないんです」

「そうなんですか？」

「ええ、そうです。現にこの私がそうなのです。こう見えて、私、つい最近、真実を手に入れたばかりで、まぁ、つい何というのか――」

「口の端からニヒルがこぼれ出てます」

「ええ、つまりそういうわけなんです」

「つまりって――どういうわけなんです？」

「無敵なんですよ、私、いま」

「ムテキ？」

「向かうところ敵なしというヤツです。いったん真実を手に入れてしまえばどんなに小さな私であってもそういうことになります」

「――で、その真実というのは――どう訊いていいものかよく分かりませんけれど、何でしょう、いったいどのような形をしているんです？　というか、そもそも形があるんですか？」

「ええ」

　冷静にそう答えると、小さな男は円陣をつくって置かれた椅子のひとつから立ち上がり、読書倶楽部の小さな部屋の隅にある丸テーブルまでゆっくり勿体ぶって歩いてみせた。まるで舞台上の役者のように。それから自分の分とミヤトウさんの分の二杯の焙じ茶をいれ、またゆっくり円陣へ戻ってくるなり、いかにも自信たっぷりに――何に対する自信なのか――ニヒルに片頰を膨らませてミヤトウさんに焙じ茶をそっと差し出した。

「どうもありがとう」

ミヤトウさんの受け取る手が心なしか震えていた。普段の例会では、この円陣に少なくとも六名は集っているが、この夜は円陣のあちらに小さな男が座り、こちらにミヤトウさんが座って、あとは椅子も部屋の空気もがらんとしていた。焙じ茶の香りが円陣のあちらとこちらに立ちのぼっている。

「あの――」と熱い焙じ茶の湯吞みを持ち替え、ミヤトウさんが小さな男の片頰に注目しながら言った。

「何でしょう?」とニヒルきわまりない小さな男の頰。

「いえ、何でしょうではなくて、その真実ってものがどんな形をしているのか――」

「ああ、そうでした」――と小さな男は焙じ茶をすする。「まぁ、ひと口に真実といっても人それぞれなんですけれど、私の場合、まぁ、車輪がふたつ付いておりまして」

「車輪?」

「ええ、それからハンドルですね。ついでにブレーキなんかもありまして。あとはサドルなんてものもあります。さらにはチェーンが。まぁ、これが五段式だったりするわけなんですが」

「それってつまり――」

「ええ、お祭しのとおり、自転車なんです。まぁ、買ったわけですよ、私。小島さんという人がいまして、この人のはからいで何から何まで教えて頂いて買ったわけです。ふと思い立ったんです、遠乗りというものをね。ええ、遠乗りです。自転車のね。この私がですよ。無謀にも遠乗りというものをしてみようと、そう思い立ったわけです」

遠乗り――という言葉を耳にしたミヤトウさんの頭の中で、チラッと意味不明の火花が散ってすぐに消えていった。が、それが何なのか自分では分からなかった。最近、どこかでその言葉を読んだか聞いたか、それとも忘れていた何かが呼び戻されたのか――。

「その自転車の、どこがどう真実なんです？」

「どこがどうというのではなく、どこもかしこも真実なんです。真実というのはそういうものです。どこもかしこもいちいち驚きに充ち、このあいだの休みに遠乗りではないんですが――まぁ、そんな言葉はないでしょうが、近乗りとでもいいますか」

「チカノリ――」

「ええ。半日たっぷり楽しみました。日が暮れるまで延々と。決して遠乗りではなかったのに、乗っているあいだは常に体が遠くへ運ばれてゆくようで、自転車というものはですね――」

小さな男はそこでいよいよニヒルな笑みをたたえずにいられなくなった。

「自転車というのは何より走るものなんです。自分が走らせているのではなく、自転車の方が勝手に走っている。そう感じる瞬間があるんです。そして、そのうち自分が走っているのか自転車が走っているのか見分けがつかなくなる。ひとつになってしまう。というより、そのとき、自分というものが消え、自転車というものが消える。そこにはただ風が――」

「風？」

「いえ、風のことはともかく、そこにはもう何もないんです。何もなくなってしまうんです。すなわち、それが真実です。どうでしょう？　これ、まんざらでもないと思うんですが」

そう訊かれてミヤトウさんはどうにも応じようがなかったが、ニヒルに磨きがかかって、どことなく薄気味悪ささえ加わった小さな男の弁舌に圧倒され、意志とは裏腹についコクリとひとつ頷いてしまったのである。頷くなり「あ」と思わず声が出て、反射的にかたわらにあった自分のショルダーバッグを引き寄せると、中から驚くような輝きをたたえた金色の手帳を取り出して小さな男に小さな驚きを与えた。

「ちょっと書いてもいいですか」と小さな男の顔色をうかがっている。

「なんでも、お好きなように」

さらさらさらと信じ難いほど金色に輝く手帳に何ごとかミヤトウさんは書き留めていた。どこか満足げに。何かひとつの事業を達成したかのような表情で。

「その手帳はまた何というか――」小さな男は金の輝きに眩しそうに目を細めながらニヒルな片頬は忘れなかった。

「ええ」と即座に応じるミヤトウさん。「これが、私の真実です」

「その手帳がですか？」と驚く小さな男。

「そうです。私の真実は金色なんですよ。いいでしょう？　車輪は付いていませんが、背中に小さな金色のペンが付いています。これがまたものすごく悪趣味でしょう？」

そう訊かれて、小さな男はどうにも応じようがなかったが、なにしろ自分は無敵なのであるからと自分に言い聞かせ、必死のニヒルを絶やさないように努めていた。

「で、どんなふうだったんです？　真実の乗り心地は」

ミヤトウさんが金色のペンを光らせながら質問した。彼女もまた片頬にかすかなニヒルを浮かべているように見えるのは気のせいだろうか。

＊＊＊

キリとシビレルと弟と小さな男

乗り心地について語り出せばキリがなかった。

いや、私はすでに無敵であるのだから、キリなどというものを怖れたりしない。逆に言えば、私は心の底の暗い洞窟のようなところにキリというものの恐ろしさを長らく飼い馴らしていた気がする。

私は百貨店に勤めながら百科事典を執筆し、「百」に託された万物と付き合い戯れることで、いつかやって来るであろうキリというものの恐ろしさをうっちゃっていたのかもしれない。

「キリだけは必ずやって来る」と誰かが言っていた。いや、誰かと誰かと誰かが言っていた。それこそキリがないほどトゥー・メニーな見解である。この世で唯一、確実なのはいつの日かキリが訪れるということ。それが絶対の真実であり、私は暗い階段をおりたいちばん奥の扉のそのまた奥に「キリ」と表書きされた小箱が仕舞い込まれてあるのをいつからか知っていた。真実は間違いなくそこにあるのだ。そこにしかない。私の戯れている百貨も百科も、じつのところ、うたかたの手慰みでしかないとうつむきながら理解してきた。

が、そのキリが決して動じないトゥー・メニーな見解であるとしても、このキリと対決しうる無敵の何ものかを手に入れてしまえばこっちのものである。キリと私とは、いとも簡単に対等の立場になる。フィフティ・フィフティの正当な勝負が可能となる。

「それははたして勝負なのか？」と貴兄は疑うかもしれない。では、私は貴兄の顔をやや下方より見上げる弟の物腰にてお答えしよう。

はい、それは勝負なのです――と。

キリという手ごわい怪物がいつでもそこに不動の地位を築いている以上、そやつと体を張り合うことが日々の営みとなってくる。よって、その無敵なるものは、綿々とつづいてゆく日々に埋没しかねないじつにささいなことでも構わないのである。いや、そうであることがむしろ望ましい。何ら武装する必要などなく、ローンを組んで高額な城や装置を手に入れる必要もない。それは、朝起きるなり寝床で煙草を一本吸うことで構わない。あるいは、ほつれた袖口を修繕したり、欠いた茶碗を元通りの姿に復元することでも構わない。

もしくは、驚異的な輝きを誇る金色の手帳に、おぞましい金色のペンで日々のよしなしごとを書きとめることでも構わない。それがその人にとって全身を襲う寒気のようなゾクゾクをもたらすものであれば。この際、もう何だって構わない。

私にとっては、それがたまたま自転車であったということ。より正確により詳細を加えるのであれば、兄であるところの私を弟に変身せしめる自転車と称せばよいか。

〈弟の自転車〉と私はすでに名付けていた。乗った瞬間、サドルに腰をおろした瞬間、ペダルを踏み込んだ瞬間、私は超人変身もののヒーローのように弟と化していた。これまでどう足掻いても味わうことの出来なかった弟の気分に、瞬時に感電してビリビリッときた。

「シビレル」とはじつに正しい表現である。全身がゾクゾクして、それがしかし悪寒ではないことの不思議。何故、「悪寒が走る」に対して「良感が走る」という言葉がないのか。これまた不思議ではあるが、私はいまここに「良感」なる言葉を創作して、存分にゾクゾクとシビレたい。

「さぁ、来い」と私は良感を走らせながら声をあげる。〈弟の自転車〉にまたがり、姿勢正しくしっかりと「前」を望み、扉の奥のキリを粉砕するべく息を整える。

「さぁ、来い」

いや、「来い」ではなく本当は「行け」と言うべきか。しかし、どういうものか私は「さぁ、来い」と声をあげたくなる。結果的にはもちろん「行く」のであるが、その前に私は私の体に何者かが入り込んで私を支配するのを待つのである。「来い」とだけ小さく叫んで小島さんのように小首をかしげながら目を閉じ、私ではない何かが足もとから水位を上げてくるのに身を委ねる。そうして私はあらたまりつつある。

ビリビリと「良感」が走る。

走る「良感」に背中を荒々しく蹴られるようにして、私は「さぁ、来い」と一散に走り始める。「もっと、来い」とペダルに体重を預ける。このとき私はどんなものの到来を望み、また実際に何が来ているのか見当もつかない。が、それを私は仮に「弟」と呼ぶことにする。弟が来て私の中に弟が溢れ返って私はあらたまりつつある。

そうして私はしだいに兄という属性から解放されてゆくのだ。さまざまな気がかりや責任から自由になり、いきおい、ペダルにかかる力が増大して、世間の目にこの私のスピードがどのように映っているものか知らないが、そんなことは知ったことではない。

俺は自由なのだ——と、いきなり俺が出る。俺には俺の速度があり、俺は俺の速度で行く。

「暴走族」という言葉が不意に脳裏をかすめた。いや、そうではない。私は「族」ではなく、私は一人きりの弟である。場合によっては暴走なのかもしれないが決して族ではない。

暴走する弟。

暴走する弟は暴風雨にも負けなかったらしい——と、あの人がそう言っていた。あの静かな声のあの人が、静かな声をわずかに乱しながら弟を案じる姉をラジオで再現していた。姉の心配。そして、もちろん兄の心配。

しかし、弟はそんな心配と無縁であった。ただ、どこか遠くに私の幻の姉がいて、幻の姉はそれとなく私の身をひそかに案じている。暴風雨に自転車一台で立ち向かう弟——私のことである！——を心配して案じて心配して案じている。

だが、私は無敵なのだから何の心配もいらない。これは勝負なのだから——と、私は幻の姉に声をかけた。タイヤをバウンドさせながら暗い階段をひたすらおりて奥の奥まで走り抜けていかんとした。

「いったん走り始めたら停まることは出来ません」

小島さんが目を閉じたままそう言っていたのを思い出す。

「それはもう物理的な話ではありません。もういちど言いましょう。それはもう物理的な話ではないのです。たとえ物理的にペダルを漕ぐことをやめてタイヤが止まってしまっても、自転車は私の頭の中でいつでも前を向いている。いや、自転車から身を離して手を洗ったりカレーライスを食べたり伝票を書いたりしていても、私と私の自転車は前を向いて走っています。もういちど言いましょう。私と私の自転車は前を向いて走っているのです」

ミヤトウさん――やっと彼女の名を覚えた――は、「その乗り心地は？」と簡単にそう訊いたが、これだけ答えても何ひとつ答えていないような気がしていた。しいて言えば、答えに追いつかないから走るのであり、走っても走っても追いつかないからこそ、そこに真実が宿ると私は考えたい。

こうして私はあらたまりつつあった。

弟と化した私は風を切って走り、その風の中にこれまで蓄えてきた兄としての「百貨」と「百科」が細切れになって背後に飛び散ってゆくのを察した。思えば、兄であった私は重たいコートを何重にも着るようにして百科事典を鎧《よろ》っていた。

その頁が一頁また一頁と私の体から剝がれ落ちてゆく。

バーベキューの起源について。バレエシューズの採寸について。一晩の寝汗の量と目覚めの善し悪しについて。七面鳥の由来について。スリッパの歴史と発展について。都市部におけるペーパー・ドライバーの分布について。虹の根元に到達する方法について。ボートを漕いで出来た手のマメをやんわりと鎮静する術について。庭師の仕事とそのコツについて。猫舌の度合いを測定する「舌温計」について。六月の水曜日に雨が降る確率について――。

キリがない。いや、キリはある。

そのキリと対決するべく、私はキリがないほどの「ついて」を風に飛散させて馳せ参じつつある。「どこへ?」と貴兄は呆れ果てながら問うかもしれない。

私はその問いに暴風で髪を乱しながら答えたい。

「前へ」――と。

静かな声　#8

＊＊＊

一人で食事をするのが好きな（好きだった）静かな声

「ねぇ、シズカさん」と言ってから、いったん言葉を飲み込むと、ミヤトウさんはどことなくモジモジしているようだった。

これまで、わたしはミヤトウさんとそれほど濃密な付き合い方をしてきたわけではない。でも、ミヤトウさんは、少しのんびりしたところはあるにしても、モジモジしたり、言いあぐねたりするタイプではないと思っている。言うべきことはハッキリと言うし、何ごとにせよ、マイペースで進めてゆくから、モジモジしてこちらの顔色を窺うようなことは決してしない――そう思っていた。考えてみると、わたしはミヤトウさんに限らず――そして男女を問わず――濃密な付き合いというものがほとんどない。というか、まったくない。そのことにようやく気が付いた。ああ、そうか、そういうことか、そういうことだったのか――と、ひとしきり自分で感心して納得してしまった。どうも何か足りないゾと、かねがね思ってはきたのだが、ここへ来てようやくそれが解明されたのだ。

わたしには親友がいない。恋人もいない。もちろん配偶者だっていないし、大学進学のときに家を出て以来、両親との関係もそれほど濃くはない。同僚や上司ともそこそこの付き合いで誤魔化している。どうにか友人と呼べるべき何人かの女友達がいるにはいるが、しばらく連絡が途絶えても大して気にならない。あとは、行きつけの〈支度中〉の旦那や常連客だが、彼らはわたしの本当の仕事も知らないしフルネームだってたぶん知らない。その程度の付き合いだ。しかし、それで別に困ったこともない。いまのところは。楽天的なのか無精なのか、それとも何なのか。

そういえば、わたしは一人で食事をするのが好きだ。食事となると決まって群れて食べたがる人たちがいるけれど——というか、たいていそうだ——わたしは食事のとき、一人の方が断然食べることに集中できる。集中できた方が美味しいときはとても美味しい。もちろん美味しくないときは全面的に美味しくない。一人であるから不味さを紛らす術もなく、「これ、不味くない？」とか何とか囁き合ってお互いの不幸を慰めることもできない。不味いなぁと思いつつも、ぐっとこらえて一人で不味さを涙目で飲み込む辛さ。ほとんど修業のようである。しかし、おかげで舌も胃袋も許容範囲が広くなり、たとえ大地震がやってきてサバイバル用の非常食を強いられても、鍛え抜かれた舌と胃はかなりのところまで耐えられると思う。

——と、ややネガティブな方面へ妄想が及んでしまったが、とにかくわたしは一人の方が気兼ねなく美味しく食べられる。少なくとも若いときは間違いなくそうだった。でも、このごろは少々考えが変わってきたのか、それとも方針を固持するのが面倒になってきたのか、味がどうのこうのより、誰かと話をしたりそれこそ本当の意味で気兼ねなく食事の雰囲気を味わうことをようやく覚えた。でなければ、食い意地の意気地が衰えてきたのかもしれない。このまま衰えが進めば、いずれ「もう何でもいいです」の境地に達する。それはそれで結構なことですが――。

どこかで、基本は「一人」であると考えている。一人で食べて、一人で考えて、一人で眠って、一人で仕事をする。この先、何がどうなるものか分からないけれど、たとえ大地震が来ても、おそらくこの「一人」の牙城は崩れない。牙城は大げさだけど、長年の蓄積で取り返しがつかぬほど頑なになってビクともしない。

要は好きなのだ。歳をとってみたところで自己診断をしてみれば、他人とのコミュニケーションが苦手とかそういうことではなく――若いときは、そうに違いないとそれなりに思い悩んだが――要は一人が好きなのだ。ただそれだけのことである。そうして一人の気楽さに拘泥するうち、誰かにもたれかかったり、誰かを受けとめたりする喜びを逸してしまった。

ミヤトウさんにも、そうした同類の匂いを感じる。だからこそ、わたしは彼女となら気楽に会える。「じゃあ、一緒に食事でも」とすぐに言い合える。

ただ、その会食の間合いがこのごろ少しずつ短くなってきた。どちらかというとそれは、ミヤトウさんからの誘いでそうなっていて、ついこのあいだ夕食を共にしたのに一週間ほどでまた電話があった。そういえば、そのときの「食事でも」の「でも」が、すでにもうどことなくモジモジしていたように思う。何か言い出しにくいことでもあるのだろうか。相談事？　ミヤトウさんの悩みって何だろう？　わたしはあらためて目の前でかしこまっている――彼女はたいていの場合、かしこまっているが――ミヤトウさんの顔を見るともなく見た。観察するともなく観察してみた。

＊＊＊

あらゆる可能性が考えられるミヤトウさんと静かな声

二人が向かい合ったテーブル席はミヤトウさんが「昔、いちど来たことがある」という街はずれの小さなレストランの奥まった席だった。すなわち、ちょくちょく来て店に馴染んでいるわけではなく、かといって知らない店でもないという中途半端な感じが、彼女の額にわずかな汗となって滲んでいた。

「いい店ですね」と静香が店内を見渡して感想を述べる。

「そうなんです――」とミヤトウさんは語尾が頼りなげにふらついてモジモジが収まらなかった。やはり、悩み事でもあるのだろうかと静香は推測をつづけるが、ミヤトウさんはひたすらモジモジしているだけでいっこうに何も言い出さない。明らかに何か言いたそうにしているのに、いざとなったらやはり言い出せないという印象だ。

それにしても、何の話？　まさか恋愛とか——そう考えたら静香は途端に自分の胸が高鳴ってきた。いや、もし、本当にミヤトウさんが恋愛の悩みをわたしに打ち明けるとすれば、彼女のモジモジの度合いはこんなものでは済まないだろう。モジモジなど通り越して気分が悪くなってしまうのではないか。

では、何だろう。仕事について。それとも人生全般について——。

あらゆる可能性が考えられるのがミヤトウさんという人で、それでいて結局のところ何ひとつ思いつかないのがミヤトウさんという人である。

仕方なく静香は、見るともなくミヤトウさんの様子をもう一度じっくりよく見た。それから、

「何か大事な話でも？」

いきなりそう切り出してみた。

「え？」

大きく上体をビクリとさせるミヤトウさん。「いま、何か言いました？」

「言いましたよ」と静香は何故か顔が少しばかりニヤニヤし始めている。こういうときのミヤトウさんのリアクションが静香にはいちいちおかしくてたまらない。

「あの、ごめんなさい。いまちょっと聞き逃してしまって。すみませんが、もう一度言ってください」

「じゃあ、もういちど言いますよ」とニヤリの静香。「ミヤトウさん、もしかして好きな人でも出来ましたか？」

「え？」

「今のは聞こえたでしょう？」

「ええ、聞こえましたけど、好きな人っていうのは——それ、何のことです？」

「え？」と逆に戸惑う静香。「ええと……だから、恋人が出来たとか。今はまだその手前でちょっと迷っているとか」

「コイビト？」

ミヤトウさんは唐突に見知らぬ言葉を耳にしたように静香を不審そうに見返した。それから不意に自分の口にした言葉に気付いてみるみる顔を赤らめた。

「いいえいいえいいえ」と姿勢は崩さぬまま大きく手を横に振る。「違います、違います」

「そうなの？」と、いったんニヤリを引き下げる静香。「今日はそういう話を聞く日なのかと思ったんだけど」

「違います、違います。そんなことじゃなく。静香さんのあの手帳の——」

「手帳？」

「ええ、このあいだのあの赤い手帳、使ってますか？」

逆に今度はその質問が静香にとっての唐突な響きとなった。そういえば、このあいだそんな話をしたっけ――とすぐに記憶が追いついたが、じつのところ、赤い手帳のことなど今の今まですっかり頭から飛んでいた。

「いつも鞄に入れてるんですよね」

「そうね」――と視線を泳がせ、あらためて手帳のことを考えようとする静香。

そう。たぶん、鞄に入れてあると思うけど――。この二、三日というか、四、五日というか、いや、一週間か、もうちょっとくらいか、手帳のことなどすっかり忘れていた。だから確実なところは分からない。さて、どうだったかしら、と考えるうち、このあいだミヤトウさんに豪語したことが数珠繋ぎになって思い出された。メモをとることがどんなにいいことか。自分にとって、どんなに大切なことであるか――。どうやら、豪語したことで満足してしまったのか、あれからほとんどメモなどとっていないのだ。

「そうそう、使ってる使ってる」

今度は静香の額にうっすら汗が浮かび上がってきた。

＊＊＊

バッグの中から取り出された黄金と静かな声

まったく自分でもどうかと思うけれど、あれほど違和感のあった「赤」という色が今や――。

いや、違和感は確かにあったのだ。目が覚えている。あのおぞましい「赤」がじつに目障りで仕方なかった。それが、自分の鞄の中に納まって一週間もすると、いつのまにか当たり前になってしまったのだから不思議と言うしかない。違和感が健在であったうちは違和感に促され、「あ、これは書いておかなきゃ」とメモをとる癖も健在だった。が、どうやら自分は異郷の水にすぐ適応してしまう性質らしい。つくづくサバイバル向きの強健な女になりつつある。

それとも、愛すべき後輩、茂手木さんの言うとおりなんだろうか。「ある年齢になると」派手な色が好みの対象として受容される。この先、ふと気付くと赤いベルトや赤いマフラーに目移りしているかもしれない。

そう考えると、「一人」の牙城など意外と脆く崩れ去るのではないだろうか。現にわたしはこうしてミヤトウさんとの食事をゆったり楽しんでいる。手帳の話題にはちょっと汗が出たが、つい重心を低く構えがちな自分が腕を開いてミヤトウさんの話を聞こうとしている。

「じつは――」と、ミヤトウさんはそこで自分の膝の上に置いたバッグの中から何やら素早く取り出してみせた。一瞬でこちらの目を射る金色に光るもの。いや、光るというより輝くもの。それをさっと取り出すなり、「これ、私も真似してみました」と金色を誇示してみせた。

「私の手帳です」

「手帳？　それが？」

　が、なるほど言われてみればたしかにそれは手帳で、とはいえ、どこでそんなものを見つけてきたのかというくらいおぞましい輝きを放っていた。同時に、どうしてミヤトウさんがそんな凄まじい手帳を手に入れたのか、「真似してみました」の一言から察しがつき、それでわたしは腹の底から一気におかしさが込み上げてきた。

「笑わないでくださいよ」とミヤトウさんは不服そうに顔をしかめていた。それがまた尚更おかしい。

「買ったんですよ、私も。私は赤ではなく黄金というかゴールドが駄目なので――」

　いや、ミヤトウさん、それはもう「黄金」とか「ゴールド」などと呼ばれる代物ではないです。単純に「金色」と呼ぶだけでもおさまらない。そんな色の名前はないと思うけれど「ハデ金」とか「ピカ金」とか、そんな感じである。ちょっと、何というかそれこそ気分が悪くなってくるような強烈な金色だ。

「すごいでしょう？」とミヤトウさんは、そのときだけ少し誇らしげな様子にニヤついた感じが入り混じった。買ったばかりのアクセサリーでも披露するような手つきでハデ金を縦にしたり横にしたりしている。

「どこで見つけたんです？」

わたしの興味はまずそこにあった。どう見ても普通の文具店で売っているような代物ではない。

「それはですね――」とそう言って、それから急にミヤトウさんはニヤつきを消してまたモジモジへ戻った。「あの、ええとですね」とモジモジ。「私もこのあいだのシズカさんみたいに、この手帳を読み上げてもいいでしょうか。自分としてはすごく恥ずかしいんですけど」

「え？」

何？　ミヤトウさんのモジモジってそんなことだったの？

「この手帳を買ったときのこともここに書いてあるので――あ、でも、私はものすごいクセ字で、自分にしか読めないので読み上げて聞いて頂くしかないし、そうなると、まるでこのあいだのシズカさんのラジオみたいで、と言っても、私はシズカさんのようにうまく読めないし、でも、せっかくなので誰かに話して聞かせたい気もするし、そうなると私にはシズカさんしか聞いて頂く人がいないので――」

そのころにはもうミヤトウさんのモジモジはピークに達しているようだった。モジモジにクネクネした動きまで加わって、いつものかしこまった姿勢の良さはどこへやら、だ。でも、そんなことはどうでもいい。「シズカさんしか聞いて頂く人がいない」という言葉が思いがけず胸に染み、「聞きたい」とわたしは力強く答えた。

「わたしは、もし、ミヤトウさんのラジオ番組があったら、毎週、聴きますよ、絶対」

それは本当にそうだった。

「ええっ？」とハデ金を光らせながら声をあげるミヤトウさん。「そんな、ラジオとかそういうことではなくて、私はこの手帳をちょっと読み上げるだけなんですけど」

「わたしの番組だってそんなもんです」と、わたしは「大丈夫」というふうに大きく頷いた。

「ええ――」とそう言いながら、ミヤトウさんはテーブルの上のコップの水を飲み、咳払いなどをしてハデ金の頁を開いていた。すでに、モジモジは消えつつあった。

＊＊＊

静かな声で手帳を読むミヤトウさんと静かな声

本職の静香がそうであったように、ミヤトウさんもおそらく深夜のアパートの部屋で一人、手帳を読み上げて練習してきたのだろう。読み上げられたいくつかの記述は静香のそれとはまた違うミヤトウさんならではのメモで、小さなテーブルに運ばれてくる料理をつつきながら、ミヤトウさんは何かに取り憑かれたように静かな声で語った。そして、静香は静香で料理の味わいとはまた別のものをゆっくり味わうことになった。

橙色に焦げた蜜を溶け込ませたような光がこの場末のレストランに充たされ、夕方のテレビで天気予報が予告したとおり、外には弱い雨が降り始めていた。それがテーブル席のそばに額縁とも思える正方形の小窓から青い夜気とともに伝わってくる。

ミヤトウさんの金の手帳より――。

私はこの手帳をアメ横で買った。アメ横には上野の美術館の帰りに次の読書倶楽部のための詰め合わせ菓子を買いに行ったのだった。私は昔からアメ横が好きだが、今日、アメ横のアメはもしかしてアメリカのことなのかと初めてそんなことを思った。どのあたりがアメリカなのか分からないが、にぎやかな商店街をどこであろうと銀座と呼ぶのと同じで、少し派手な感じがアメリカに当たるのだろうと理解した。

菓子は八百五十円也。次の会に何人集まるか未定であるが、このところやけに少ない。それにしては充分というほど派手な袋菓子がパンパンに詰まっていた。これで三回分はもつ。安くて嬉しくてハナが出た。ハナをかみながら恥ずかしいので裏道に入る。右から左から派手なものが自分を呼んでくるので、ハナをかみながらの見物になる。

まるっきり自分に縁のない世界だった。けれども、ふとシズカさんのあの赤い手帳を思い出して、シズカさんは自分に縁のないもの（もっと違う言い方をしていたが、メモをとっていなかったので正確に思い出せない）を、自分の鞄の中に入れていた。するとそれがいつでも存在感を主張して忘れずにいられる。それがシズカさんにとっては赤いものだという。

でも、私は以前、校正の仕事をしていたから赤い色には少なからぬ縁がある。校正者という存在自体が赤信号の警告になり、著者に注意を促す役割だからである。

それで考えるに、私にとってシズカさんの「赤」に値するのはたぶんゴールドではないかと思う。その派手な輝きにも縁がないし、黄金とか金の延べ棒とか（直截的に言うとお金ということになるが）そういったものにもまったく縁がない。

ハナをかみかみ、そんなことを考えていたところ、驚いたことに丸ごと金ピカだらけの変な店を見つけた。売っているものがすべて金色で、ライターや帽子やジャンパーや時計など、何もかもが金ピカだ。そんな中にこの手帳を見つけた。

飛び付いて急いで買った。すべてが神の導きのように思えたからだ。

これからはどんなことでもこの手帳に書き留めよう。私はきっとそうするべきなのだ。

シズカさんの手帳の話を聞きながらすぐにそう思った。校正の仕事をしていたとき、

「あなたはあまりに物事を知らない。すぐに読み違いばかりするし、向いていませんよこの仕事」

ズバリそう言われた。

「もっと世の中をよく見て、よく読んで勉強しなくては」

そのひとことがきっかけで私は今の読書倶楽部に参加したのだ。それで本の方は少し

ばかりまともに読めるようになったが、世の中はまだうまく見えてこない。大体、つぎつぎと新しい流行り言葉が生まれてきて、言葉だけではなく知らないことがあまりに多すぎる。

みんな、どうしているのか。どんな手を使って世の中を見渡しているのか。でも、これからはこの手帳がある。知らないことに出くわしたら速やかに書き留めればいい。まずはそこから始めてみる。そこから始めて、私はまたいつか校正の仕事に戻りたい。きっと誰かが（それは何も神でなくてもいいのだ）私に警告してくれたに違いない。私は赤信号に鈍感なので、こうして金色の手帳で私を呼んでくれた。これは本当におぞましいくらいピカピカの金色で、私には絶対に縁がない手帳だと思う。八百五十円。駄菓子と同じ値段だった。

金の手帳より――。

案の定、本日の読書倶楽部は入りが悪い。「入りが悪い」はもぎり嬢であった頃に染みついた言葉で、どうしても未だに抜けきらない。かろうじて、あの百貨店に勤めている彼が来たがあとのメンバーは連絡もない。とうとう最後まで二人きりだった。

百貨店の彼は変な人だが悪い人ではない。本もきちんと読んできたし、私の誤読をそれとなく丁寧に指摘してくれた。

「でも、それでいいんです。答えなんてないんですから」

そんなふうに認めてくれた。ときどきいいことを言う人なのだ。ただ、変にニヒルな顔になるときがあって（今日は特にそうだった）、それからいちいち自転車の話に結び付ける。

「答えなんてありません。自転車の世界でもそれは同じです」とか。

「遠乗りもいいですけど、地下乗りもいいですよ」とか。

この「地下乗り」というのがよく分からなかったが、そういう乗り方があるのだろう。「自転車の世界」の流行り言葉に違いない。彼も「そんな言葉はないでしょう」と言っていたから、まだ新しい言葉なのだ。地上は車で溢れ返っているので、最近の自転車乗りは安全のために地下道を走ったりするわけだ。六本木とか青山なんかでは、自転車専用の地下道があるのではないか。

それと、彼は自転車の話の中でいまの自分は無敵だと言っていた。何故なら「真実」を手に入れたから——。彼にとっての「真実」とは自転車のことであり、どこがどう真実なのかと訊ねたら、何もかもだときっぱりそう答えた。自信たっぷりに。それからこんなことも言った。

——自転車というのは自分が走らせているのではなく、自転車の方が勝手に走っている。自分が走っているのか自転車が走っているのか見分けがつかない。そのとき自分と自転車はひとつになる。自分は消えて自転車も消える。そこには風しか吹いてない。何もなくなってゆく。それがつまり真実です。

分かったような分からないようなそんな話を、ものすごく目に力をこめて話した。では、その真実の乗り心地はどんなものですか、と訊いてみたところ、彼はしばらく沈黙してから、

「遠くに連れ去られる感じです」

簡潔にそう答えた。


金の手帳より——。

昔の本をパラパラ読んでいたら「点燈夫」という言葉に目が留まった。流行り言葉も未知だが昔の言葉も未知だらけだ。「てんとうふ」とルビが振ってあったので辞書を引いてみたところ、どうしてなのか載っていなかった。文脈から察すると、街路燈に火を点じて回る人のことのようだ。たぶん、ガス燈の時代の話だろう。別の本でそんな説明を読んだ記憶が朧げにある。今までのわたしならそれでなんとなく納得して終わりだった。でも、ショルダーバッグの中の金の手帳がそれを許してくれない。こういうことは、とことん追究しなくては。

それで図書館へ行って調べてみた。すると、明治時代の絵入り辞典にちゃんと載って

いた。朧げな記憶は間違いではなく、細長い棒をガス燈の中に差し込んでいるハッピのようなものを着た男の絵が添えてあった。それを眺めているうちに、なんとなくその点燈夫の絵が百貨店の彼に重なって見えた。高いガス燈を見上げながら灯をともしているので男はとても小さく見える。ひとつ灯をともしたら次のガス燈に灯をともし、また次のガス燈に灯をともし、また次のガス燈に灯をともす。街のガス燈すべてに灯をともすとなると、今なら自転車で回るのがちょうどいいかもしれない。

私は何か大きな発見をしたような思いになった。この次の読書倶楽部で彼にこのことを話してみようか。彼は変な目で私を見るだろうか。それとも、このあいだ誤読を指摘してくれたときのように「それでもいいんですよ」と諭してくれるだろうか。それとも、あのニヒルな笑いを見せるばかりで何も言わないだろうか。

＊＊＊

鞄の底をひそかに手探る静かな声

食事が終わる頃にミヤトウさんは金の手帳を閉じ、どことなく満足げに「もう、お腹いっぱいです」と空になったテーブルの皿を眺めた。雨はやんだようで、それもまた天気予報の予想どおりだった。わたしは、ミヤトウさんが穏やかに静かな声で手帳を読むのに耳を傾け、途中で何度か目を閉じ、彼女が見たり聞いたり考えたりした情景を思い描いていた。それは本当に彼女のラジオ番組を夜中に聴いているような感じだった。

聞きながら、わたしは彼女に気付かれぬよう自分の鞄の中に手を差し入れ、いつも持ち歩いている雑多なものを手探ったあげく、鞄のいちばん底に赤い手帳があるのをどうにか指先で探り当てた。いつのまにか自分の鞄に納まってしまった赤い手帳だ。

しかし、それでは意味がない。わたしもアメ横に行ってみようか。もしかして、手帳は金ピカに限る。

「ねぇ、ミヤトウさん——」と言ってから、わたしはその先の言葉を飲み込んでひとつ息をついた。彼女の目にはモジモジしたわたしの姿が映っていたかもしれない。

わたしは鞄の底から赤い手帳を取り出すと、

「いまの話をラジオで話してもいい?」

モジモジしながらそう言って、まずは「てんとうふ」と自分の手帳に書き込んでおいた。

小さな男　＃9

＊＊＊

最初のひと口と第一声と小さな男

つい忘れてしまいがちだが、この世には「第一声」というものがあるのだった。平たく言えば「最初のひとこと」である。じつを言えば、私はこの「第一声」なるものにひそかな——そして多大な——興味を抱いていた。

そして、これとよく似たものが「最初のひと口」である。昨日の深夜ラジオで静かな声の彼女が「最初のひと口」についていつもどおり語っていた。いつもどおりというのは、彼女の飾り気のない言葉による、一切の台本もない——と彼女自身がそう言っている——即興的な語りを意味する。それはもうラジオ放送というより不特定多数のリスナーに向けて語りかける行き当たりばったりの問わず語りだった。むろんのこと、その不特定多数の中には私も含まれている。

私は当初から彼女の放送というか、その静かな声そのものに魅かれるところがあった。それは世間でよく言われる「聞く耳を持たない」を模した「聞く耳を持たざるを得ない」とでも言うしかない声である。いや、もう少し本音を交えた積極的表現を使わせて頂けば、「私だけに話しかけてくる声」と言ってしまいたい。

それは「不特定多数」とは言わないのではないか——とあなたは思うかもしれない。

確かにそのとおり。しかし、これは彼女の放送を聴いた者にしか分からない特殊な感興なのだ。

彼女は誰へでもなく多くのリスナーに向けて語っている。それでいて彼女は私だけのために語っている——矛盾を承知の上でそう表現するしかない。というより、その矛盾ゆえに私はつい彼女の声に聴き入ってしまう。つまり、私は多くの見知らぬ人たちと「リスナー」という立場になって彼女の声を共有し、同時に「自分だけに」という特別な待遇も享受している。そこには共有の喜びと独り占めの喜びが、矛盾しながらも同居していた。

昨日の放送などまさに私のためにオンエアされているとしか思えなかった。そういう「語り」が何度もあった。いや、すべてがそうであったとも言える。それはほとんど奇跡のようなもので、不思議にも彼女の語る話や言葉は彼女の言うとおりつれづれに出鱈目に語っているようではあった。にもかかわらず、私の中では——いや、私の中でのみ——すべてが脈絡あるものとして連携していたのだ。

彼女としては何の企みも持たず、思いつくまま言葉を繰り出していたに過ぎない。それが私の中で——くどいようだが私の中においてのみ——ひとつながりのメッセージとして結実した。

これを奇跡と言わずして何と言おう。

それで「最初のひと口」の話へ戻るが、彼女が言うには「最初のひと口が重要なんです」とのことだった。それはすなわち朝食の話であって、朝起きて、最初に口にするのは何か——という話だった。

じつを言うと、私はこの「最初のひと口」なるものにも、ひそかな——そして多大な——興味を抱いてきた。すでにお話ししたとおり、これまでに私は様々なテーマを孕んだ日記のようなものをしたためてきたのである。その中のひとつに、まさに〈最初のひと口ダイアリー〉と称する一冊があった。ここで、さりげなく「あった」と過去形を使う私に注目して頂きたい。これも、すでにお話ししたとおり、私は私の愛車——その名も〈弟の自転車〉——を購入したことで、日々、しなやかに「あらたまりつつある」身となっている。つまり、日々、進化の過程を歩んでいる。私はいま、私の体にまとわりついていたそれらの過去の記録を、風を切って走る〈弟の自転車〉によって少しずつ洗い流していた。言い方を逆にすれば、走って切った風の中にそれらを飛散させていた。だから、私はすでにそうした古びた記録にはさして興味がない。が、一応あらたまりつつある自分を自身に証すため、〈飛散日誌〉なる走行記録を述してはいる。その〈飛散〉の余韻のようなものとして、ここにいま一度、〈最初のひと口ダイアリー〉について回想したところで誰も異は唱えないだろう。

そもそも大した記録ではない。その日の第一食のいちばん最初に口にしたものを淡々と書き綴った私にしては非常にささやかな記録であった（過去形）。

では、何故そんなものを記録したのか、とあなたは思うだろう。

さて、これが私にもよく分からなかった。たしか自分なりに何らかのきっかけがあったのではないかと思う。が、私のそうした日々の記録は、その動機や目的が明確でないものがじつに多かった。というか、だからこそ意義があるというのが私の考えだった。「何故」と問われて即答できるような記録など私が手がけなくてもどこかで誰かが必ず決行している。誰も気に留めないようなものを記録することが私が私に課した仕事であった。

ところが、静かな声の彼女が言うには、その日の「最初のひと口」が、ひとつは健康面においてきわめて重要であり、もうひとつはその日の自分の運命を左右しかねないものでもあるという。おそらく私は前者の健康面の効用について、かつて何かで読みかじったのだと思う。そして「なるほどそういうことなら」と記録を始めたのではなかったか——。

「健康に留意するなら、まずは野菜から食べるべきであると聞きました」

そう語る彼女の話にかすかな覚えがあった。が、後者の「運命を左右する」は初耳で、「これは、わたしの経験から申し上げますが」と、これまたいつもどおりに彼女ならではの注釈が付いていた。私はそうしたちょっとしたところに彼女の誠実さを見るようで好感を抱いてしまう。

――これは、とある本に書いてあったことですが。

――これは、わたしの友人から聞いた話ですが。

――これは、わたしの個人的見解にすぎませんが。

彼女はそんなふうに必ず前置きをしたり、つけ加えたりした。ちょっとしたことではあるが、それでずいぶん話に奥行きが出たり親近感が湧く。その上、ぐっと話に引きつけられた。ましてや、彼女の経験となってくれば深夜の眠気も飛んでどうしても聴かずにおれなくなる。

彼女は「運命」の話をこう続けた――。

「わたしもこれで健康には留意しているので、朝食には必ず何かしら野菜を用意しているんです。でも、つい、卵から食べちゃったり、ハムから食べてしまったりするわけです」

そうそう。私も同じくそうだった。

「でも、ここが面白いところで、どういうわけか、気をつけて野菜から食べた日は調子が悪くて、逆に何も考えずにハムを最初のひと口にしてしまった日の方が元気良く過ごせたり」

そうそう。私の記録でもまったくそのとおり。

「これはわたしの見解なんですが、体のことばかり気にかけていると健康にはなれないのかもしれません。それをすっかり忘れてハムから食べているときはどういうものか運命の女神が味方してくれる。しょうがないなぁコイツは——と女神の方が気にかけてくれるわけです」

なるほどなるほど。

「これと似たことで、その日の第一声というのも、わたしにとっては女神との駆け引きになってきます」

おお！　なんと、今度は第一声ときたか。

「こういう仕事ですから、朝起きて、その日の声の調子がどんなものか、一応、気になったりします。でも、これも必要以上に気にしながら鏡に向かって——というのは、わたしはひとりで暮らしているので話し相手がいないのでそうするんですが」

イエス。私もひとり。これも同じである。

「その鏡に向かってオハヨウゴザイマスなんて言おうものなら、これがもう最悪の声。鏡の中の寝起きの顔もやたらにむくんで最低ですし、こういう日は一日、調子が上がりません。まぁ、一人で暮らしていますと、場合によっては一日中ひとことも声を出さずに終わることもあるんですが、大抵は誰かに話しかけたり、話しかけられてそれに答えたり、でなければ、コンチクショウとかひとりごとを言ったりして、まぁ、何かしらひとことくらいはあるはずです。でも、どうしてか、そのたったひとことを覚えていないものなんです。たとえば、今日のわたしの第一声は何だったか。この話をするために放送が始まる前から何度も記憶を辿っているんですが、どうしても思い出せません。昨日とかおとといではなく今日のこと、それも自分のことで、たしかに何か言ったはずなんですが、さっぱり覚えていません。皆さんはどうでしょう？　今日の第一声が何だったか思い出せますか？」

さて。

私はすでに〈第一声日記〉を書いていないので彼女にそう訊かれてもまるで思い出せなかった。かつてはしっかり意識していたので間違いなく覚えていたが、こうしてあらたまりつつある私は、第一声どころか今日がどんな日であったかを振り返ることさえままならない。

第一声？　何だったろう？　たしかに私は第一声を発したのは確実なのだ。それなのに思い出せなかった。さらに告白すれば「最初のひと口」についてもやはり思い出せなかった。こうなってくると、私はすべてを彼女に見透かされているような思いになりつつあった。

「皆さんはどうでしょう？」と彼女はそう言ったが、そして、「皆さん」の中には私も含まれているのだが、私にはその「皆さん」が「あなた」と胸に強く響いた。

あなたは、今朝の最初のひと口を覚えていますか？

あなたは、今日の第一声を覚えていますか？

ついこのあいだまではしっかり覚えていたのに。それを忘れることなく記録していたのに。今のあなたは何も覚えていない。何故ならば――。

「次は自転車の話ですが――」

え？

私はそこで頭からラジオにすっぽり吸い込まれたような感覚に襲われた。

いま、「自転車」と彼女は言ったろうか？　いや、たしかにそう言った。いや、言ったとしてもおかしくない。以前にも彼女は弟が自転車で遠乗りをした話を披露したし、私がいま自転車に夢中になっているのは他でもない彼女の話がきっかけだったのだから。

ただ、何というか、あまりにタイミングが良すぎるというか、どう考えても彼女は私の心中を見透かしているとしか思えない。

「これは友人に聞いた話ですが」

ほう？　弟ではないらしい。

「自転車というのは真実を宿すものであるという話です」

なんと！

「自転車に乗っていると、自分が走らせているのではなく自転車の方が勝手に走っているような錯覚が起きるそうです。これは、確かにそんなときがありますね」

そうか、そうか。やはり、皆そう感じているのか。

「でも、その感覚が高じてくると、自分が走っているのか自転車が走っているのか見分けがつかなくなるそうです」

そのとおり！　彼女の友人はじつによく分かっていらっしゃる。

「まるで自分と自転車がひとつになってしまったような」

なんと！　その友人という人に会ってみたい。私にとってそんな人は滅多にいないが、その人とならものすごく気が合うに違いない。なにしろ私が自転車に抱いてる印象とまったく同じことを言っている。

「で、そのあとが格好いいんです。自分と自転車がひとつになったら自分というものは消えてしまう。もちろん、自転車も消えてしまう。そして、そこには風だけしか吹いていない」

いや、これはもう……超常現象というやつだろう。冗談ではない。思い込みでもない。明らかに彼女は私の心の中を見透かしている。

「そして、その風の中には真実がある、答えがある——と」

私はその瞬間、心臓が凍りつきそうになった。

「ボブ・ディランの歌にたしか、そんなのがありましたね」

ボブ・ディラン？

というのはあの頭がモジャモジャしたあの有名なあのボブだろうか？　あのボブが？　あのボブがそんなことを歌っているとは。自転車の歌を？　あのボブが？

知らなかった。

断じて知らなかった。いや、それとも無意識のうちに耳にしていたのだろうか。そういうことはよくある。いや、無意識ではなくシンクロニシティというのも考えられる。私はかつて〈無意識とシンクロの研究日誌〉もつけていたので、そのあたりの事情にはそれ相応の覚えがある。いや、覚えがあった。過去形である。

結論から言うと、私は人一倍、シンクロニシティに見舞われる確率が高い男だった。シンクロニシティは無縁であるはずのものが同時的に何かを共有する現象だ。この場合でいえば、私と静かな声の彼女の友人とボブ・ディランの三人とがお互いまったく無縁であるのに――それは間違いない――風と自転車と真実をめぐる考察を共有したことになる。

＊＊＊

ボブ・ディランと「無縁」と小さな男

たしかにボブ・ディランは小さな男を知らないだろうが、小さな男はボブ・ディランを知っているわけで、そういう意味では「無縁」と言い切るのは行き過ぎであることにまったく気付かない小さな男だった。

もっとも、彼も件の研究に勤しんでいたときはそれなりに真っ当な仮説を得ていたのである。すなわち、この世にはなかなかどうして「無縁」という状態が起こりにくく、現代のように文明が発達すればするほど、「無縁」は稀少なものとなりつつある――そんな仮説をたてていた。過去形ではあるとしても。

「縁」とはそれ自体が妙なもので、じつは、知り合うことが「縁」なのではなく、知り合う前から、そうなることがあらかじめ準備されているのが「縁」の正体である――そんな仮説もたてていた。が、あらたまりつつある小さな男はそうした自説も風に飛散させ、今はとにかく自転車に夢中であるから、誰かが単に「自転車」と口にしただけでシンクロニシティを感じてしまうのだった。それゆえ、静かな声の彼女が「風と真実」の話のあとにさらに自転車の話をつづけたとき、そこで彼女の語った情報が小さな男には新鮮かつ驚愕の事実として響いた。

「これも、その友人に教わったのですが、最近はどこも車であふれ返っておりますから、地下道を――それもどうやら自転車専用の地下道があるらしいんですが――そこを走るのが自転車好きの間では流行っていると聞きました」

地下道？　と小さな男は大きく目を見張り、彼の心をすっかり見透かした静かな声が、いま、それとなく自分を「地下」へ誘導しつつあるのだと彼はそう理解していた。

地下か。なるほど。そういうことなのか。

何が「なるほど」なのかは、後々、判明するだろうが、とにかくこの夜、小さな男は落雷に射貫かれたようにシンクロニシティの不思議に打たれてしまったのである。

＊＊＊

プロレスラーとポール・ニューマンと小さな男

本日の「最初のひと口」は――トマト！

いや、うっかり意識してしまったのである。昨日のラジオ放送が忘れられず、しかし、忘れられなかったのなら「最初のひと口」は無意識に食べなくてはいけなかった。にもかかわらず、思いきり意識して律義にもトマトから食べてしまった。これでは運命の女神が味方してくれないではないか。

それだけではない。「第一声」もじつに印象的なものとなってしまった。というのも、とにかく私としてはいち早く出勤し、自転車の師匠であるところの小島さんと顔を合わせるなり、準備していた質問を――第一声を――なぜか辺りを憚るようにして小声で伝えたのである。

「これは、ラジオで聴いたことなんですが――」

私は静かな声の彼女の話しぶりを真似てそう前置きをつけておいた。

「ん？」

と小島さんが私の顔を見て、私の話に——私がこれから話そうとしていることに——ぐっと引きつけられたようで、それで私は一気に核心に迫った。

「自転車専用の地下道があるって本当ですか？」

これを聞いた小島さんの返答は、咄嗟の事とはいえ、いかにも突拍子もないものであった。

「ここにですか？」

「は？」

「いや、ここの地下にということですか？」

「ここっていうのは、うちの百貨店のことですか？」

「ここと言ったら、それはそういうことです」

「ここにあるんですか、自転車の地下道が」

「いや、それは私が訊きたいんです」

「いや、それはどうでしょう。私も訊きたいんです——というか、私が最初に訊いたんです」

「いや、私も訊きたかったんです」

「あ、もしかして小島さん、昨日のラジオを聴いてました？」

「ラジオ？　いや、私はラジオは聴きません」

「じゃあ、どうして地下道のことを――」

「いや、そんな噂をね」

「噂があるんですか？　うちの地下に地下道が？」

「自転車専用というのは初めて聞きましたが――もし本当なら、それはそれは素晴らしいことです」

小島さんはそのあとゆっくり私から視線を逸らしたが、その目が異様に輝いているのが口もとのゆるみと共にしっかり確認できた。「思いもしなかった」などとつぶやいている。

「自転車専用の地下道とは――」

どうやら小島さんは「地下道」については何も知らない様子で、むしろ、私の情報に驚きを隠せないようだった。それでも必死にそれを隠そうとして、

「まぁ、噂は噂でしょう。そんなものあるはずがない」

不自然なくらい声に力がこもっていた。おまけに微妙に語尾が震えており、そこで私はすかさずもうひとつの質問を師匠に投げかけてみた。

「ボブ・ディランが自転車の歌を歌っているのは知っていました？」

「ボブ――なんですって？」

「ディランですよ。知りませんか？」

「知りませんねぇ。外国の人ですか？　プロレスラーとか？」

どういう連想からプロレスラーが出てくるのか見当もつかなかったが、そういえば小島さんは自転車以外のことはほとんど何ら興味がなく、フレンチトーストとフレンチカンカンの違いも知らなかったし、外国の俳優で名前を知っているのはポール・ニューマンだけだと前に聞かされたことがあった。

「『明日に向ってナントカ』という映画がありましてね、そこに出てきた主役の俳優です。たまたまテレビで観たんですが、もう大昔の話です。もう一人のなんとかいう俳優とコンビを組んで何か良からぬことをする話だったと思いますが、ストーリーはよく覚えていません。二人で拳銃を撃っていました。そういうのは好かないのでよく観なかったのです。ただ、そのポール・ニューマンという人が自転車に乗るシーンがありまして、女の人を――なんとかいう女優さんでしたが、その人を、こう、一緒に乗せて走るわけです。そこにまたいい感じの音楽が流れて、そのシーンだけはすごく良かったという思い出があります。あれはいい自転車でした。忘れられません。古い映画です。ああいう映画はもうきっと二度と観られないんでしょうね」

その映画のことは私も――少しは――知っていた。

「もう一人のなんとかいう俳優」がロバート・レッドフォードであることも知っていたし、女優は——顔は出てくるのだが名前が思い出せなかった。タイトルはたぶん『明日に向って——ナントカ』。『明日に向って走れ』だったか『明日に向って行け』だったか、大体そんな感じである。私は観ていない。たしか名画のひとつに数えられているはずで、私は——自分で言うのも何だが——皆がこぞって観るような名画には関心がないので観たいと思ったことがなかった。しかし、とにかく映画好きなら素通りできないような名画であり、たぶん、ビデオとか、今ならDVDなんかで簡単に観られるのではないか。そんなに自転車のシーンが良いなら、そこだけでもちょっと観てみたい。

「小島さんは——」と、事のついでに一応訊いておいた。「プロレスに興味があるんですか？」

「いや、まったくないです。最近はテレビも見ません」

「でも、DVDというのはさすがに知ってますよね？」

「暴力の事でしょう？　ドメスティック・ナントカいうやつ。とにかく私はプロレスとか暴力とかそういうのは好かないので私に訊かれてもお役に立てません。トルクスレンチについてならいくらでも話せるんですが、申し訳ないです」

そこで話はそれっきり途絶えてしまったが、私としては、噂とはいえこの百貨店の地下に知られざる地下道があるかもしれないというイメージにすっかり感化されてしまったのだ。これはしかし、もちろん「あるかもしれない」というレベルの話で——いや、現実的に考えればそれ以下のレベルと捉えた方がいい——私自身はそんな噂を聞いたことは一度もなかった。

ただ、ひとつだけ前から気になっているものがあって、それは私がひそかに〈地下食堂〉と呼んでいる薄暗い階段をおりた社員食堂のすぐそばにあった。

ドアである。

扉と言った方がいいかもしれない。重たい——たぶん重たいと思う——黒い鉄の扉。もちろん、その扉をあけたことはないし、近づいたことさえない。が、あるときふと気付いてから〈地下食堂〉に行くときは必ずその扉がそこにあることを確認していた。

確認といっても、なにしろ扉は薄暗い階段をおりた薄暗い食堂付近のさらに奥まった薄暗い廊下の突き当たりに位置しているので、なんとなく目を細めてそちらを眺めながら、しばし自分なりの思案をめぐらせてみるだけだ。この思案は、思案というよりほとんど妄想に近い。まぁ、私にとってはどちらも同じことだが、常軌を逸しているという点においては、かなり磨きのかかった妄想である。

この妄想が、どういうものか妹がポルトガル行きを表明してから、より濃厚になってきたように思う。彼女は昔からいったん決めてしまうと行動に至るまでがじつに早く、そこには私のような「思案」や「妄想」といった類のものが介在する余地はまったくなかった。たとえば、ポルトガルに行った途端、大地震に見舞われたらどうしようとか、ポルトガルの人たちが、皆、自分に親切で、あまりに嬉しくて、二度とこちらに帰ることがなかったらどうしよう——というのは、彼女のポルトガル行きに際して思案した私の妄想の一部である。

妹がポルトガルに行くと決めた日の翌日、私は生まれて初めて世界地図というものを買ってみた。そして、地球上におけるポルトガルの位置を確かめて今さらながら驚かされた。率直に言って、そこはまったく世界の涯のようなところに見え、それは私が小さな国の小さな男で、小さなゴミゴミとした街の一角から望んでいるからそう思えたのかもしれなかった。

が、さらに——私が旅に出るわけではないのだが——ポルトガルのガイドブックなどを買って熟読してみたところ、彼の地の最西端にある岬は「ヨーロッパ大陸全体の西の涯である」と説いてあった。その岬に行くと「最西端到達証明書」なるものが販売されているとか。

おそらく私はそんなところに行く機会はないだろう。

そのあまりの遠さにぼんやりとして世界地図を眺めていると、ヨーロッパ大陸とアジア諸国がひとつながりに見え、いま私がぼんやり地図を眺めているこの街が、その最東端に位置していることが明快に分かった。西の涯の向こうには大きな海が広がり、我々の東の涯の向こうにも大きな海が広がっている。それはつまり、私と私の妹が、巨大な陸地のいちばん端といちばん端に離れて暮らすことを示していた。

だからどうだというのではない。ただ、自分もいつかそんな遠いところへ行ってしまうのではないかと私は想像したのだ。妹からカラフルなポルトガル製の絵葉書なんかが届いて、「兄さんもこっちへいらっしゃいよ」などと書いてあったら、あっさり身を翻して〈弟の自転車〉に飛び乗ってしまうだろう。そんな気がする。いや、自転車というのはそもそも飛び乗るものではなく、ましてや、世界の西の涯まで行くとなれば、それなりの決意と準備をして心穏やかに出発しなくてはならない。

あの黒く重たい扉を開いて——。

私は〈地下食堂〉の前で昼食を何にするか決めかねながら横目であの薄暗い廊下を窺っていた。

廊下の奥にある、世界の涯へとつながる地下道の入口をじっと横目で窺っていた。

静かな声　#9

＊＊＊
パン屑を撒いてガムを踏んでへそが出る静かな声

何日か前からシンに会おうと思っていた。会いたい、というわけではなく、会わなきゃ、とも思わない。ただ、電話ではなく、いちおう顔を見て「ふうん」と鼻の奥から声が出ればそれでよかった。

大抵いつもそうなる。それだけのこと。顔を見て、あ、元気そうじゃない、それならいいの、で、最近はどうなの？　ああ、そう。ふうん——と鼻から声。ただそれだけ。それだけのことなのだ。で、その「ふうん」の頃合いがそろそろだと思っていた。

たぶん、この「頃合い」には、ちょっとしたきっかけのようなものがある。でも、何がきっかけなのかこれまで深く考えたことがなかった。

余裕？　かな？　などと思ってみたが、それはわたしの傲慢だろうか。大体、いまの自分に余裕があるかどうかなど自分では分からない。余裕の測定器でもあったらいいのだけれど。

しかしまぁ、自分なりに目分量で測ってみた限りでは、余裕が「ある」とは断定できないまでも、「ないない！」と机を叩くほどでもなかった。

朝——。

読みそびれた昨日の夕刊と、まだインクの匂いが残る朝刊をつづけて読み、読みながら行儀悪くトーストを食べていた。すると、勿体ないくらいパン屑が新聞の上にこぼれ落ちる。そんなものを勿体ないと思うのもどうかしているが、わたしにはそういう貧乏くさいところが昔からあった。特に食べるものとなると捨てるのが惜しくなって忍び難く、そもそも行儀よく食べていれば、そんなことにはならないのだが——。

でも、「あ、そういえば」と、ひさびさに思い出されたことがあった。

こぼれたパン屑を掌の中に集め、ベランダの隅へ出鱈目に撒いておく。そうしておくと、そのうち利口な雀たちが二、三羽、連れ立ってあらわれ、気持ち良いくらいきれいサッパリ片づけてくれる。それでわたしも無駄にならなかったと気が晴れる。雀たちの空腹も充たされる。一石二鳥とはまさにこのこと——いや、ちょっと違うか。

とにかく、わたしの行儀の悪さは死んでも直らないので、ひところは朝の恒例行事として必ずベランダにパン屑を撒いていた。それをひさしぶりにやってみたのだ。そのころは毎日決まって同じ雀が同じ時間にやって来て、パン屑をすっかり掃除してくれたが、こんなにブランクが空いたらさすがにもう来ないだろう。そうなると、ただ単にベランダが汚れるだけなのに、後先考えずに撒いてしまった。撒いてしまったものはもう仕方ない。

それにたぶん、雀のことなんて本当はどうでもよかった。ただひとえに勿体ないと思う一心で、断じて雀の食欲を充たすためではなかった――と思っていたが、たまにパン屑をこぼさずうまいこと食べてしまうと、わざわざ新しいパンをちぎって撒いたりしたこともあった。

といって、わたしは小さな生き物への配慮を主張したいわけではない。そういうことはおそらく次元からして違う。あれは日々の習慣であって、それをやらないとコチラの気が済まなかっただけだ。あれがつまりは「余裕」だったのかもしれない。ここのところは、なにしろパン屑どころではなかった。今朝、ようやくそのことに自然と気が付いた。

ということは、もしかしてわたしは徐々に余裕を取り戻しつつあるのかもしれない。ひさびさにパン屑を撒いたし。天気も悪くないし。夕刊の記事にも朝刊の記事にも、いちいち腹を立てることがなかった。お、なかなかいいんじゃないの、わたし――などと思い、意気揚々とアパートを出て青空の下を気持ち良く歩いていたら、ああやっぱりという感じでガムを踏んでしまった。

ガムである。

ガム！　ガム！　ガム！

どこのどなたか知らないが、どこかの心ない――たぶん余裕もないに違いない――誰かが、ネチャクチャと嚙んでいたガムを、よりにもよってわたしの通勤路に吐き捨てたのである。それをわたしはしっかり踏みしめてしまった。踏んだ瞬間、あ、踏んだなと分かる決定的なもの。

あら、いい天気ねぇ、などと空を見上げていたのが災いのもとであった。じゃあ、わたしが悪いのか――。

いや、吐き捨てた誰かが悪いに決まっている。いやいや、それとも、踏んだわたしの運がないだけか。はたして、どちらか。

確率的に考えてみると踏んでしまったわたしは分が悪い。なにしろ、ほとんどの人が――いや、わたし以外のほぼ全員が同じ道を歩いているのに誰ひとりガムを踏んでいない。ガムがいつ吐き出されたものか知らないが――知りたくもない――踏んだのはわたしだけである。

しかも、こうしたことは初めてではなかった。どういう因果なのか昔からわたしは晴れた日の朝に路上のガムを踏む傾向がある。傾向というか、運命というか、それともやはり空ばかり見ているせいなのか。何でもいいけど、とにかく踏んでしまうのだ。踏めば靴の裏がねばっとして、一気に最悪な気分になる。人生にはさまざまに不愉快な出来事があるが、晴れた日の朝にガムを踏むくらいガッカリすることはない。

こうなってくると、途端にシャツの下に着たTシャツの短かさが気になってくる。さっきまでは気にならなかった――というか我慢していたのに――ガムを踏んだら、やたらに気になってしようがない。

このTシャツ。雨の降る日にダメな乾燥機で乾かしたところ、「何、コレ」というくらい縮んでしまった。それはもう尋常ではない縮み方。笑ってしまうくらい。ざっと見た感じ、三分の二くらいになってしまった。子供でも着られるかどうかというくらいで、一体、残りの三分の一はどこへ消えてしまったのか。

Tシャツそのものは悪くないはずだった。気に入りのブランドの定番商品で、メーカーの名誉のために弁護しておくと、決してTシャツのせいではない。それなりにいい品質だし、値段も奮発して買ったものだった。ダメなのはあくまで今年七年目を迎えた疲れきった乾燥機のせい。

やはり、家庭用電気製品の七年目は厄年なのである。六年目まではここまで縮まなかった。多少は縮んだが、こんなに劇的に手品のように縮んだりはしなかった。なにしろ三分の二である。はたして着られるものかどうか大いに疑わしかった。あるいは、力ずくで伸ばせば元のサイズに戻ったりするのか——。

仕方なく、親の仇とばかりにぐいぐいアイロンをかけた。

が、やはり三分の二の印象は変わらない。それでも、どうにも悔しいので無理矢理着てみることにした。無茶とはまさにこのこと。

まずもって拷問のように頭が入らなかった。櫛を通した髪があらかた台無しになり、縄脱け術に挑戦しているかのようで、必死というか、もう冗談ではなく命がけだった。どうにか頭を通過したがすぐに首が強く締めつけられて息が詰まる。

たしか、ピチTとかナントカいうものがあったはずだが、あれはきっともう少ししなやかな生地を使っているに違いない。でも、七年目の乾燥機によるマジックはじつに恐ろしいものを生み出したのだ。頭が通ったのはいいが、そのあとがニッチもサッチもいかない。ひたすら首を絞めつける殺人Tシャツだ。

こうなると脱ぐのもひと苦労になる。当然、脱ぐのも命がけである。それならなんとかして最後まで着た方が気持ちいい。意地でも着てみたい。が、こうなってくるとほとんど全身にコルセットをはめるようなもので、あちらこちらからピチピチとイヤな音が聞こえてくる。わたしの骨や肉とTシャツが壮絶な戦いをしている音だ。ピチピチとかミシミシとか。

五分。いや、七分か八分はかかったろう。

どうにかこうにか着てみたが、ものの見事にへそが出た。

これで何枚目か。へそが出たのは初めてではなかった。分かっているのに、ついつい同じ過ちを繰り返してしまう。わたしは本当に学習できない女だ。晴れればガムを踏み、雨が降ればTシャツが縮んでへそが出る。へそが出れば、何となくお腹のあたりがスカスカして、望んでそうしているのならいいけれど——世の中にはそうした女性が沢山いるので——しかし、わたしの場合、へそが出ているのはただのアクシデントだ。自分としてはひどく損をしたような気分でしかない。繰り返すが、残りの三分の一はどこへ消えてしまったのか。

納得がいかなかった。でも、無理矢理着てみたら少しだけ伸びたようで、脱ぐときも次に着るときも命の危険にさらされることはなかった。

それで強引に着ている。シャツの下の下着のようなものだし、へそが出ているといっても、それを露出しているわけではない。でも、気になり出すとやたらに心もとない。非常に心細い。落ち着かないままへそ回りを気にし、行き交う通行人に気付かれぬようそれとなく靴底をアスファルトにこすりつけた。歩きながら、ねばついたガムを削ぎ落とす。すると、どんどん靴が傷んでゆく。このあいだおろしたばかりなのに。

余裕？　もう、そんなものどこにもありません。

胃まで痛くなってきて、駅からUターンして部屋に戻りたいくらいである。部屋に戻って布団をかぶって寝直したいくらいである。寝直していい夢でも見直して、なんなら、昨日の夜から、いや、朝から丸々全部やり直したい。それが本音だった。ひと回りしながらどの角度から眺めてみても「最悪の朝」と言うしかなかった。

それなのにだ。さて、どうしたことでしょう。

ほどなくすると、まぁ、いいか、そういう日もあるわよ、と爽やかに自分に言い聞かせていた。

余裕？　もしかして本物の？

＊＊＊

ゆるみとコーヒーと記憶と静かな声

たしかにTシャツはへそが見えてしまうほど縮んで余裕がなかったが、静香自身は一時期の緊張やプレッシャーから少しばかり解放されたのかもしれなかった。静香にしてみれば、よし、そろそろ弟の顔でも見に行こうかと思う気持ちがそれを証明しているのではないかと考えていた。ところが、当の弟は姉の顔を見るなり「少し太った？」と、じつに簡潔に表現してみせた。

「え？」と、静香は咄嗟に聞こえなかったふりをする。だが、内心では、もしかして、と恐ろしい方面へ考えが傾きつつあった。

もしかして、わたしって、ただ太っただけなの？　それで、へそが出ちゃったわけ？

まさかそんなわけが——と言いたいが、「太った？」と訊かれて全面的に否定できない心当たりがあった。つまり、緊張を強いられた日々を送っていれば、やはりいろいろなものが痩せ細ってしまうわけで、ということは、緊張から解放されればその逆の現象が起きても不思議ではない。むしろ道理だろう。

精神の緊張がゆるめば体もゆるむ。ゆるめば凝り固まっていたものがほぐされて容積を増す。それまで難なく着ていた服が体にフィットしなくなり、いや、フィットどころか覆いきれなくなって、へそが出る。いや、まだ、へそが出ているだけならいい方で、そのうち、脇腹のあたりに余計な「ゆるみ」やら「たるみ」やらを覚え始める――かもしれない。

「ゾッとするわね」と、ひとりごとにしてはハッキリした声で静香は言った。

「え？」と今度はシンが訊き返す。

「どうすればいいのかしら」

「どうすれば――って、そういうこと言ってる限りはどうにもならないね、たぶん」

「なに、悟ったみたいなこと言っちゃって」

「いや、そういうもんなんだよ。そういうときは成り行きが一番だから」

「じゃあ、太るんだ、わたし」

「だって、どっちにしろ、歳をとれば太るっていうか、いろんなものが溜まってくるもんなんじゃない？」

姉への慰めなのか皮肉なのか、どちらともとれる発言だった。

「そう？」と静香が冷たい声で返す。「わたしは、歳をとるにしたがって、いろんなものが失くなってゆくというか、すり減ったり削ぎ落とされるもんだと思ってきたけど」

「まぁ、考えは人それぞれだけど」

シンは妙に冷静に話をまとめようとしていた。姉としては弟が時おり見せるそうした冷静さが面白くない。

その日、静香は仕事の帰りがけにシンのアパートに寄ったのだ。いまはそれが難なく出来るだけの時間の余裕があった。少し前なら、そうしたちょっとした時間も惜しんで仕事のことばかり考えていたのに。いまでも、もちろん考えないわけではないが、「一体どうすればいいのだろう」という初心者の純粋さはいつの間にか消えていた。その代わり、「まぁ、どうにかなるだろう」という、良く言えばプロフェッショナルな、悪く言えば、緩慢でいい加減な思いが先立った。

「自転車に乗ってるとね――」

シンがそう言いながら、姉にコーヒーを飲む？　と身振りで示した。「飲む」と静香は頷いて答える。ガス台の上でヤカンがせわしない音をたて、シンは黙ったままゆっくり時間をかけて二杯分の香り高いコーヒーを淹れた。あら、いつの間にかインスタントじゃなくなってる、と静香は気付いたが、だからどうだというわけでもない。

「何の話だっけ？」とシン。

「自転車に乗ってると――」と姉。

「そうそう、自転車に乗ってると、自転車に乗ってる奴とすぐ友達になっちゃって」

「いいわね、男はそういうところが手っ取り早いから」

「そうなんだけど、まぁ、いろんな奴がいるし。記憶があやふやな奴とかね——」

「記憶？　それは何？　事故とか？」

「そうそう。たぶん自転車に乗っていて、ひどい事故に遇ったんだと思うけど、本人はそのときのことまったく覚えてないらしくて。だから、今でも変わらず自転車に乗ってるし、何も怖くないようだしね。なにしろ事故の記憶がないわけだから。ただ、よく聞いてみると、そいつの失った記憶っていうのは事故の前の時間にまで及んでいるらしくて、それがどのくらいの範囲なのか自分でもよく分からないとか——」

静香はそのとき、目立たないようそっと赤い手帳を自分の鞄から取り出した。

「それで考えちゃったよ」とシンはコーヒーをすすって言った。「記憶を失ったとか、失ってないとかって、どうやって判断したらいいんだろう。ていうか、記憶を失ってない奴なんているのかね。いないんじゃない？　それこそ歳とればとるほどどんどん記憶が溜まってゆくわけだし、次から次へと、毎日、毎日、それはそれはすごい量で。そんなことこれまで考えたことなかったけど、それって、ちゃんと持ちこたえられるのかね？　無理じゃない？　無理だと思うんだよ、俺は。ていうか、俺は絶対無理。なんか覚えてないこと多いし。機械じゃないんだから、どこかで破綻するに決まってるよ。そう考える方が普通だと思うんだけどね」

「そうねぇ」

静香は手帳用の小さなペンを手にしたまましばらく考えた。

「でも、溜まってゆくというより、何ていうか、むしろ、すり切れたりすり減ったりして、崩れてゆくというか、こぼれ落ちてゆくというか」

「こないだ、じつは俺もちょっと滑って頭打ったんだよね」

「え？」と弟の顔を見直す静香。「そうなの？」

「大したことなかったけど、一瞬、気を失ったみたい。一瞬だけね。で、自分としては別にどうってことなかったと思ってるけど、たとえば、あのとき記憶が少し――」

「こぼれ落ちたとか？　まさか」

「いや、まさかって言うけど、正直よく分かんない。自分としては一応、記憶はしっかりしてると思うけど、それは、自分としては、って話で、その自分が完全なのかどうかって考え始めると、だんだん分からなくなってくる。頭を打ったからとかそういうことじゃなくて、何ていうのか、記憶、記憶って簡単に言うけど、いざ、自分の記憶はしっかりしているのかって訊かれると、どう答えていいものか分からなくなる」

静香はそこでもういちどシンの顔をまじまじと見た。

まじまじと見るばかりで、いつもの、「ふうん」が鼻の奥から出てこなかった。

＊＊＊

「ふうん」と言い合う静かな声

「ふうん」が鼻の奥から出てこない代わりに「アンタ、何か変わった？」とそれとなく訊いてみた。

「何が？」とシンは平然としている。

「何だかわたしにも分からないけど、もしかしてアンタ、わたしに似てきた？」

「何？　顔？」

「馬鹿ねぇ。そうじゃなくて、そういうしょうもないことをグジグジ考えるあたり」

「これって、しょうもないことかね」

「そういうのは成り行きが一番って、さっき自分で言わなかった？」

「まぁ、そうなんだけど」

「でも、考えちゃう」

「頭、悪いのかな、俺。こういうのって、もっと本とか読まなきゃダメなのかね」

「そう？　頭打って、前よりちょっとマシになったみたいに見えるけど」

「相変わらず、冗談キツイよ、姉貴は」

「あのね――」と、わたしはそこで手にしていた赤い手帳を開いた。

「うわっ、何それ。派手じゃない？　そういう趣味だっけ？　そっちこそ、何か変わったんじゃない？」

「いいのいいの、そのうち、アンタにも分かるから」

「いや、分からないと思うけど――」

「いいのいいの、余計なところで突っ込まないでね。いま、ちょっといい話してあげるから」

「何？　説教？」

「そうじゃないの」とミヤトウさんから聞いた話を書き留めた頁を手帳の中に探した。

「ああ、これこれ。この、てんとうふっていうの知ってる？　点燈夫」

「てんとうふ？」

「点燈は灯をともすってことで、そういう仕事があったのよ。昔々。まだ電気なんてものがほとんどなかった時代に。街灯はまだガス燈だけで、夕方になるとそれにひとつひとつ灯をつけて回った仕事が点燈夫」

「ふうん」

ふうん――って、それはわたしが言うはずだったんだけど。

「それが？」

「それがって――アンタ、たしかにもうちょっと勉強した方がいいかもね」

「いや、するけどさ。何？　意味、分かんない」

「わたしは、この話、聞いてすぐにアンタのこと思い浮かべた。だって、そうじゃない。はっきり言って――この際、全部言っちゃうけど、わたしにはシンが今やってること仕事なのかどうなのかそれもよく分からないけど」

「仕事じゃないかな。一応、食えてるし」

「そうなの？　じゃあ、一応、仕事だとして、その仕事がよく分からないっていうか、いつまでそんなことつづけるつもりなんだろうってずっと思ってきた」

「ふうん」

「だって、そうでしょう？　卓上灯だか読書灯だか知らないけど、それをまたあの妙ちくりんな詩集屋なの？　古本屋？　そこもよく分かんないけど、そんなところで売ったりして、それがあなたのやりたいことなのかどうなのか、それでいいのかどうか、イマイチ――じゃないな、全然、わたしには分からない。ていうか、分からなかった」

「あ、じゃあ、いまは理解してるんだ」

「何だかそうやって先を越されると癪なんだけど、まぁ、そういうことよ。だって、この点燈夫って良くない？　この時代に生きてたら、わたしはきっと憧れると思う。何かいいじゃない。暗い街灯にひとつひとつ灯をともして歩く仕事なんて。そうそうないでしょう？　でも、シンがいまやってることはそれなのかな、と思ったわけ」

「ふうん」

「ねぇ、ちゃんと人の話、聞いてる？　その、ふうんっていう鼻の奥から出すような返事やめなさいよ。もういい大人なんだから。他に言いようがないの？」

「いや、俺はいま、話、聞いてて、その点燈夫っていうのは姉貴の仕事みたいと思ったけど」

「え？」

「違うの？　だって、ちょうど人が寝静まる頃にさ、姉貴の声を聴く人がラジオのスイッチを入れるわけじゃない？　あっちこっちでさ。ラジオってスイッチ入れると赤い小さなランプが灯ったりしない？　暗い夜を過ごしている人たちにはそのラジオの小さな赤い灯が街灯みたいなもんじゃないの？　だから、姉貴こそ点燈夫じゃないのかね。それに、これは詩集屋の白影君からの受け売りだけど、彼に言わせれば、詩っていうのは声なんだって。それも、彼が好きなのはただの声じゃなくて、静かな声だって言ってた。だから、彼にとって詩集というのは一冊一冊が静かな声を閉じこめたもので、詩集屋っていうのは静かな声を売る店なんだと、そう言ってた。確かに妙ちくりんな店だけどね、彼としてはそういうつもりなんだってさ。そのときも、ああ、これは姉貴のことだと思ったよ。よく分かんないけどね。悔しいなぁ。頭、悪くて、うまく言えないんだけど、なんか全部がどこかでつながってるような気がするんだよ。どこがどうっていうのは、これから考えてみるけど――」

「ふうん」

「あれ？　自分も言ってるじゃない、ふうんって」

「え？　ああ、そうね」

「なんだよ、まったく」

「いいのいいの。それを言いに来たようなもんなんだから」

「何、それ？」

「そのうち、アンタにも分かるわよ」

「そればっかり言ってるよ。ずるくない？」

「いいのいいの、もういいの」

＊＊＊

ガムも踏まず、へそも出ない静かな声

その夜。帰り道。空は真っ暗で雨も降っていない。青空でなければガムを踏むこともないし、雨が降ってなければ乾燥機も使わないからへそも出ない。

いい夜である。そのいい気持ちのまま〈支度中〉に寄っていこうと思ったら、いつもの「支度中」の札がなくて、店も暗いまま。よく見たら小さな貼り紙がしてあった。

「ただいま修業中」とある。何のことだろう。何のことかよく分からないけれど、めずらしく休業であることは間違いなかった。

なぁんだ、ちょいと小腹をいやしていこうと思ったのに――と仕方なく駅の方へ戻り、閉店間際のスーパーで「半額」シールが貼られた惣菜を端から買いあさった。それはそれでちょっと楽しくはあった。だって半額ですよ、奥さん、と顔がニヤついてくる。

おかげで余計なものまで買い過ぎた。ものすごく重い。スーパーの袋の重さが指に食い込んでくると、急に袋の中の「半額」シールが色あせて見えた。そういうものだ。

窮屈なTシャツのせいで肩も凝ってきたし。まるで、長旅から帰ってきたかのようにアパートの部屋に帰り着き、疲れた頭の片隅で、わたしは「余裕ってなんだろう。頭、悪いから分かんないけど――」と、シンの口調を真似ていた。

それから「あ、そうだ」とベランダに干したままだったバスタオルを取り込もうとしたとき、朝の記憶が不意に甦って、ベランダの隅の暗がりに目をこらしてみた。

雀たちに撒いたパン屑が、きれいさっぱりなくなっていた。

小さな男　#10

＊＊＊
チーズ・バーガーを買ってみた小さな男
観たのだ。『明日に向って撃て！』を。DVDで。

いまひとつタイトルが不明瞭だったので場合によっては見つけ出すまで時間がかかるかもしれないと覚悟していた。ところが、予想外にあっけなく見つかった。何度か利用したことのあるDVDショップの洋画コーナーへ行き、「あ行」から順に探し始めて一分と経たぬうちにそれが目に留まった。棚から取り出すとジャケットにはカウボーイハットを被った二人の男の写真が配され、それがポール・ニューマンとロバート・レッドフォードであることは一目瞭然だった。右下の隅には小島さんが言うところの「二人で拳銃を撃っている」写真もある。間違いなかった。

値段を見れば、セール品とはいうものの、なんと千二百円だった。もう一度繰り返すが千二百円である。千円札一枚と百円玉二枚である。たしか、小島さんは「ああいう映画はもうきっと二度と観られないんでしょうね」と言っていた。あたかも幻の映画であるかのように。感傷的な遠い目になっていた。それが千二百円である。しかも、一分と経たぬうちに見つかった。というか、無造作に「セール」のシールが貼られているせいだと思われるが、どちらかというと投げ売りされている感があった。

思うに、『明日に向って撃て!』という映画は、幻どころか日本中——いや、世界中にあふれ返っている映画の筆頭ではなかろうか。私はどこかの倉庫に『明日に向って撃て!』のDVDが何千枚、何万枚と積み上げられている様を想像し、まるで駄菓子を買うように気安く買った。仕事の帰りでいささか疲れていたのだが、なんだか妙に嬉しくなってしまい、踊り出しはしないまでも、つい小走りになって帰途を急いだ。のみならず、駅の近くのハンバーガー・ショップに立ち寄るという大胆な行動に出た。

じつは前から気になっていたのである。いつか私はその店でチーズ・バーガーとコーヒーをテイク・アウトしようと目論んでいた。自炊派の私としては、そんなことはめずらしいというより、ほとんど初めてで、遂にそのときが来たのだと私は思い決めた。そして私はそのハンバーガー・ショップでも少なからぬ衝撃を受けた。

値段が安いことはもちろん知っていた。私がまだ子供であったころからそのハンバーガー・ショップは存在していたのだが、もしかしてその時分より安くなっているのではないか。いや、そうした事態になっていることもそれなりに認識してはいた。しかし、いざ自分が購入するとなると、その安さが俄に信じ難かった。そのうえ、カウンターの向こうの店の女の子たちは皆、明るく、誰もが私に親切だった。掛け値なしに非常にいい気分であった。

私は仕事の帰りに探していたDVDを見つけ、チーズ・バーガーとコーヒーをテイク・アウトして家に帰る。店員は皆、親切。支払う金額はほんのわずか。

何年ぶりだろう。いや、そんな気分は何十年ぶりだったか。私が私の個人的な仕事に没頭しているあいだに、街はこんな具合に変化していたのだ。私はそのことにまったく気付かなかった。見落としていた。愚かしくもまったく目に入っていなかった。あるいは、見て見ぬふりをしていたのかもしれない。それらはあまりにも当たり前のものとしてそこにあり、「当たり前のもの」は私の関心の外にあった。私はいつでも「当たり前のもの」から外れたものばかりを追求すべきと考えてきた。それが小さな男たる私の役割であると確信してきた。

しかし、どうだ。確信がこんなにも気持ち良く揺らいでしまうとは——。

これは私があらたまったせいなのか、それとも世の中の変化のせいなのだろうか。私にはまだ正しい判断が出来ない。ただ、ひとつだけ言えることは世界は常に動いているということ。その限りにおいては「当たり前」のものが「当たり前」でなくなる可能性がある。

それは『明日に向って撃て!』にも見事に当てはまった。私ははっきり言ってこれまでこういった映画に対してまったく関心を払わずにいた。私は基本的に誰もが知っているような有名な映画には興味がない。ところがである——。

＊＊＊

逆転して涙を流した小さな男

誰もが知っている「有名な映画」などと言っておきながら、じつはそのタイトルをしっかり記憶していない小さな男である。確かに彼は『タイタニック』も『ゴッドファーザー』も『サウンド・オブ・ミュージック』も鑑賞していない。が、それらのタイトルを正確に記憶しているかどうかは非常に疑わしかった。彼は、そうした普遍的な人気を誇るいわゆるメジャーなものに関心がなく、それゆえ、彼の脳内の記憶装置はこれまで積極的にそれらを留めずにきた。これは、別に小さな男ひとりに限ったことではない。世に隠れ住む多くの「ひねくれ者」あるいは「変わり者」と呼ばれる人々すべてに起こり得る現象である。

仮にそうした反メジャー派を単純にマイナーと呼ぶとして、あえてこうしたマイナーな人々の厄介な点を挙げると、「これは自分だけの嗜好だ」と思い込んでいるところにある。実際にはマイナーはマイナーが思っているほどマイナーではなく、「自分だけ」ということはまずあり得ない。「自分だけ」というのはマイナーではなくプライベートの領域である。

マイナーと称されるのはあくまでメジャーに比して物理的な数量が少ないからで、思い入れの度合いを秤にかけることが出来たなら、おそらくそこには差など生じない。だから、あっさりと逆転が起きる。というか、起きたのだ。マイナーであることを自認してきた小さな男が、チーズ・バーガーを食べながら『明日に向って撃て!』を鑑賞し、感激のあまり涙を流したのである。

＊＊＊

『雨にぬれても』と七千回と小さな男

人生は流転してゆく。もう一度言おう。人生は流転してゆくのである。そして、世界は常に動いている。動いているのである。変化してゆくのである。変わってゆくのである。右が左に、左が右になったりするのである。『明日に向って撃て!』を観終わり、私はそんな感慨に耽った。いや、あれこれ御託を並べるのはやめにして、ひとことで言ってしまおう。

よかった。

いい映画だった。まだ大きな声で世界中に向けて叫ぶほどの勇気はないが、「いい」「よかった」と、私は自分のアパートの部屋で一人つぶやいた。小島さんの記憶どおり主人公の二人は拳銃を撃ちまくるし、良からぬことを企んで実行してゆく。だが、そんなことはこの際どうでもいい。ポール・ニューマンが演じたブッチがよかった。というか、ブッチが自転車に乗るシーンがよかった。正確に言うと、ブッチが相棒のサンダンスの恋人であるエッタと二人乗りをするシーン。このシーンだけを、いったんすべて観終わったあとに三度繰り返し観た。

断じて言うが、それは私がいま自転車に強い関心を寄せていることとは関係ない。クラシックないい自転車であるし、自転車に乗っている二人はとても心地良さそうだ。風が伝わってくる。二人の体温も伝わってくる。それはそのとおりだが、これは自転車に一度も乗ったことのない人でも三度繰り返し観る価値がある。私はそう思う。

そのシーンに流れる歌が素晴らしい。すべて小島さんの言ったとおりだった。映画もよかったが、この歌がよかった。『雨にぬれても』という歌だ。どこかで耳にしたことのあるメロディーだったが、この映画の挿入歌だったとは。

もしかして、これがボブ・ディランの自転車の歌なのかと思ったがそうではない。自転車について歌っているわけではなく、何について歌っているかは『雨にぬれても』という邦題に集約されていた。

三度目を観ているときに少し涙が出た。いや、少しではなく結構たくさん出た。流れたと言ってもいい。流れるほど涙が出たのはいつ以来だろう。無防備になっていたこともあるが、まさかこうした映画で泣くとは――。

ついでに言うと、チーズ・バーガーも悪くなかった。思いがけず映画に夢中になってしまったせいで、しっかり味わったわけではないが、少なくとも映画を観ながら食べるには最適だった。もしかすると、また買ってしまうかもしれない。いや、買ってしまうだろう。店の女の子たちが皆、親切だったし。

そして、私は「ああ、そうか」と声が出た。「そうだったのか」と声が出た。

このひとときのために多くの人がストレスと戦って働いている。ハンバーガーを帰りに買って好きな映画を観るためにだ。私はといえば、街の電線の雀の観察をしたり、雨戸の研究をしてみたり、ハンモックの寝心地やトロリーバスの構造について考察しているあいだにずいぶん歳をとった。私も歳をとったが同じように世界も歳をとった。私が年輪を重ねるあいだに、世界というか地球は何回転くらいしたのだろう。ざっと計算しても、七千回転くらいか。

私は私の「百科事典」を書きつづけるために私なりにさまざまな事物を憶測し、予測し、推測してきた。観察し、考察し、研究してきた。そんな私であっても、途切れることなく七千回も回転しつづけているものを他に知らない。

私は小さな男である。昔から小さな男で、いまもって小さな男であり、これからもまた小さな男であるだろう。だから私は大きなものを捉える力が及ばない。

私は長らく地球のことを忘れていた。七千回も回転しつづけているものを忘れていた。そんなものは当たり前だと思って放ったらかしにしてあった。そして、おそらくこの七千回とチーズ・バーガーと『雨にぬれても』はどこかでつながっている。あまりに長いあいだ放ったらかしにしておいたのでうまく言えないが、本当に「百科事典」を書こうと思うなら、チーズ・バーガーや『明日に向って撃て！』に目を向けなければ始まらない。もちろん、ハンモックやトロリーバスも忘れてはならないのだが。

＊＊＊

明日に向って走る小さな男

その日の夜の夢で、小さな男は映画の中の自転車に乗っていた。小さな男がブッチになっていた。映画の中のブッチはベッドにおさまらない体を持て余すような大きな男なのだが、そんな男に彼はなり変わっていた。当然ながら女性を乗せて二人乗りをしていた。風が心地よく吹き、『雨にぬれても』が聞こえてくる。ただひとつおかしなことにその女性が二転三転と姿を変えた。最初はハンバーガー・ショップの制服を着た女の子だった。それがいつのまにか小さな男の妹に変わり、妹は「ポルトガルまで逃げれば大丈夫よ」などと映画のストーリーをふまえたようなことを言う。

「それにしても兄さん、いつからそんな大きな男になったの」

妹は、大きくなった小さな男を不審そうに眺めた。

「さぁね」

大きくなった小さな男は不敵な笑みを浮かべる。

「地球が七千回まわるあいだに――」

「七千回？」と妹が――いや、それはもう妹ではなく、〈ロンリー・ハーツ読書倶楽部〉の彼女――ミヤトウさんだ、と大きくなった小さな男はその名を思い出した。ミヤトウさんは相変わらず器用に片手で鼻をかみながら片手で文庫本を開き、大きくなった小さな男に体を預けて自転車から落ちないようにしていた。ミヤトウさんの体温が大きくなった小さな男に伝わってくる。

二人で『雨にぬれても』を一緒に歌った。歌ううちにミヤトウさんは妹に戻ったり、制服の女の子になったりする。

――すべては流転している。動いている。

大きくなった小さな男はそう念じた。

――私もまた大きくなったり小さくなったりしながら、こうして自転車を走らせてゆこう。明日に向って。西の涯のポルトガルは遠いが、明日ならすぐそこにある。一晩眠ればイヤでもたどり着く。一晩眠って目覚めた彼は自然と「明日」にたどり着き、それは「昨日」とよく似ているが、じつは地球が一回転した「今日」であった。たとえ七千分の一であっても、変化は少しずつ起きて後戻りはもう出来ない。

彼はしかし、昨日とそっくり同じような朝食をとり、同じ時刻に同じ駅から同じ駅へ向けて移動した。同じ足どりで駅をおり、地下鉄駅のコンコースを経由して人混みにもまれる。進化のあまり、手の施しようがなくなった迷宮のような駅である。

そして、この迷宮を通過して百貨店を目指す買い物客。乗り換える乗降客。そのおそろしいおそろしいおそろしい数！　数！　数！　人！　人！　人！

声！　罵声！　嬌声！　息！　鼻息！　くしゃみ！　足音！

携帯！　携帯！　ヘッドホン！　ヘッドホン！　ヘッドホン！

彼は地下鉄の切符売り場をやっとの思いでくぐり抜けた。そして、百貨店の狭い従業員口を通過し、警備員といつもどおり朝の挨拶を交わした。タイムレコーダーにＩＤカードを挿入する。どことなく顔つきが引き締まり、ネクタイの質がワンランク上がったように見受けられる。人混みにもまれた髪型の乱れがまとまり、わずかに微笑する口もとが「お客様対応モード」に変容している。

エレベーターのドアが閉まりかかっているのを見て、「あ」と彼は小さく声をあげた。急いで乗り込んで息をつく。いつもの「鉄が軋むようなにおい」がたちこめてくる。彼は反射的に奥歯を噛みしめた。こめかみのあたりに血管が浮き、ピリピリと皮膚に緊張が走る。スーツの肩や肘がエレベーターの壁に触れぬよう注意し、〈３Ｆ〉のボタンを押して〈開〉のボタンをしばらく押したままにした。何人かの従業員が滑り込んでくる。〈４Ｆ〉や〈５Ｆ〉のボタンに次々とランプがともり、滑り込んできた従業員たちは、いっせいに扉の上部にある停止階ランプの点滅を眺めて沈黙する。

三階——。

小さな男は鋼鉄の箱から三階へと降り立つ。そして、あの悪夢のような〈従業員専用通路〉を進んでゆく。壁はどこもかしこも傷だらけで、運搬用の台車が見捨てられたように放置されている。

昨日と変わらぬ澱んだ空気がねっとりと宙を漂っていた。

こうしてまた「今日」が始まったと小さな男は思う。

＊＊＊

ソバカスと石鹼の匂いと小さな男

だが、それでも地球はまわっている。

放っておいても当たり前のように陽が落ちて夕方が訪れ、百貨店の全体にゆるやかな音楽が注ぎ込まれて閉店を迎えた。

残念だったのは小島さんが風邪を引いて休んでいたことだ。私は彼に『明日に向って撃て！』のＤＶＤを手に入れたこと。それがわずか千二百円であったこと。とてもいい映画であったこと。特に自転車のシーンがよくて音楽が素晴らしかったこと——等々を仔細に話すつもりだった。彼は大いに驚嘆するに違いなかった。遠い日の幻が千二百円で売られている事実に対応できず、「信じられません。つくり話でしょう」と一笑に付すことも考えられた。それに彼はＤＶＤというものすら理解していないようだったから、私はわざわざ『明日に向って撃て！』のＤＶＤを所持してきたのである。「ほら、これですよ」と目の前に差し出したときの彼の顔を想像するだけで私はニヤついてきた。だから、残念でならない。

私はどことなく釈然としない思いを残したまま、いつものように〈従業員専用通路〉を辿って三階まで行った。それからエレベーターで一階へ降りて警備員と挨拶を交わす。いつもは無言で一礼するだけだが、「また明日」と試しにそう言ってみた。すると警備員は「お疲れさま」と、いつもどおりそう言った。

私は地下鉄の切符売り場で切符を買い、腕時計を確認して今夜もまた遅刻気味であるなと思った。が、急ぐことはない。定例の読書倶楽部の日なのだが、前回も前々回も、集まったのは私と彼女――ミヤトウさんだ――の二人だけだった。今日あたり、場合によっては彼女も欠席するかもしれない。彼女は彼女で、そろそろ私が欠席するに違いないと考えているのではないか。たぶん、そういう日がいつかは来る。

だが、仕方ない。すべては流転して動いているのだから――。

小走りになることもなくいつもの会合の場所へ到着すると、すでに定刻から二十分あまり過ぎていたのに部屋の中はがらんとしていた。最初は誰もいないのかと思った。でも、よく見ると、まったく目立たない感じでミヤトウさんが隅の方にぼんやり座っていた。部屋に入ってきた私の顔を見上げ、反射的に、

「あ、来た」

そう言いながら、そそくさと立ち上がった。

「すぐにお茶をいれますね」

「すみません、遅れちゃって」と私はミヤトウさんの背中に声をかけた。

「いえ、今日は私一人だろうと思っていたので――」

「あ、じつは、私も今日はもしかして一人じゃないかと」

「そんなことないですよ」とミヤトウさんはお茶をいれながら背中で答えた。「私は最後の一人になってもつづけますから」

「一人になっても？」

「ええ」

「でも、それはもう読書倶楽部じゃなくて、ただの読書じゃないですかね」

「いいんです、それでも。もしかして久しぶりに思い出した誰かが戻ってくるかもしれませんん。そのときに誰もいなかったら哀しいでしょう？」

それはそうかもしれなかった。もし、ミヤトウさんがいなかったら私はどうしたろう。一人でお茶を飲んだり本を開いたりして誰かが来るのを待ったろうか。

「あなたが来てよかった」

ミヤトウさんはお茶を載せたお盆を手にし、円形に並べられた椅子のひとつにそれを置いてその隣の椅子に座った。私もお盆の置かれた隣の椅子に腰をおろし、我々は湯呑みからたちのぼる湯気を挟んで隣り合わせに座った。

私は初めてミヤトウさんの横顔をこれまでにないくらい至近距離から眺めていた。今宵の彼女は鼻をかんでいない。ソバカスが鼻のまわりに散っていて、いつもティッシュに隠れてよく見えなかった鼻筋が意外なほどスッとしていた。鼻のかたちが横からみると奇麗な三角形を成している。化粧をしているのかいないのか私には分からないが、睫毛が長くてくっきりした二重瞼である。瞳はツヤツヤと黒々していた。爪や唇に赤いものは塗られていない。手はたったいま洗ったばかりのように水気を孕んでいるようにみえ、石鹼の香りが彼女の方から漂ってきた。

「読んできましたか？」

彼女がかすれた声でそう言った。

「いや、じつは昨日――」

答えながら私は夢の中の二人乗りを思い出していた。彼女の体温のあたたかさが甦ってきた。

「映画を観てしまったので」

「映画？」

「ええ。あの——これなんですけど」

私は鞄の中に仕舞い込んであった『明日に向って撃て！』のＤＶＤを取り出すと、

「これ、観たことありますか」と、お盆の上へ差し出した。

「いえ、ないです」と彼女は間髪入れずに即答した。「私は映画をほとんど観ないので」

「そうですか」と私は頷いた。「これは私が——あれです、若いときに観て感動した映画なんですが、ＤＶＤがセールになっていたので、つい買ってしまって、ついつい観てしまいました。いま観るとどうしてこんな映画で泣いたのか——なんて」

「泣いたんですか？」

「いえ、若いときの話です。ずいぶん昔のことです」

「そうでしたか」

「それから地球は七千回もまわっているわけで」

「七千回？」

「いや、そんなことはどうでもいいんです。もし、なんでしたら御覧になります？　お貸しいたしますが」

言いながら、私はまたミヤトウさんの体温を思い出していた。

「あ、でも映画を観ないとなると、ＤＶＤプレイヤーをお持ちじゃないですよね」

「え？」とミヤトウさんは『明日に向って撃て！』を手にしながら「いいえ」と首を横に振った。

「それは持っています。映画はまったく観ませんけど、それは持っているんです」

ミヤトウさんは首を縦に振ったり横に振ったりと忙しかった。

＊＊＊

扉をあける小さな男

それから、小さな男は二人乗りの自転車を巧みに乗りこなし、薄暗い〈従業員専用通路〉を地下に向けて走り始めた。ゆっくりと慎重に。

「大丈夫かしら」とミヤトウさんなのか、妹なのか、はたまた制服の女の子なのか、次々と姿と声を変えながら「彼女」がそんなことを言った。「大丈夫」と小さな男は答える。

彼は愛車である〈弟の自転車〉のハンドルを握り、前方の暗がりにしばらく目をこらした。積み上げられた段ボールの影から影へお馴染の鼠たちが横切ってゆく。耳を澄ませば、地球の回転する音らしきものが聞こえた。『雨にぬれても』が遠くから聞こえてくる。

おそらく、百貨店はすでに閉店した後だろう。買い物客はむろんのこと従業員もあらかた帰ってしまったはず。警備員が数名残っているかもしれないが、彼らにしてもこの通路の――特に夜を迎えてからの通路の不気味さを熟知しているから、おそらく何度も見回りに来ることはない。

食堂到着までの所要時間はおよそ十一分。小さな男は「彼女」を乗せたまま前進した。低い天井と湿気と鼠。切れかかった照明と切れたままの照明。階段をおりて階段をのぼり、またおりてのぼっておりる。おりる。おりる。さらにおりて、なおもおりる。

タイヤが階段の凹凸に弾む振動がハンドルとサドルから全身に伝わってきた。小さな男は振動し、「彼女」もまた振動した。二人の体温が振動する。

閉店後であるゆえ、普段なら照明がついているところも消灯していた。進むほどに闇の濃度が増す。遂に〈弟の自転車〉に取り付けた小さな電燈だけが頼りとなり、闇が濃くなるにしたがい、上昇した湿度や気温が皮膚に直接まとわりついた。

むっとする蒸気と幾つもの匂い。食べ物の匂いと食べ物ではない何かの匂い。匂いと引き換えに階段の振動と下降する感覚が薄れ、いよいよ漆黒となった闇の中に閉店後だというのに〈食堂〉と記された表示がほのかに光っていた。夜の海に浮かぶように。

「彼女」の瞳の中に映り込んだ〈食堂〉の二文字が読める。

自転車はようやく平らな地面に到達していた。〈食堂〉のあかりを目印にし、その脇の廊下をじわじわと進んでゆく。小さな男が昼食を決めかねながら横目で窺ったあの廊下だ。その廊下の奥に世界の涯へとつながる地下道の入口——重たい鉄の扉がある。

彼が自転車を停めると「彼女」の姿が闇の中に消えた。軽くなった自転車を廊下の壁にたてかけ、彼は自転車から取り外した電燈を手にして扉まで歩く。小さな男の小さな歩幅で六歩ほど。指先がざらついた扉の表面に触れ、右手がノブを握って重たげに回した。扉一枚向こうの外気がひんやりと伝わってくる。

小さな男は思い切り力をこめて扉を押し開けた。

その一瞬、光が扉の向こうから溢れ出すようにして小さな男を包んだ。目のくらむような眩しさに抗いながら前へ進み出ると、耳慣れた雑踏の音とともに地下鉄の切符売り場に立っている自分に気付いた。

地下鉄の改札から吐き出された人々が、電燈を手にして立ち尽くす小さな男を不思議なものでも見るように通り過ぎていった。

静かな声　＃10

ついこのあいだまで、わたしにとって時が流れることはイコール歳をとることを意味していた。それも非常に具体的に。しわが増えるとか、視力が衰えるとか、髪に白いものが混じるとか、フットワークが重くなる——という言い方は変だけど——とにかく何かが重くなったことだけは確かだった。他にも、あっちやこっちやアレやコレやエトセトラエトセトラ——と、こうして羅列すべきものが曖昧になってくるのも歳をとった証拠かもしれない。

あるいは、何かの期日が迫るとか、何かが不可能になるとか、何かが無駄になるとか、何かの終わりが近づいてくるとか——そこにはどこかしら負のイメージがつきまとい、時はわたしをいたずらに追いつめては焦燥感ばかり募らせてきた。

それが、少しずつ変わってきた。というか、どうやら「変わってくる」こと自体がイコール「時が流れる」ことらしい。ちょっと考えてみれば当たり前なのだが、そうした当たり前が「ああ、そうだな」と呼吸するのと同じように体に入ってきた。

面白くないのは——いや、面白いのは、「ああ、そうだな」と思ったところで、何がどう変わってきたのか簡潔に言えないことだ。これは羅列が曖昧になってくるのとは

＊＊＊

絵葉書と時の流れと静かな声

少々勝手が違う。ただ漠然と水の流れや風向きが変わったのを読みとるように、何かが変わったみたい、と頭ではなく体が感じとっていた。

それはたとえばこういうことだ——。

ある日、アパートのポストにミヤトウさんからの葉書が届いた。わたしはこれまで彼女から手紙はもちろん葉書一枚もらったことがない。用事があれば電話で済ませていたし、わたしも彼女も、あえて葉書や手紙でやりとりするような機会がなかった。つまり、お互いそれなりに仕事やら何やらで忙しかったとも言える。葉書なんてものを書く余裕がまったくなかったのだ。

それで、わたしはそのとき初めてミヤトウさんの書いた字を見た。それはいかにもミヤトウさんが書きそうな、とても読みにくいクセのある小さな字で、すべての文字が右にかしいで、漢字は偏とつくりのバランスがことごとくおかしかった。

わたしはその込み入った文面を解読するために五度繰り返し読んだ。それでも何箇所かどうしてもはっきりしないところがあり、だから、正しいかどうかは分からないけれど、それは——おそらく——次のような文面ではないかと思われる。

〈こんにちは。たまたま引き出しの中にしまってあった、いつどこで買ったのか思い出せない絵葉書が出てきたので、誰かに葉書を送ってみたくなりました。というのも、考えてみたら、私はこれまで誰にも葉書を送ったことがないような気がするからです。もしかして、あるかもしれないけれどすぐには思い出せません。＊＊＊（判読できず）の懸賞に応募してハズレた記憶がありますが、たぶんそのとき以来です。そんなわけですから、特別、葉書を書くほどの用件はないのですが、私はいま、DVDプレイヤーというものを買ってみようと思っています。というのは、急に観たくなった映画があって、ある人からDVDのディスクはもう借りてしまったのです。じつは、本当にその映画を観たいかどうかは観てみないと分からないのですが、ディスクを貸してくれた＊（判読できず）が若いときに観て「泣いた」（ここも判読不能。「笑った」とも読めるし、「怒った」とも読める。いちばん近いのは「浮いた」だけど、それではなんだか意味が通らない）と言うので、ちょっと観てみたくなったのです。すみません。とりとめもないことを書きました。では、お元気で。また会いましょう〉

葉書の半分のスペースに無理矢理文字を詰め込み過ぎたせいで後半がやたらと窮屈になって、肝心の「＊が若いときに観て」というところが特に読みにくい。今度ミヤトウさんに会ったら、葉書を見せて何と読むのか訊いてみたい。

いや、それとも返事を書いてみようか——ふと、そう思った。

ちなみに、絵葉書の「絵」は湖の写真で、遠くに青い山並みが映え、湖の周りをきりっとした針葉樹が取り囲んでいた。上の方に夕空がほのかに見えている。表にも裏にもどこの湖なのかクレジットがなくて、その風景が外国なのか日本なのか、それさえ分からなかった。ただ、そうした風景写真にしては、しんとした静けさの伝わってくるとても印象深い写真だった。

わたしは最初、当然のようにその写真を表にして壁にピンで留めてみた。でも、写真だけを眺めているうち、どうしてこれが「当然」なのかと自分を訝った。それで葉書を裏返し、ミヤトウさんの「読めない」文字の方を表にしてあらためて壁にピンで留め直した。壁に静かな湖の写真が貼ってあるのもいいけれど、「こんにちは」とか「では、お元気で」といった言葉を見るたびミヤトウさんの声が聞こえてくるのも悪くない。

それから、しばらく考えた。

絵葉書というのは一体どちらが表でどちらが裏なんだろう。

＊＊＊

引き出しを引き出して返事を書いた静かな声

ミヤトウさんからの葉書を壁にピンナップしたあと、静香が最初にしたことは引き出しの中に使ってない絵葉書がないものかと探してみることだった。

それにしても、引き出しを引き出したのもじつにひさしぶりで、ミヤトウさんの葉書になぞって言うなら、「いつどこで買ったのか思い出せない」ようなものが引き出しの中から次々と引きずり出された。それらは身元不明であるばかりでなく、思わず「何コレ」と声が出てしまうような訳の分からないものばかりだった。というか、この際、「いつどこで」買ったかなんてことはどうでもいい。むしろ、なぜ自分がこんなものを買ってしまったのか、当時の自分に問い詰めてみたい。そのくらい、静香にはワケの分からないものばかりだった。

「トマトの香りがついた消しゴム」とか、「子供用の切れにくいカッター」とか、「超精密ドライバー」とか、「ブルース・リーの写真入りキーホルダー」とか。

そして、「もちろん」といった感じで得体の知れない絵葉書が引き出しの奥から湧いたように出てきた。「逆さになったコップから水がこぼれる瞬間の絵葉書」とか、「十一面観音の手の部分だけが大写しになった絵葉書」とか、「アイオワで採集された謎の隕石の絵葉書」とか、「ブルース・リーが上半身裸で吼えている絵葉書」とか。

だいぶ前にブルース・リーに関心があったことだけは思い出されたが、あとはなぜそんな絵葉書が引き出しに大切にしまってあるのか静香には理解不能だった。

たぶん、買ったときは「あら、いいじゃない」「お、かっこいい」「うーん、素敵」などとつぶやき、使いみちなど考えることもなく衝動的に買ったのだろう。思えば、静香にしても葉書を書くことなど滅多に——というか、まったく——なかったし、ではなぜ絵葉書を買うのかと自問しても、「キレイだったから」としか答えられない。

「いつか使うときがくるかもしれないと思って」というのは、優等生じみた言い訳に過ぎない。そのあたりは静香も経験的に知っている。ダテに三十ウン年、へらへら生きてきたわけではない。使うときなど来るわけがない――そんなことはよくよく分かっていたのである。

にもかかわらず――。

こうして「使うとき」がやって来るのだから人生は不思議だ。いや、不思議というよりデタラメである。デタラメという言葉には「出鱈目」というデタラメな宛字があるが、要は「出たとこ勝負」、適当にダイスを転がして出た目に従ってしまおうという方針がデタラメの真骨頂である。元より使う予定などなかったわけだが、静香は勿体ぶって少し迷うふりなどして、ここぞとばかりにデタラメさを発揮することにした。

選んだのは「ブルース・リーが上半身裸で吼えている絵葉書」。

何を書くかは決めていなかったが、壁から挨拶してくれるミヤトウさんの文字を見ているうち自然と何かしら出てくるだろう――そこらへんは、毎週のラジオ番組と同じ手法だった。

静香は出てきた言葉をそのまま好き勝手に書いた。

〈親愛なるミヤトウさん。御葉書どうもありがとう。思いがけず嬉しく受け取りました。わたしもＤＶＤプレイヤーは持っていません。仕事で必要なときはパソコンに付いているプレイヤーで味気なく見ます。とても「観賞」などと言えるものではなく事務的に眺めるだけ。ミヤトウさんが借りた「観たいかどうか観てみないと分からない映画」が気になります。観たあとで本当に観たかった映画だったのか結果を教えてください。わたしもひさしぶりにブルース・リーの映画を観たくなりました。よく夜中にレンタル・ビデオで借りて観たものです。あれが一番のストレス解消でした。ではまた。ミヤトウさんもお元気で〉

＊＊＊

黒山羊と白山羊と静かな声

返信を投函して何日かすると、またミヤトウさんから葉書が届いた。葉書はこのあいだとまったく同じ「静かな湖の写真」を使った絵葉書で、前回と同じく大変読みにくく、わたしはやはり繰り返し五度読むことになった。それでも例によって読めないところが何箇所かある。

文面は——おそらく——次のとおりである。

〈前略ごめんください。御返事ありがとうございました。まさか御返事を頂けるとは思っていなかったのでとても驚きました。ブルース・リーの絵葉書にもびっくりしました。びっくりというかドッキリというか、あんまり格好いいので机の上に飾ってあります。私はこのあいだの葉書をシズカさんに送ったあと、じつはすぐにＤＶＤプレイヤーを買いました。そしてその日のうちにさっそく「観たいかどうか観てみないと分からない映画」を観たのです。

結果を申し上げます。

それはとってもいい映画でした。とっても私が観たかった映画でした。どこがどうというわけではなく、映画全体の雰囲気や音楽とか色合いとか、出てくる役者さんの体の動かし方とか、しゃべり方とか、そんなところがすごくよかった。私はこれまで映画に興味がなかったので（私は若いときからもっぱらお芝居か本でした）こんな映画がこの世界にはあって、こんなに楽しめるという事実に子供みたいに驚きました。つくづく私は何も知らない、この世界には知らないことがまだいっぱいあると、こんな歳になってあらためて思いました。それは正直言って非常に嬉しいことです。理由は分かりませんけど。いまは、自転車を買おうかどうか迷っています。自分で自転車に乗って風を切ってみたい気もしますし、＊（読めず）に乗せてもらって（不明瞭）二人乗り（不明瞭）というのも捨て難い（不明瞭）です。ではまた。ご機嫌よう〉

またしてもギリギリまで詰め込んでいるので、最後の方――「＊に乗せてもらって二人乗り」の部分が特に読みにくく、＊の部分は「彼」とも読めるし「誰か」とも読めるし「弟」とも読めた。前に彼女が自分の手帳――あのおぞましい金色の――を読み上げたとき、たしか「百貨店の彼」が自転車に夢中になっているというくだりがあったのを思い出す。

もし、＊が、「彼」なのだとしたら、その百貨店の彼かもしれない。ということは、ミヤトウさんはその彼の自転車に乗せてもらって二人乗りをしたいと言っているのだろうか。

それとも、＊は「弟」で、わたしの弟が自転車に乗って仕事をしている話をラジオで聞き、そのエピソードをほのめかして書いているのかもしれない。

いずれにしても、五度、読んでも正確には解読できず、今度こそ会ってしっかり訊いてみようと心に決めた。だから、とりあえずその葉書には返事を出さずにおいた。返事を書いているつもりが、いつのまにか自分のことばかり——ブルース・リーのことなんかを——書いてしまって、訊きたかったことを書くのを忘れてしまうからである。

それではまるで、黒山羊と白山羊の文通みたいだ。

＊＊＊

〈支度中〉と〈修業中〉と始末書と静かな声

数日後。

仕事帰りの静香が〈支度中〉の前を通りかかると、ここのところ静まり返っていた店に活気とあかりが戻って、〈ただいま修業中〉となっていた看板が何事もなかったかのように元の〈支度中〉に戻っていた。

どういうことかしら、と警戒しながらソロソロ戸を開けて中を覗くと、顔ぶれも声も匂いも温度も以前とまったく変わらない〈支度中〉がそこにあった。

それで静香も〈修業中〉のことはなかったことにして、知らぬ顔でいつもどおりの足どりでいつもどおりの席についていつもどおりの注文をしてみた。

「熱燗とお新香とほうれん草の煮びたしね」

「あいよ」と旦那の顔も声も以前と変わらない。

「——そうそう、そうなのよ。昔ね」と虹子さんが常連の男たちを相手にいつもの調子で演説をぶっているのも同じだった。静香は隅の席でひっそり虹子さんの声を聞いていたが、皆、虹子さんの話に夢中なのか、静香が店に入ってきたことに誰も気付かない。

「昔ね、デパートに勤めてたときのこと」

デパート？　虹子さんが？——と静香はボンヤリ考えた。それは初耳のような気がしたが、ここへ来ると、静香はたいていボンヤリしているから聞き逃していただけかもしれない。

「店内放送っていうのがあるでしょ。ウグイス嬢がアナウンスしたり、小さな音で音楽なんか流したりして。あの音楽が、ときどき社員向けのメッセージになってるのよ」

その話は前にどこかで聞いたことがあった。虹子さんから聞いたのだろうか。それとも、デパートに長く勤めていた母から聞かされたのか――。

「ある音楽が流れると、それは『売り上げ目標額まであと一歩、もうひと押し！』というメッセージ。ある音楽は、『無事、目標を達成しました！』。それからアレね、ええと、あの曲、『雨にぬれても』だっけ？　あれが流れると、外は雨ですよ、というメッセージになっていて」

「どうして？」と常連の誰かが虹子さんに尋ねた。「外が雨だと何だっていうわけ？」

「馬鹿ねぇ」と虹子さん。「デパートっていうのは、雨が降ってきたら急に客が増えんのよ。雨宿りついでにさ。だから――」

「だから？」

「まぁ、心して備えよってことかしら」

それはちょっと違うような気がする――と静香はひとり店の隅でつぶやいた。それもあるかもしれないけれど、正確には雨が降ってきたら濡れた傘に対処するための準備――傘立てとか、傘を入れるビニール袋とかを準備せよ、というメッセージだったように思う。

ということは、この話はやっぱり母から聞いたのかもしれない。

そうだそうだ。母はこんなことも言っていた。

「デパートって、一日中、外の世界が見えないでしょう？　だから『雨にぬれても』が流れると、ああ、外は雨が降ってるんだって、なんとなく外の様子が分かって楽しいっていうか――」

静香にはその話がよく理解できた。いまは違うが、彼女が放送局に勤め始めた頃は外が見えない完全に閉ざされた薄暗い部屋の中から放送していた。あの息苦しさと「外」の世界への想像力の欠如によって、たびたび彼女は注意力散漫になった。

それに『雨にぬれても』と聞いて、苦々しい思い出が静香の胸の内に甦った。この曲を作曲したのはバート・バカラックなのだが、オリジナル・ソングを歌っているのはB・J・トーマスという歌手である。まだアナウンサーを始めて間もない頃、静香は曲紹介の際に、

「バート・バカラックの歌でお聴きいただきましょう。『雨にぬれても』です」

と言ってしまった。曲が始まってすぐに自分の過ちに気付いたが、魔が差したのか若気の至りだったのか、曲が終わったあとで訂正することなくそのまま何も言わずに誤魔化そうとした。いや、それどころか、

「バート・バカラックの歌で『雨にぬれても』でした」

分かっていながら繰り返したのだ。

――どうせ、誰も聴いてないし。

そのときそう思ったのを静香はよく覚えている。

「外」がまったく見えない狭い部屋に閉じこもっていると自分の声が「外」とつながっていることなど想像しようがなかった。そもそも、どこかで誰かが聴いているから放送しているのに、聴いている人の顔が見えないと、声があちらこちらへ届いているという実感がつかめなかった。実際にはその放送を何千何万という人が聴いていたのだが——。

最初に間違えたときに静香はチロッと舌を出したので、ブースの外から彼女を監視していた上司は静香が分かっていながら二度間違えたのを即座に見抜いた。放送終了後、上司の注意の言葉はやんわりしていたが、しっかり始末書を書かされた。それが静香の書いた最初の始末書で、以降、何枚書かされたか数えきれない。

が、そうしたミスが激減したのは、局が移転して放送用のブースがガラス張りのビルの三十二階に設けられてからだ。夕方や夜の時間にマイクに向かって話し、視線を少し右に移すとガラスごしに周辺のビルの窓のあかりがあった。視線を落とせば、すれ違う車のあかりが見える。そんなものが見えたからといってビルの窓や車の中の人たちがこぞってラジオを聴いているわけではないのだが、それでも街や人に向かって自分が「声」を送っている実感が得られた。多くの人たちに向けて話しかけている感覚が少しずつ芽生えてきた。そうして芽生えたものが、いまようやく自分の支柱になりつつあると静香は体で感じた。

わたしは——いや、わたしのことなんて後回しだ。静香は誰にも気付かれぬよう、かすかに首を振った。

後回し後回し。それよ、それ。

マイクに向かったら、わたしはわたしを後回しにして、マイクの向こうにある世界だけを見ながら話せばいい。わたしはこの世界のほんの脇役で、いや、脇役ですらなくて、物語に寄り添うナレーターのように「彼ら」の胸の内を読んだり、「彼ら」の代わりに迷ったり決断したり笑ったり怒ったりして、ときには元気が出るような、ときには懐かしい、そして、ときには悲しげな音楽を流したりすればいい。そういう役割なのだ、わたしは。

「――でね」と虹子さんの話がまだつづいていた。「デパートを辞めてからも『雨にぬれても』を聴くたび、あ、外は雨だって反射的に思うようになっちゃった。習慣って恐ろしいわねぇ」

そうそう――と静香は熱燗を前にして一人で苦笑していた。その最初の始末書以来、静香は自分の番組で『雨にぬれても』をかけたことがない。というより、今の今までそんなことは頭からすっかり飛んでいた。

酔いのせいで苦笑がニヤつき顔に変わった。そのニヤつき顔を旦那がカウンターの向こうから面白そうに眺めている。酒が回り始めていた静香は、旦那の視線に気付くと、

「なぁんだ、って思っちゃった」

つい話しかけてしまった。本当は何も訊かずに知らぬふりをしようと思っていたのに。

「お店、閉めちゃったのかと思ってたから」

旦那は静香の目の前――隅の方にやって来て「いや、いったんはね」と小声で答えた。

「いったんは閉めたんだよ」

「そうなんですか」

「そうそう」

「修業中なんて、なんだかカッコいいじゃないって思ったけど」

「そうかい？」と旦那もニヤついている。「ちょいとイチから出直して修業をね――」

「本当にそうなんですか？」

「しようかと思ったけど、めんどくせぇからやめといた。ていうか、俺、ひとつ分かっちゃったんだけど」

そこで旦那が自分の手もとから顔をあげ、ニヤつきをやわらげながら静香の顔を見た。

「俺ってどうやら、いまさらイチには戻れないみたい。イチから出直すなんてのは、その場限りのカッコつけたセリフでさ。でなきゃ、悪あがきだよ。それが分かった。だからまぁ、そろそろ〈支度中〉なんてのもやめてね――」

「開店ですか」

「そうそう。名前はいまんとこ〈支度中〉のままだけどね――まぁ、名前なんてものは何でもいいわけだよ。俺の心意気が変わったんだから」

「それって、この場限りのセリフみたいに聞こえるけど」

「そうねぇ」

旦那は一瞬言葉に詰まって天を仰いだ。

「ま、分かんねぇや。すべて天にまかせらぁ」

「それも聞いたようなセリフ」

「そうだな」

旦那はまた苦笑いになったりニヤついたりしていた。

静香も右に同じく、苦笑とニヤつきのどちらともつかない顔を行ったり来たりした。

＊＊＊

日曜日の静かな声

それから数日後の日曜日。

日曜日に出勤する人はいまどきめずらしくないけれど、女でこの歳になって「夜勤」となると、そうそういないかもしれない。いつものように夕方の始まる頃合いに部屋を出て、「夜勤」に向けて駅まで歩きながらミヤトウさんのことを思い出していた。

二枚目の葉書の返事を書かなかった代わりに、食事でもいかが、と誘ってみようか

——思い立ったときがなんとやらで、こういうことは「後回し」にするとすぐ忘れてしまう。

歩きながら携帯電話でミヤトウさんを呼び出してみた。アパートの部屋の番号だ。彼女は携帯を持っていないから。

留守だった。

出かけているのだろうか。日曜日に？　めずらしかった。

「日曜に出かけると人が多くて目が回るから、たいてい家で本を読んでます。そして、寝る前にラジオをつけてシズカさんの声を聴きます」——ミヤトウさんはそう言っていた。

そのあと、局に着くまで三回かけたが、やはり留守だった。

局に着くと、スタッフが待ち構えていたようにわたしを取り囲み、途中でお弁当を食べる時間があるにしても、放送開始直前までノンストップで打ち合わせがつづくのが常だ。けっこう過酷な夜勤なのだ。ほとんど即興のようなもので成立している番組なのに、それでもいくつか段取りを決めておかなければならない。

それに、最初はポツポツとしか来なかったリスナーからのＦＡＸやメールや葉書が、いまは読み切れないくらい届くようになった。こんなにありがたいことはないし、こんなに「外」を実感させてくれるものもない。それこそ、わたしの声がここからどこかに届いている何よりの証しである。だから、わたしは番組が始まるまでに、届いたものにはすべて目を通した。あらかじめスタッフが選り分けていたのを無視し、スタッフが「ボツ」と認定したものも余さず読んだ。

その日も、あと十五分で放送開始という時間になって、スタッフがボツにした葉書を読んでいるうち意外なものを見つけた。

ひと目で分かった。

ミヤトウさんの字――。

すべての文字が右にかしいで、漢字は偏とつくりのバランスがことごとくおかしかった。間違いない。ペンネームが「金色の手帳」となっているのも見逃せなかったし、いったい何枚あるのか、またしても、あの「静かな湖の写真」の絵葉書が使われていた。それだけでもわたしには充分愉しかったが、先の二枚と違ってメッセージも近況も書かれておらず、ただ、リクエスト曲のタイトルだけがかしいだ字で綴られてあった。

わたしがその曲のタイトルをスタッフに告げると、

「あ、それ、もう一枚リクエストが来てましたね」

同じくボツになっていた葉書の山の中から素早く見つけ出してくれた。ボツになってしまったものの多くがそうだが、やはりメッセージが一行もなく、リクエスト曲のタイトルとアーティスト名のあとに「小さな男」というペンネームが几帳面な文字で書かれてあった。

わたしはひとつ深呼吸をして、「今日はまずこの曲で始めたいんですが」とスタッフにタイトルとアーティスト名を告げた。「了解です」と直ちにＣＤの検索にスタッフが走る。

わたしはすでに準備してあった葉書の上にその二枚を重ねながら放送用ブースに入った。おりしも、窓の外には小雨が降り始め、雨の向こうにビルの窓とタクシーの行き交う様子が見えた。

「金色の手帳さんと小さな男さんからのリクエストです」

放送開始五分前になったところで、わたしは喉の調子を試しながらマイクに向かってそう言った。

「曲の準備が出来ました」とスタッフの声が届く。

「Ｂ・Ｊ・トーマスの歌で――」

わたしは今度こそ間違いないよう、マイクに向かって静かな声でそう言った。

初出
『ウフ．』二〇〇六年十一月号～二〇〇七年十一月号、
二〇〇八年二月号～二〇〇八年九月号

解説

重松清

時間がかかるのである。

すでに本文を読了された方におうかがいしたい。いかがでしたか？　作品のボリュームに比して読み終えるまでの時間が、思ったより長くかかりませんでしたか？

少なくとも僕はそうだった。いつもそうだ。職業柄、小説を読み進めるスピードはそれなりに速いほうだと思っているのだが、吉田篤弘さんの作品を読むときには不思議と時間がかかる。本作も例外ではない。「短めの長編」程度のボリュームなのに、実感としては、その倍のボリュームを持つ作品を読むときと変わらないほどの時間がかかった。

ただし——これは特に、本文より解説のほうを先に読む流儀の方に対して強く念押しをしておきたいのだが、この作品は決して、断じて、読みづらいわけではないのだ。むしろ逆。用いられる言葉は、漢字とひらがなのつかい分けから読点を入れるタイミングに至るまで、とても丁寧に吟味され、慎ましやかなユーモアとしての回りくどさや、もったいぶった言い方を愉しむことはあっても、読み進めるにあたってのストレスはいささかも感じないだろう。

なのに時間がかかるのは、なぜか。

簡単なことである。読み流したり読み飛ばしたりできないから、まとめて言うなら、急いで読めないからだ。

では、なぜ急いで読めないのか。ここからが本題。いや、その前に——。

そろそろ発想を変えよう。「時間がかかる」という表現じたいにネガティブなバイアスがかかっていることを認めよう。小説は家電の取扱説明書ではない。青色申告の手引き書とも違う。一編の小説を読み終えるまでにたくさんの時間を費やすというのは、かえって幸せなことではないか。「巻を措く能わず」という一気呵成の読み方ができることは、もちろん優れた小説の大切な条件の一つである。しかし逆に、読みかけの本を伏せて机に置き、ふう、と息を継ぐときの心地よさが味わえるというのもまた、優れた小説にしかできないことではないだろうか？

読了された方はおわかりのとおり、本作の構成はずいぶんヘンテコである。未読の方の興趣を削がない程度に先回りしてお伝えしておくと、まず、小さなものをめぐる百科事典を書きつづける小さな男の物語と、静かな声を持つラジオパーソナリティー・静香の物語が、交互に並んでいる。そこまでならさほど珍しい構成ではないのだが、それぞれの物語はさらに、一人称で語られる挿話と三人称での挿話とに分かれるのだ。つまり読者は、小さな男の内面にもぐり込んだかと思うと外に出て、一転して静香の胸の内に寄り添いながらも、ほどなくまた外から彼女を見つめることになるわけだ。

読みはじめてすぐにその構成を知ったとき、僕は思わず「うーむ……」とうなっていた。三年前、単行本版が刊行されて間もない時期のことである。

率直に言えば、あまりいいニュアンスの「うーむ……」ではない。書き手の端くれとして、「吉田さんもずいぶんヤバいことに挑戦なさったんだな」とセンエツながら感じてしまったのである。〈小さな男〉と〈静かな声〉の関係はともかく、それぞれが一人称パートと三人称パートに分かれてしまうと、「一人称で秘められていたものが三人称によってあらわになり、三人称のときには謎めいていた心理が一人称であっさり明かされる」という野暮なタネ明かしの連続になりはしないか。それ以前に、読者は気ぜわしく目を移動させることで疲れてしまって、せっかくの物語を味わえなくなってしまうのではないか。

僕が書き手なら、この構成をとるにはよほどの勇気が要るだろう。おっかなくてしかたない。吉田さんのチャレンジに対しても、期待よりもやはり不安のほうがまさっていたのだ。

ところが、いざ読み進めてみると、視点の移動はまったく忙しくない。というより、一人称から三人称へ、三人称から一人称へと切り替わるところがじつになめらかで、それを意識することすらほとんどなかったのだ。驚いた。いやほんとに。

いま僕は、文庫版の解説の小文を書くにあたって、そのときの自分の姿を思いだしているところなのだが、物語にぐいぐいとのめり込んだ記憶よりも、むしろ一つの挿話から次の挿話へと移るときの「間」の心地よさの記憶のほうが強く残っている。読みながら思わずうなずいたり、クスッと笑ったり、あるいはふと物語から離れて物思いにふけることが多かったというのも、よく覚えている。

ああ、本作の魅力はここなんだなあ、と三年後のいま、あらためて思う。急いで読み進めることのできない理由も、納得がいく。

僕たちは小さなこだわりに満ちた〈小さな男〉の物語を読み、世界に対するささやかな違和感を寡黙に訴える〈静かな声〉の物語を読みながら、じつは、僕たち自身についての物語をも胸の奥で紡いでいる。〈小さな男〉や〈静かな声〉が思弁する、つくり笑いについて、「ついに」について、新聞と新聞紙の違いについて、魔が差すことについて、詩集について……僕たちもまた同じように、「なるほど、気づかなかったな」と膝を打ったり、「オレも以前からそこは気になってたんだよなあ」とうなずいたりしながら、さまざまに思いをめぐらせるわけだ。

そんな読み手の「あなた」の物語――一人称と三人称の狭間から生まれる二人称の物語を隠し持った本作には、目に見えるボリューム以上の奥行きがある。ならば、急いで読み進められないのも当然だし、逆に、少し読み進んでは止まり、しばらく間をおいてから〈小さな男〉〈静かな声〉の物語に戻っていくという読み方こそが、本作にはなによりふさわしいのかもしれない。

優れた小説とは「物語の引力で我を忘れさせてくれる」ものだけではない。「物語と読み手が絶妙の距離を保っていられる」というところが魅力の優れた小説もある。本作はまさにそのお手本のようなものなのである。

実際、本作の物語はじつにシンプルで、起伏もゆるやかである。タネ明かしは避けておきたいが、その気になればいまの何分の一かのボリュームで仕上げることも充分に可能だろう。だから、決して僕たちは物語の引力で頁をめくっているわけではない。作品の大半を占めているのは、二人の主人公が営む暮らしのディテールである。いわば、本作は〈小さな男〉と〈静かな声〉の長い長い自己紹介――もう少し僕の好む言い方をゆるしていただくなら、彼と彼女の「たたずまい」を描く小説なのである。

そのたたずまいは、どこか僕たち自身とも似ていないだろうか？

一人暮らしの生活をそれなりに愉しみ、それなりに満たされていながら、しかし――。

一人称と三人称の物語の狭間からたちのぼってくるものは、読み手自身の二人称の物語だけではない。〈小さな男〉〈静かな声〉が一人称で語る自分のたたずまいと、それを外から三人称として見たときの微妙なずれが、二人のたたずまいを立体的にする。そして、そこから（あえて作中で用いられた最も軽い語彙をつかうなら）――彼と彼女と、それから僕たち自身の〈ロンリー・ハート〉が浮かび上がってくるのである。

孤独とは呼ばない。孤独なら、物語の筋書きで伝えられる。けれど、さびしさはどうだ。そのひとの抱えたさびしさを伝えるものは、はっきりとした出来事や事件などではない。そのひとが静かに毎日を生きているときのたたずまい、ささやかな習慣や小さな信条といったたたずまいでしか、さびしさは描ききれないのだと、僕は思っている。そしてまた、吉田篤弘さんは装幀家としての顔もお持ちである。装幀の仕事とは、すなわち一冊の本のたたずまいを決めることでもあるだろう。優れた装幀家である吉田篤弘さんの小説家としての真骨頂は、だからこそ、さびしさを描くことにあるのだと、愛読者の一人として確信もしているのだ。

物語は、そんなさびしさを抱いた二人が（あるいはミヤトウさんも含む三人が）、〈あらたまりつつある〉――少しずつ少しずつ、変わっていくところで終わる。どんなふうに、とここで明かすのは慎んでおくが、とても気持ちのよい終盤の展開であることだけは予告しておきたい。

だが、あわてるのはよそう。解説はもうすぐ（やっと？）終わる。ここから本文に戻る方は、どうか、ゆっくりと読み進めていただきたい。あせらなくていいし、どうせ急いで読み飛ばすことなんてできっこない。個人的には、眠る前の読書をお勧めしたい。

幾晩もかけて読んでほしい。きりのいいところまで読んで、本を閉じ、すうっと眠りに就いて、また朝になって目を覚ます。ロンリー・ハーツ読書倶楽部のパンフレットにあった〈そして、人生はつづいてゆく〉という感覚を、何度も味わっていただきたいのだ。そうすれば終盤の〈あらたまりつつある〉感覚がいっそう深く胸に染みていくこと請け合いである。

え？　もう本文を読了してしまったひとはどうすればいいんだ——だって？　だいじょうぶ。また最初から読み返せばいい。彼と彼女とあなたのたたずまいは、たぶん、読み返すごとに微妙に変わっているはずだ。何度読み返しても汲みきれない豊かさを持っていることも、言うまでもなく、優れた小説の条件なのである。

『小さな男＊静かな声』　二〇〇八年十一月二十日
マガジンハウス刊

中公文庫

小《ちい》さな男《おとこ》＊静《しず》かな声《こえ》

2011年11月25日　初版発行

著　者　吉《よし》田《だ》篤《あつ》弘《ひろ》

発行者　小林敬和

発行所　中央公論新社
〒104-8320　東京都中央区京橋2-8-7
電話　販売 03-3563-1431　編集 03-3563-3692
URL http://www.chuko.co.jp/

印　刷　精興社（本文）
三晃印刷（カバー）

製　本　小泉製本

Published by CHUOKORON-SHINSHA, INC.
Printed in Japan　ISBN978-4-12-205564-3 C1193

定価はカバーに表示してあります。
落丁本・乱丁本はお手数ですが小社販売部宛お送り下さい。
送料小社負担にてお取り替えいたします。